W0202985

EUGEN OVIDIU CHIROVICI

E. O. Chirovici est un écrivain roumain, auteur de nombreux best-sellers dans son pays.
Après *Jeux de miroirs* (Les Escales, 2017 ; Pocket, 2018), son premier roman traduit en français et publié dans plus de cinquante pays, il publie *Mémoire brisée* en 2019 chez le même éditeur.

MÉMOIRE BRISÉE

DU MÊME AUTEUR
CHEZ POCKET

JEUX DE MIROIRS

MÉMOIRE BRISÉE

E. O. CHIROVICI

MÉMOIRE BRISÉE

Traduit de l'anglais
par Isabelle Maillet

LES ESCALES

Titre original :
BAD BLOOD

FSC
www.fsc.org
MIXTE
Papier issu de sources responsables
FSC® C003309

Pocket, une marque d'Univers Poche,
est un éditeur qui s'engage pour la préservation
de l'environnement et qui utilise du papier fabriqué
à partir de bois provenant de forêts gérées
de manière responsable.

Le Code de la propriété intellectuelle n'autorisant, aux termes de l'article L. 122-5, 2° et 3° a, d'une part, que les « copies ou reproductions strictement réservées à l'usage privé du copiste et non destinées à une utilisation collective » et, d'autre part, que les analyses et les courtes citations dans un but d'exemple et d'illustration, « toute représentation ou reproduction intégrale ou partielle faite sans le consentement de l'auteur ou de ses ayants droit ou ayants cause est illicite » (art. L. 122-4).
Cette représentation ou reproduction, par quelque procédé que ce soit, constituerait donc une contrefaçon, sanctionnée par les articles L. 335-2 et suivants du Code de la propriété intellectuelle.

© RightsFactory SRL 2018
© Éditions Les Escales, un département d'Édi8, 2019,
pour la traduction française
ISBN : 978-2-266-30671-3
Dépôt légal : mars 2020

« Jamais réel et toujours vrai. »

Antonin Artaud

« Il n'y a ni présent ni futur,
il n'y a que l'éternel
recommencement du passé. »

Eugene O'Neill,
Une lune pour les déshérités

PROLOGUE

Paris, octobre 1976

Le terminal un, à l'aéroport Charles-de-Gaulle, évoquait une pieuvre : d'innombrables bras, faits de couloirs et d'annexes, partaient du corps central, reliant les différents services aux autres aménagements. À peine arrivé dans la vaste aérogare futuriste, encombrée et bruyante, le jeune homme dut lutter contre l'envie presque irrépressible de tourner les talons sur-le-champ.

Il avait acheté son billet la veille au soir, dans une agence de voyages près de la rue de Rome. Son avion ne partirait que quatre heures plus tard, aussi serait-il obligé de patienter un bon moment dans cet espace où l'air semblait se raréfier de minute en minute.

Son sac de voyage à la main, il monta au deuxième étage et chercha une place où s'asseoir. Le niveau de sécurité avait été relevé depuis le mois de juin, après qu'un vol de la compagnie Air France eut été détourné vers l'Ouganda par des terroristes avec deux cent cinquante-huit passagers à bord. Des agents patrouillaient partout, équipés comme dans un film postapocalyptique. Mieux valait éviter de les dévisager, pour ne pas attirer leur attention.

Ayant avisé une table libre dans un café au fond du hall, il s'y installa, commanda un double espresso et posa son bagage sous sa chaise. À travers les vitres, il voyait des nuages de pluie filer dans le ciel de plus en plus sombre, des avions alignés devant les hangars, des équipes de maintenance et des navettes remplies de passagers sillonner le tarmac entre les appareils. D'un petit transistor proche lui parvenait la voix de Roberta Flack susurrant « *Killing Me Softly*[1] » – ironie du destin.

Il était déterminé à ne pas trop penser à ce qui s'était passé deux nuits plus tôt – du moins, pas avant d'être rentré aux États-Unis. Mais ses parents à elle avaient peut-être déjà donné l'alerte et prévenu les autorités. Auquel cas, il serait considéré comme l'un des principaux suspects, et la police aurait pour objectif prioritaire de l'empêcher de quitter le pays. Il lui fallait absolument partir, retrouver la sécurité de son foyer – Dieu que ce mot, « foyer », lui faisait chaud au cœur –, d'où il pourrait s'assurer du bon déroulement de son plan.

Ce n'était pas son seul problème. La pensée de ne plus jamais la revoir le mettait au supplice. Chaque fois qu'il y songeait, il avait l'impression de recevoir un coup de poing au creux de l'estomac. Il avait toujours eu peur de l'irréversible, des actes impossibles à défaire, qu'il en soit responsable ou pas.

---

1. « Me tuant doucement ». *(Toutes les notes sont de la traductrice.)*

Il avait six ans lorsqu'on lui avait offert un poisson rouge, dans un bocal qui ressemblait à une moitié de ballon de foot. Au bout d'environ un mois, il avait oublié de le nourrir et de changer l'eau pendant quelques jours, et l'animal était mort. Il l'avait découvert un matin flottant le ventre en l'air, inerte, pareil à un petit bijou scintillant. Sa mère lui avait dit que les poissons de cette espèce étaient sans doute trop sensibles et que le sien n'aurait vraisemblablement pas vécu longtemps de toute façon, mais il ne l'avait pas crue. Il savait bien que c'était sa faute, même si personne ne l'avait grondé. Et, malheureusement, il avait beau avoir de la peine, il n'avait aucun moyen de réparer ses torts.

Il avalait une gorgée de café quand un homme de haute taille, en nage, lui demanda s'il pouvait s'asseoir à sa table. Surpris, il sursauta et faillit renverser sa boisson, mais hocha la tête pour signifier à l'inconnu que l'autre chaise était libre. L'homme commanda un cappuccino et deux croissants, sur lesquels il se jeta dès que la serveuse les lui eut apportés.

— C'est la première fois que je viens dans ce nouvel aéroport, avoua-t-il.

Il repoussa les miettes tombées sur la table avant d'écarter le bras pour englober l'espace autour d'eux.

— Je trouve qu'il est plutôt bien fait. Pas vous ?

Il parlait français avec un accent étrange, en roulant les *r* et en avalant les consonnes. Le jeune homme marmonna un assentiment, puis s'essuya la bouche avec une serviette et se rendit alors compte que ce geste était devenu une sorte de réflexe compulsif depuis deux jours, comme s'il tentait en vain d'éliminer des taches de…

— … sang, dit l'inconnu.

— Pardon ? lâcha-t-il en le dévisageant.

— Je crois qu'il y a une petite tache de sang sur votre veste. Je m'y connais, je suis médecin.

Le jeune homme examina rapidement le vêtement, en vain ; la salissure devait se situer haut sur son épaule, à un endroit où il ne pouvait pas la voir.

— Je me suis sûrement écorché en me rasant, répliqua-t-il.

Il sentit aussitôt sa gorge s'assécher et la sueur ruisseler dans son dos.

— Ah oui ? C'est bizarre, il n'y a aucune trace de coupure sur votre visage… Vous êtes anglais ?

— Non, américain. Bon, excusez-moi, il faut que j'y aille. Enchanté de vous avoir rencontré. Prenez soin de vous.

Son interlocuteur le regarda d'un air déconcerté et ouvrit la bouche pour répondre mais, déjà, le jeune homme se levait et se faufilait prestement parmi les groupes arrêtés devant les vitrines des boutiques.

Ayant repéré des toilettes à l'extrémité du hall, il y entra et s'enferma dans une cabine. La forte odeur de désodorisant imprégnant les lieux lui donna la nausée, et il eut toutes les peines du monde à ravaler l'espresso qui lui remontait dans la gorge. Après avoir tiré de sa poche son passeport, il l'ouvrit et étudia la photo en essayant de se représenter son propre visage. « Tout va bien, se dit-il. Oui, tout va bien. Il me suffit de tenir le coup encore une heure ou deux et ensuite je quitterai le pays. Personne ne saura jamais rien. »

Une fois sorti de la cabine, il scruta son reflet dans la glace en même temps qu'il se lavait les mains. Il finit par distinguer la tache mentionnée par l'inconnu, à peine plus grosse qu'un *dime*. Il enleva sa veste, puis nettoya l'endroit souillé à l'aide d'une serviette en papier imbibée d'eau savonneuse, qui se teinta rapidement de rose sale.

Deux heures plus tard, il se présenta au comptoir de la compagnie, enregistra son bagage et monta au quatrième étage, où il se dirigea résolument vers le contrôle des passeports. Alors qu'il patientait dans la file d'attente, il prit son mouchoir pour se frotter la bouche. Ses lèvres le brûlaient toujours lorsqu'il atteignit le guichet et présenta son passeport à l'agent.

1

New York, 2016
Onze mois plus tôt

— Bonsoir, mesdames et messieurs. Mon nom est James Cobb et, comme certains d'entre vous le savent probablement déjà, j'ai concentré mes recherches ces dernières années sur ce qu'on appelle les « états modifiés de conscience », en particulier l'hypnose. Nous avons la chance d'être ensemble ce soir grâce à l'invitation généreuse que m'a fait parvenir la fondation J. L. Bridgewater, que je tiens à remercier une nouvelle fois.

» Je ne vais pas vous parler aujourd'hui de mon ouvrage récent, qui traite du même sujet et dont, je l'espère, la lecture vous intéressera, mais des pistes que j'ai explorées et qui m'ont permis d'atteindre mes conclusions.

» Y a-t-il dans la salle des policiers, des spécialistes de la médecine légale ou des avocats ? Oui, je vois quelques mains se lever. Eh bien, je suis sûr que vous auriez tous été soulagés de pouvoir remplacer des jours et des nuits d'investigations, des centaines de procédures, de longues heures d'interrogatoires et d'analyses en laboratoire par une seule séance d'hypnose avec un suspect qui, une fois en transe, aurait été confronté à une unique question : "Êtes-vous coupable ?"

» Malheureusement, les choses ne fonctionnent pas ainsi. De fait, nous n'avons aucune garantie que, sous hypnose, une personne dira toute la vérité et rien que la vérité, et qu'au moins deux aspects essentiels du processus de communication, à savoir la dissimulation et le fantasme, seront totalement éliminés.

» C'est d'ailleurs pour cette raison que le détecteur de mensonges – accueilli au début comme un véritable miracle par les enquêteurs – n'a valeur que de preuve indirecte au tribunal dans certaines affaires, alors que dans d'autres il n'est même pas recevable.

» Dans les années 1980, plusieurs psychiatres se sont mis en tête d'exposer de soi-disant cas de maltraitance rituelle satanique sur des enfants, révélés au cours de séances d'hypnose auxquelles les victimes supposées avaient été soumises à l'âge adulte. Avec le recul, nous pouvons maintenant dire que de nombreuses vies ont été détruites à l'époque sur la foi de purs fantasmes résultant d'une manipulation des participants par leurs hypnothérapeutes prétendument objectifs. Plongés dans un état de transe, les sujets n'ont pas dévoilé des souvenirs *réels*, ils ont juste essayé de répondre du mieux possible aux attentes du praticien.

» À cet égard, mes recherches ont confirmé que la volonté d'un individu placé sous hypnose est dramatiquement affaiblie, et qu'il ne dispose plus de son libre arbitre. Voilà pourquoi, si l'hypnothérapeute le lui demande, une personne en transe est capable de faire des choses qu'elle ne ferait jamais en temps normal.

» Tenez, laissez-moi à présent vous en apporter une démonstration simple. Vous aurez à répondre à une question, sans réfléchir, le plus vite possible. Bon, vous êtes prêts ? Parfait. Imaginez que vous ayez été tous invités à un dîner de gala dans un restaurant chic, d'accord ? Donc, des petits cartons au nom des convives ont été placés sur chaque… oui, c'est ça, sur chaque *table*. Qui a tué Caïn ?

» Voilà, vous m'avez presque tous répondu "Abel", même si, j'en suis certain, vous vous rappelez aussi bien que moi que, dans la Bible, c'est Caïn qui a tué Abel avant de s'enfuir à l'est d'Éden, sur la terre de Nod. Pourquoi avez-vous réagi ainsi, alors ? Eh bien, l'explication n'est pas aussi simple que vous seriez tentés de le croire à première vue.

» Certes, l'association phonétique des mots "table" et "Abel" est plutôt évidente. Mais pourquoi a-t-elle exercé sur vous une influence assez forte pour vous distraire de la réponse que vous saviez correcte ? À ce stade, il nous faut prendre en considération le fait que c'est *moi* qui ai posé la question, ici même, sur cette estrade – moi, que vous avez investi sans discuter d'une connaissance supérieure. Dans une telle situation, il se produit un *transfert de responsabilité*, lequel est particulièrement flagrant lors de conflits armés, quand des régiments entiers suivent docilement leur leader, même si ses ordres signifient la mort pour un nombre important de combattants. La foule lui attribue automatiquement des capacités plus grandes que les siennes, et dans de telles conditions le niveau de suggestibilité augmente.

» Ou encore, imaginez que vous soyez dans la forêt pluviale amazonienne, et que quelqu'un soit chargé de vous mener jusqu'à un refuge. Le transfert de responsabilité sur le guide est presque total, dans la mesure où vous vous retrouvez dans un environnement hostile et potentiellement dangereux, qui représente une menace pour votre vie.

» Je vous ai donné ces exemples pour illustrer le principe à l'œuvre pendant l'hypnose : la responsabilité que le sujet transfère sur l'hypnothérapeute est beaucoup plus grande dans les cas d'états modifiés de conscience que dans les états dits normaux. Plongé dans un univers mental qui lui est complètement étranger, il suppose que la personne placée en position de guide appréhende cet environnement bien mieux que lui. Or, entre vous et moi, ce n'est bien souvent que ça : une simple supposition.

» Vient ensuite la question de la relativité de ce que nous mettons sous le terme générique de *réalité*. Nous "savons" qu'une personne ou un objet sont *réels* parce que nos sens nous transmettent des informations qui, une fois traitées par le cerveau, nous conduisent à cette conclusion. Oui, cette salle dans laquelle vous êtes assis existe, de même que le conférencier qui vous parle et les projections PowerPoint devant vous. Toutes ces choses sont bien réelles, n'est-ce pas, puisque nous pouvons les *voir*, les *entendre*, les *toucher*... Mais un sujet sous l'influence d'une substance puissante telle que le LSD *voit*, *entend* et *perçoit* une « réalité » complètement différente, tout aussi convaincante pour lui que l'est notre expérience en ce moment. En vérité, il suffit d'une minuscule altération de la chimie complexe de notre cerveau pour nous rendre heureux ou dépressif, calme ou extrêmement violent, apathique ou agité, imaginatif ou terne – et ce, indépendamment de la réalité "objective" autour de nous, du passé et des connaissances accumulées qui ont façonné de manière apparemment solide nos convictions, croyances et comportements.

» Par conséquent, j'en suis arrivé à me demander quel genre de *réalité* décrit un sujet en état d'hypnose : celle dite "objective" d'un moment unique, impossible à reproduire ? La réalité "subjective" suggérée par le praticien ? La réalité cimentée par les convictions et croyances façonnées tout au long d'une vie, que nous pourrions qualifier de "transcendante" et qui n'est pas le résultat des processus cognitifs habituels ? Le sujet communique-t-il ce qu'il croit, ce qu'il voit, ou seulement ce qu'il pressent intuitivement que son guide mental, le thérapeute, veut lui faire exprimer ?

» Maintenant, abordons la seconde partie de cette réunion, durant laquelle je répondrai aux questions du public. Nous sommes convenus avec les organisateurs que, compte tenu des contraintes de temps, elles seraient limitées à cinq. J'espère que tous ceux qui en avaient une à me poser se sont déjà inscrits sur la liste à l'entrée. À la fin de la séance, je dédicacerai mon livre à cette table. Merci encore pour votre présence, ce fut un honneur et un privilège d'avoir été parmi vous ce soir.

Après la conférence, j'avais prévu de dîner avec Randolph Jackson, un ami, et Brenda Reuben, mon agente. Mais cette dernière souffrait d'un rhume tenace, et Randolph, qui venait d'apprendre qu'il devait être à Atlantic City le lendemain matin, nous quitta précipitamment. Après avoir conseillé à Brenda de rentrer se coucher, je sortis de la librairie.

Je guettais un taxi dans la rue quand un homme grand et mince, à l'allure militaire, m'aborda. La soixantaine passée, il arborait une fine moustache dans le style des grands séducteurs des années 1930. Vêtu d'un costume sombre sous un pardessus assorti, il se présenta : il s'appelait Joshua Fleischer.

En règle générale, après une conférence ou une séance de dédicaces, je préfère éviter tout contact avec les membres de l'assistance. Ceux qui viennent me trouver se lancent en effet souvent dans des discussions fastidieuses, et j'ai toujours du mal à m'en débarrasser. Parfois aussi, à la suite d'une signature, ils m'envoient des lettres ou des e-mails interminables pour m'avertir que l'argent et la renommée ne réussiront pas à me sauver des feux de l'enfer.

— J'aimerais vous inviter à dîner, docteur Cobb, déclara Joshua Fleischer.

Les rafales de vent agitaient le bas de son manteau ouvert. Il avait fourré sous son bras un exemplaire de mon livre, qu'il plaquait contre lui comme s'il craignait de le perdre.

— Merci, c'est gentil, mais je suis déjà pris, éludai-je, avant de me détourner pour descendre les marches vers le trottoir.

Il posa une main sur mon épaule.

— Vous êtes sans doute harcelé par toutes sortes de farfelus après une rencontre de ce genre, mais je peux vous assurer que je n'en suis pas un. J'ai de bonnes raisons de penser que vous serez très intéressé par ce que j'ai à vous dire. Pour bien connaître votre travail, croyez-moi, je sais de quoi je parle. J'ai lu votre livre il y a un mois, à sa sortie, et je suis convaincu que vous êtes la personne dont j'ai besoin.

Je le remerciai de nouveau pour son invitation, que je déclinai néanmoins. Il n'insista pas, mais patienta près de moi jusqu'au moment où un taxi daigna s'arrêter.

— Je vous enverrai un e-mail, docteur Cobb, ajouta-t-il. S'il vous plaît, assurez-vous qu'il ne finit pas dans le dossier des courriers indésirables. C'est de la plus haute importance, comme vous pourrez le constater.

Alors que je montais dans la voiture, il fut saisi d'une quinte de toux – une de ces toux profondes, épuisantes, n'affectant à ma connaissance que les personnes gravement malades.

Deux jours plus tard, un jeudi, j'avais oublié cette rencontre lorsque je reçus son message dans l'après-midi. Il était ainsi formulé :

Cher James (si je puis me permettre),

J'aurais peut-être dû choisir un moyen moins direct de vous accoster, mais j'ai pensé qu'il valait mieux nous rencontrer en personne. Je ne suis ni un casse-pieds ni un dingue. Je ne suis pas obsédé par les sciences occultes, ni par le paranormal ou les mondes parallèles.

Autant commencer par vous parler un peu de moi, je suppose.

Je vous ai déjà indiqué mon nom. Si vous l'avez bien saisi ce soir-là, vous vous souviendrez que je m'appelle Joshua Fleischer. Je suis né à New York, j'ai obtenu une licence de lettres à Princeton en 1976 et, au début des années 1980, j'ai gagné une fortune à la Bourse. Je me suis établi dans le Maine en 1999, après un incident tragique. J'en avais assez de vivre en ville, alors j'ai acheté une propriété voisine d'une magnifique réserve naturelle. Je ne me suis jamais marié, je n'ai pas d'enfants ni de frères et sœurs, et j'ai perdu mes parents quand j'avais dix-huit ans. J'ai encore de la famille du côté de ma mère, des cousins qui vivent dans le nord de l'État de New York, mais la dernière fois où nous nous sommes parlé au téléphone doit remonter à plus de trente ans.

J'espère que vous n'en avez pas encore conclu que je suis un solitaire et un misanthrope, une sorte de troglodyte se cachant derrière l'argent et le pouvoir qu'il donne. Je vous assure que j'ai une vie sociale extrêmement active. Si je ne me suis jamais marié, c'était par peur d'avoir tôt ou tard l'immense douleur d'assister aux funérailles de la femme aimée et d'être ensuite condamné à vivre sans elle, ou pire, de la contraindre à subir cette épreuve. Vous me direz, peut-être me suis-je créé moi-même des complications, ou peut-être n'ai-je pas rencontré la bonne personne, celle qui m'aurait laissé espérer des retrouvailles dans l'au-delà. Il y a eu des femmes dans ma vie, dont certaines ont beaucoup compté pour moi ; pour autant, je n'ai connu qu'une fois le véritable « amour », il y a longtemps. Je vous en parlerai le moment venu, si vous acceptez ma proposition.

Bref... J'ai fait partie du conseil d'administration d'une bonne dizaine de fondations et d'associations caritatives. Pendant un temps, j'ai enseigné l'anglais dans une école à Bangor pour les enfants en difficulté. J'ai aussi apporté ma contribution de bénévole à un programme d'aide aux nécessiteux dans le comté de Mineral, où je vis. Je n'ai jamais eu le temps de m'ennuyer ni de me poser trop de questions.

Il y a deux ans, on m'a diagnostiqué une forme particulièrement virulente de leucémie. On m'a dit que c'était peut-être génétique, dans la mesure où mon grand-père paternel était mort de la même maladie. Je ne me suis pas apitoyé sur mon sort, je ne me suis pas plaint non plus. Je me suis conformé aux prescriptions des médecins et j'ai signé tous les chèques qu'ils me réclamaient, mais il y a trois mois ils m'ont annoncé que j'avais perdu la bataille et qu'ils ne pouvaient plus grand-chose pour moi. La médecine a fait son travail et m'a accordé une année supplémentaire d'existence en ce monde.

Je n'ai pas peur de la fin, et peu m'importe qu'elle survienne demain ou dans dix ans, du moment que mon départ ne cause de chagrin à personne.

Il me reste cependant une chose importante à régler. C'est même à mes yeux une question de vie ou de mort, pour employer une expression qui vous semblera peut-être ridicule étant donné ma situation actuelle. Et je suis convaincu que vous seul, James, pouvez m'aider à y parvenir.

Il m'est impossible de vous expliquer autrement qu'en face à face ce dont il s'agit, et c'est pourquoi j'aurais aimé avoir l'occasion de vous exposer mon problème ce soir-là. J'ai néanmoins préféré ne pas insister, pour ne pas vous paraître trop intrusif et risquer de compromettre mes chances de vous voir accepter ma proposition. Je pense aussi que ce que j'ai à vous dire s'intégrera dans vos travaux scientifiques sur les états modifiés de conscience.

Si vous acceptez, vous serez mon invité ici dans le Maine pendant quelques jours. Mon avocat s'appelle Richard Orrin, je vous joins ses coordonnées. Il vous fournira tous les détails pratiques.

Chaque jour compte, James. Mon seul espoir est que vous prendrez rapidement une décision, et qu'elle sera positive.

Dans cette attente, je vous prie d'agréer l'expression de ma considération distinguée.

Très cordialement,

Josh

Suivaient le numéro de téléphone et l'adresse de son avocat.

Je passai toute la soirée à penser à ce courrier.

Le style était fluide et cohérent. Quant au contenu, il m'avait été en grande partie confirmé par mes recherches sur Internet. Joshua Fleischer était un véritable protecteur des arts dans le comté où il résidait, et la presse locale ne tarissait pas d'éloges à son égard. Il avait aidé des adolescents issus de milieux défavorisés à entrer à l'université, des femmes battues à se construire une nouvelle vie, d'anciens détenus à se réinsérer dans la société et des enfants ayant des besoins spécifiques à obtenir une éducation et des soins appropriés. Il faisait pratiquement figure de légende, mélange de saint et de gourou. La « terrible maladie » qui avait déjà commencé à le ronger était mentionnée de façon discrète et compatissante par les journalistes régionaux.

Tout ce qu'il m'avait écrit paraissait exact. Et, me semblait-il, un homme qui avait consacré sa vie à aider les autres méritait bien qu'on lui tende la main en retour.

La publication de mon livre avait mis un terme à l'aide financière qui m'avait été accordée par la fondation J. L. Bridgewater et j'estimais qu'une pause me serait bénéfique. J'avais eu une liaison pendant plusieurs mois avec une de mes collègues, Mina Waters, mais, quelques semaines plus tôt, nous avions décidé d'un commun accord de rompre. Aucun de nous n'était plus en âge d'entretenir des illusions, et il était clair que notre relation ne fonctionnait pas. Elle me manquait parfois, pas suffisamment néanmoins pour m'amener à changer d'avis et à la rappeler.

J'avais donc du temps devant moi, même si les quelques jours prévus par Joshua Fleischer devaient se transformer en séjour plus long. J'étais presque sûr que ma visite inclurait des séances de thérapie, une sorte de préparation à la mort pour un homme qui, d'après ses propres déclarations, ne croyait pas en Dieu ni en l'au-delà, et par conséquent ne pouvait trouver aucun réconfort dans la religion. De fait, c'était pour moi une raison supplémentaire d'admirer sa philanthropie. Je me suis toujours méfié des actes de charité motivés uniquement par la foi, de la prétendue générosité de ceux qui signent des chèques pour les bonnes œuvres de la même manière qu'ils paient leurs impôts, ou qui glissent de l'argent dans le tronc des pauvres comme une offrande à une divinité qu'ils craignent plutôt que par véritable compassion.

2

Le cabinet de Richard Orrin se situait dans la 31e Rue Est, au troisième étage d'un vieil immeuble de grès brun qui en comptait huit et, pour autant que je puisse en juger, accueillait en son sein bon nombre d'entreprises florissantes.

Une assistante vint me chercher dans le hall pour me conduire jusqu'au troisième, qui était entièrement occupé par les locaux d'Orrin, Murdoch & Associates. Au moment précis où la pendule dans la salle d'attente indiquait dix heures, je fus introduit dans un bureau aux murs tapissés de cuir, réchauffé par un parquet en bois exotique. Orrin se leva et vint me serrer la main. C'était un homme d'une cinquantaine d'années, grand et chauve. Ses diplômes encadrés recouvraient la cloison derrière sa table de travail imposante, et certains de ses trophées de golf étaient exposés dans une vitrine.

Tout était exactement tel que je m'y attendais, ce qui me parut plus décevant que rassurant, dans la mesure où le message de Joshua Fleischer m'avait laissé supposer des mystères et des énigmes à résoudre.

Orrin précisa à son assistante que nous ne devions être dérangés sous aucun prétexte pendant une demi-heure, m'informant ainsi indirectement de la longueur prévue de l'entretien. Après que j'eus décliné l'offre d'une boisson, nous nous installâmes dans deux fauteuils disposés de part et d'autre d'une table basse.

— Si j'ai bien compris, vous avez accepté la proposition de M. Fleischer, commença-t-il en m'examinant avec attention.

— En effet, j'ai donné mon accord de principe, confirmai-je. Mais, comme je ne sais pas encore de quoi il s'agit au juste, j'espère que notre conversation m'éclairera et me permettra de prendre ma décision finale en toute connaissance de cause.

Les coins de sa bouche s'affaissèrent légèrement.

— Malheureusement, docteur Cobb, je ne suis pas en mesure de vous fournir d'autres éléments que ceux dont vous avez déjà discuté avec M. Fleischer. Mon seul rôle dans cette affaire consiste à garantir que, d'un point de vue légal, aucune information concernant mon client ou tout tiers que vous seriez amené à rencontrer durant votre séjour chez lui ne sera rendue publique, sous quelque forme que ce soit. En d'autres termes, je suis chargé d'établir une clause de confidentialité. M. Fleischer m'a demandé de m'en occuper, parce que je suis basé à New York et qu'il voulait régler cette question avant votre départ pour le Maine. Je tiens également à préciser que je suis en relation avec lui depuis plus de dix ans.

— Vous n'ignorez sans doute pas que ma profession est régie par un code de déontologie extrêmement strict, dis-je. Sans le consentement de mon patient, et en l'absence d'un mandat, je ne suis pas autorisé à utiliser ni à rendre publiques les informations qu'il est susceptible de me transmettre durant mes séances de thérapie.

— J'en suis conscient, bien sûr, mais rien ne nous permet d'affirmer que la proposition de M. Fleischer porte sur des séances de thérapie, n'est-ce pas ?

Il ouvrit un élégant porte-documents en cuir, d'où il retira une liasse de feuilles maintenues par un trombone.

— Nous faisons partie des entreprises vertes, et tous nos contrats sont signés électroniquement, m'expliqua-t-il. Vous recevrez votre exemplaire par e-mail aujourd'hui même. Ce sera le premier contrat, relatif aux « prestations médicales » que vous devrez assurer auprès de M. Fleischer. La formule est plutôt vague, je vous l'accorde, mais c'est celle qu'il a lui-même choisie.

Il me tendit les pages, que je lus avec attention. De fait, j'étais censé fournir à M. Fleischer des « prestations médicales » dont la nature n'était pas spécifiée sur une période de six jours. En contrepartie, il me verserait, d'avance, une somme à cinq chiffres. Le total représentait bien plus que mes honoraires habituels, et je m'en étonnai devant l'avocat.

Celui-ci se borna à hausser les épaules.

— Ce montant a été fixé par M. Fleischer, aussi n'ai-je pas à me prononcer sur ce point. S'il estime que vos compétences le valent, alors tant mieux pour vous. Maintenant, venons-en à la clause de confidentialité.

Il me remit le second contrat, qui se révéla beaucoup plus complexe que le premier. Il était formulé de façon à garantir que, durant tout le temps où j'assurerais les prestations médicales stipulées dans le premier, rien de ce que j'apprendrais ne devrait jamais sortir des limites de la propriété de M. Fleischer.

L'une des clauses précisait néanmoins que, dans l'hypothèse où je considérerais certaines informations comme suffisamment importantes sur le plan scientifique pour faire l'objet de futurs travaux de recherche, je pourrais m'en servir, à condition de changer le nom des personnes concernées et de ne jamais révéler leur véritable identité.

Tous ces points relevant à mes yeux du bon sens et de l'éthique professionnelle, je n'avais aucune raison de ne pas donner mon consentement.

Orrin replaça les papiers dans son porte-documents.

— Parfait, ce sera une bonne nouvelle pour M. Fleischer, déclara-t-il. Bon, il reste encore quelques détails à régler : les coordonnées du compte bancaire sur lequel vous souhaitez que l'argent soit viré – c'est moi qui me chargerai de la transaction – et votre adresse e-mail, pour que je puisse vous envoyer les contrats à signer.

Après lui avoir laissé ma carte de visite et un RIB, je crus que l'entretien était terminé mais, comme il ne bougeait pas, je restai assis moi aussi. Le regard perdu dans le vague, il paraissait plongé dans ses pensées et caressait distraitement le porte-documents. Je remarquai un bracelet en cuivre à son poignet droit, comme ceux utilisés pour soulager les douleurs rhumatismales.

— Ainsi que je vous l'ai dit tout à l'heure, reprit-il enfin, j'ai eu le plaisir de rencontrer M. Fleischer il y a dix ans. Depuis, son immense générosité n'a pas cessé de m'étonner. J'ai vu défiler des profiteurs, des personnes qu'il a aidées et qui l'ont blessé, pourtant il n'a jamais semblé regretter un seul instant les choses qu'il avait faites et la façon dont il avait choisi de vivre sa vie. Aujourd'hui, je suis heureux d'avoir pu lui rendre ce service qui, compte tenu de son état de santé, sera sans doute le dernier.

Je me gardai de tout commentaire, préférant le laisser poursuivre.

— Je sais que vous êtes un praticien respecté, docteur Cobb, et que vous jouissez de l'estime de la communauté scientifique à laquelle vous appartenez. Je ne vous cacherai cependant pas que j'ai mené une petite enquête de mon côté lorsque M. Fleischer m'a informé de ses intentions il y a deux semaines.

S'il est toujours désagréable d'apprendre que quelqu'un s'est renseigné sur vous à votre insu, je n'avais cependant rien à cacher et lui en fis la remarque. Il hocha la tête et ajouta néanmoins :

— J'ai tout de même découvert quelque chose qui m'a donné à réfléchir, d'autant que la presse a traité le sujet avec une extrême discrétion, c'est le moins qu'on puisse dire.

Je savais déjà à quoi il faisait allusion. Pour autant, je décidai de ne pas l'interrompre.

— Il y a trois ans, en été pour être précis, l'une de vos patientes, Mlle Julie Mitchell, s'est suicidée dans son appartement à Brooklyn.

— C'est arrivé dans la soirée du 23 juin, répliquai-je. Mlle Mitchell avait été diagnostiquée bipolaire cinq ans auparavant et avait déjà essayé de se tuer à trois reprises avant d'entamer une thérapie avec moi. L'une de ses précédentes tentatives avait d'ailleurs bien failli lui être fatale. Elle n'y avait survécu que de justesse.

— Ses parents ont entamé des poursuites contre vous pour faute professionnelle, souligna-t-il.

— Ils étaient accablés de chagrin. Ils vivaient un cauchemar depuis des années et ils se sont laissé manipuler par un avocat sans scrupule, si vous me passez l'expression. Le bureau du procureur a abandonné les charges. C'est un drame terrible, bien sûr, mais malheureusement ça arrive. Un thérapeute en exercice doit toujours prendre en compte la possibilité d'une telle évolution. J'ai derrière moi de nombreuses années d'expérience clinique, monsieur Orrin. Je n'ai pas ouvert mon cabinet dans l'Upper East Side dès l'obtention de mon diplôme pour soigner de jeunes veuves fortunées en fumant la pipe. Je suis né et j'ai grandi dans une petite ville du Kansas, où mes parents étaient ouvriers… Mais où voulez-vous en venir exactement ?

— Je ne voulais pas vous offenser, m'assura-t-il. C'est juste qu'il subsiste un point d'interrogation, et…

— Chacun de nous est confronté à des points d'interrogation dans son existence, dis-je. C'est ce qui fait de nous des humains et non des robots.

— N'empêche, j'ai l'impression de vous avoir heurté.

— Oh, ne vous surestimez pas, monsieur Orrin ! Croyez-moi, on ne m'atteint pas si facilement. J'imagine que vous avez essayé de convaincre M. Fleischer d'abandonner ses projets et de renoncer à ce contrat en vous fondant sur ce seul incident tragique ?

Une lueur de colère brilla dans son regard.

— Il était de mon devoir de renseigner mon client sur la personne avec laquelle il s'apprêtait à établir une relation contractuelle. Et je ne suis pas sûr que le terme d'« incident » soit le plus adéquat pour parler d'une jeune femme qui a perdu la vie. De plus, d'après les informations que j'ai pu réunir, les choses sont beaucoup plus compliquées que vous ne l'affirmez. Pour autant que je le sache, il n'est même pas certain que Mlle Mitchell se soit suicidée, docteur Cobb. Le bureau du procureur a enquêté sur cette affaire, et vous avez été convoqué à une audience pour être entendu par un comité rassemblant vos confrères. La police vous a également interrogé à deux reprises.

— Dans le cadre d'une investigation standard, ce qui était tout à fait normal compte tenu des circonstances, rétorquai-je. Mlle Mitchell n'habitait plus chez ses parents depuis quelques mois, et elle était seule au moment du drame. Il n'y avait pas de témoins. Elle n'a pas laissé de lettre avant de passer à l'acte, contrairement à ce qu'elle avait fait les autres fois. Mais les enquêteurs ont conclu qu'elle avait volontairement pris une overdose de somnifères et que sa mort était due à un arrêt cardio-respiratoire. L'accusation de faute professionnelle n'a pas été retenue après l'audience, et la police a recommandé l'abandon des charges, ce qui a été fait. Autre chose ?

— Eh bien, j'ai également appris que, si la concentration de substance chimique dans son sang était deux fois supérieure à la dose mortelle, son estomac en revanche n'en contenait aucune trace, laissant supposer que la victime se serait elle-même fait une injection.

— Le second examen médical a éclairci ce point : le premier résultat était une erreur.

— Vous me semblez décidément bien cynique et dur, conclut-il en agrippant les coins du porte-documents posé sur la table comme s'il avait peur que je ne le lui arrache des mains.

Je me levai brusquement, et il m'imita aussitôt.

— J'attends les contrats, dis-je. De votre côté, vous pouvez d'ores et déjà considérer qu'ils sont signés.

Je quittai la pièce sans attendre que l'assistante vienne me chercher. J'entendis Orrin marmonner derrière moi, mais je ne compris pas ses paroles.

Deux heures plus tard, je recevais les contrats par e-mail. Je m'empressai de les signer et de les renvoyer. En fin d'après-midi, Fleischer me téléphona. Il commença par me remercier d'avoir accepté les termes de l'accord.

— J'ai eu la nette impression que votre avocat voulait me faire changer d'avis, déclarai-je.

Je l'entendis soupirer.

— Vous savez, docteur Cobb, il me semble bien que, tôt ou tard, tous les hommes riches finissent entourés d'individus serviles, idiots ou les deux. Je suis incapable d'expliquer pourquoi, mais j'ai pu constater qu'il en allait toujours ainsi. Ces dernières années, Richard a essayé de se rapprocher de moi, de devenir une sorte de confident, peut-être, de conseiller personnel, ou quel que soit le terme qui convienne. Alors, aujourd'hui il fulmine parce que je ne lui ai pas donné de détails sur ce que j'attends de vous. Mais je ne tiens pas compte de ses états d'âme, James. Vous permettez que je vous appelle James ?

— Bien sûr.

— Merci. Et appelez-moi Josh. Alors, James, comment comptez-vous faire le voyage ? En voiture ou en avion ?

— En voiture. Si je pars de bonne heure le matin et que je m'arrête pour déjeuner, je devrais arriver en début de soirée.

— Prenez l'Interstate 91 et ensuite la 84, plutôt que la Route 1 le long de la côte. La circulation y est infernale et, de plus, il n'y a pas grand-chose à voir. Je connais un bon restaurant à Portland, juste après le péage : le *Susan's Fish and Chips*. Je vous recommande le homard. Quand partirez-vous ?

— Demain. Je serai chez vous dans la soirée.

— Avez-vous des exigences particulières concernant votre séjour ? Au niveau alimentaire, par exemple ?

— Non, merci, je n'ai besoin de rien, lui assurai-je. Mais je tiens à vous dire que la somme indiquée dans le contrat est beaucoup trop élevée, Josh.

— Je n'avais encore jamais entendu personne se plaindre à ce sujet !

Il éclata de rire.

— Écoutez, nous en discuterons quand nous nous verrons. Pour ma part, je considère que c'est une rémunération raisonnable. Et si vous estimez que c'est trop, pourquoi ne pas reverser une partie de vos gains aux bonnes œuvres ?

— J'y penserai. Comment allez-vous, à propos ?

— Je ne prends plus aucun traitement, à part des antalgiques. Par chance, je ne souffre pas tellement, alors je n'y ai pas recours souvent, et je suis tout à fait lucide. J'ai eu ma dernière perfusion de cytostatiques il y a un mois – et quand je dis « dernière », c'est en accord avec les médecins. Quoi qu'il en soit, je suis sûr d'avoir assez d'énergie pour mener à bien ce projet. Entre nous, votre décision m'a donné un nouvel élan.

— Heureux de pouvoir vous aider.

— Je vous dis à mercredi, alors. Bon voyage, James. Et merci encore d'avoir accepté de venir.

Ce soir-là, avant d'aller me coucher, je repensai à Julie.

Elle avait vingt-huit ans quand j'avais fait sa connaissance, et c'était sans doute la plus belle femme que j'aie vue. Nous avions commencé les séances de thérapie en février, et en juin de l'année suivante elle se suicidait.

Lors de ses trois précédentes tentatives, elle avait avalé des somnifères à deux reprises et s'était tailladé les poignets la troisième fois. Il est généralement admis que les candidats au suicide changent rarement de méthode. Leurs tentatives sont soit des répétitions pour se préparer au grand sommeil, soit des appels à l'aide ; dans tous les cas, elles sont révélatrices de leur solitude, de leur souffrance et de leur besoin d'attention avant qu'il ne soit trop tard.

Or Julie n'avait rien d'un cas typique. Jusqu'à la toute fin, je devais rester sceptique quant au diagnostic de troubles bipolaires. Certains jours, elle m'apparaissait comme la personne la plus équilibrée du monde, capable d'établir un échange verbal sans la moindre difficulté, prenant même manifestement plaisir à me parler d'elle. Elle n'était pas marginalisée : après avoir obtenu une licence d'anthropologie à Columbia et une maîtrise à Cornell, elle avait trouvé un poste de secrétaire de rédaction dans une grosse agence de publicité, où elle touchait un salaire substantiel et était appréciée de ses collègues. Elle était rarement de mauvaise humeur, et quand elle se sentait triste, elle était tout à fait capable de m'en expliquer clairement la raison, de trouver des justifications rationnelles à son humeur.

Elle n'avait jamais connu ses parents biologiques. Le jour de son dix-huitième anniversaire, son père et sa mère, qu'elle croyait jusque-là être ses vrais parents, lui avaient révélé qu'ils l'avaient adoptée à l'âge d'un an. Mais ils avaient obstinément refusé de lui donner d'autres informations, au motif qu'ils n'en avaient pas eux-mêmes ; d'après eux, la politique de l'orphelinat où elle avait été placée interdisait de communiquer le moindre renseignement sur les familles. Ils n'avaient même pas voulu lui indiquer le nom de l'établissement.

Au cours de sa deuxième année d'université, elle avait réussi à mettre suffisamment de côté pour engager un détective privé – lequel n'avait pas appris grand-chose et lui avait servi des tas de mensonges pour pouvoir continuer à lui extorquer de l'argent. Au bout du compte, il ne lui avait fourni aucune piste, aucun nom, aucune adresse – rien. Souvent, lorsqu'elle restait seule dans l'appartement de ses parents, situé à Brooklyn Heights, elle fouillait les pièces à la recherche d'indices, espérant en vain un miracle sous la forme d'un bout de papier susceptible de l'orienter dans la bonne voie. Dans sa détermination, elle avait même réussi à découvrir la combinaison du coffre que son père avait installé sous son bureau. Il ne contenait malheureusement que des actes de propriété, des titres et des bijoux.

C'était à ce moment-là, m'avait-elle raconté, qu'elle avait fait sa seconde tentative de suicide. Sa mère souffrait d'insomnie et le médecin lui avait prescrit des somnifères puissants qu'elle conservait à la salle de bains, dans l'armoire à pharmacie. À aucun moment elle n'avait pensé à les cacher. Julie avait versé les comprimés dans une tasse, ajouté du lait pour les dissoudre et avalé le mélange. Puis elle était allée se coucher. Le lendemain matin, comme elle ne se levait pas, ses parents s'étaient inquiétés. En entrant dans sa chambre, ils l'avaient découverte inanimée, la bouche entourée d'une mousse blanchâtre desséchée.

On lui avait ensuite imposé des séances de thérapie – « un cauchemar », d'après elle –, au terme desquelles le praticien avait établi un diagnostic, en surestimant à mon avis la gravité de ce qui n'avait peut-être été qu'une crise temporaire postadolescente. Elle avait dû aussi faire face à la compassion de tous ses proches et connaissances, un sentiment qui l'étouffait « comme une camisole », pour reprendre ses propres termes. Elle avait conscience des regards curieux qu'elle suscitait, de la politesse inquiète de ses collègues à son égard et de l'empressement de ses parents de plus en plus désespérés.

« Qu'est-ce qui vous a poussée à agir ainsi ? lui avais-je demandé. Je veux dire, pourquoi avoir avalé ces comprimés ? J'ai cru comprendre que vous en aviez pris vingt-huit – largement de quoi vous envoyer six pieds sous terre si vous aviez eu ne serait-ce que la plus légère défaillance cardio-respiratoire. Ce n'était pas simplement un appel à l'aide ! Vous avez joué à la roulette russe, Julie.

— N'est-ce pas ce que vous êtes censé découvrir, justement ? avait-elle répliqué avec ce sourire si particulier qui illuminait mon cabinet à chacune de ses apparitions. C'est bien pour ça que je suis là, non ?

— En effet. En attendant, je voudrais savoir ce que vous, vous pensez.

— "Je voudrais" n'est pas un argument recevable. Il va falloir que vous m'expliquiez *pourquoi* vous tenez à le savoir. Vous êtes mon thérapeute, pas mon patron, n'est-ce pas ? »

Et là, allongé sur le canapé dans le salon seulement éclairé par les lueurs de l'écran du téléviseur muet, je fus soudain saisi par le pressentiment que l'endroit où je devais me rendre le lendemain était investi d'un sombre pouvoir maléfique, comme si je m'apprêtais à descendre dans une cave humide, encombrée de vieux rebuts et de dangereux secrets.

3

Je partis tôt de New York et, une demi-heure plus tard, je roulais à bonne allure sur l'Interstate 91 en direction du Maine. Il faisait beau et il y avait moins de circulation que je ne le craignais. Je pris ensuite l'Interstate 84, puis la 90. En début d'après-midi, alors que j'approchais de Portland, le ciel s'assombrit brusquement et des trombes d'eau s'abattirent sur la route. Les phares des voitures arrivant en sens inverse ressemblaient à des globes jaunes flottant sur une rivière.

Je n'avais pas faim, aussi décidai-je de ne pas déjeuner et de continuer en direction de Freeport. Dans une station-service où je m'arrêtai pour faire le plein, je bus un café en interrogeant l'employé et quelques natifs de la région sur Wolfe's Creek, où était située la propriété de Fleischer.

On y accédait par une piste de terre battue qui traversait une forêt de pins jusqu'à deux hautes grilles de fer forgé. Je me garai, baissai ma vitre et appuyai sur l'interphone, tandis que deux caméras de surveillance braquaient leur objectif sur moi. Au bout de quelques secondes, les grilles s'écartèrent lentement, et je pénétrai dans une vaste cour divisée par une allée pavée. Sur ma gauche, je remarquai un court de tennis dont le filet était roulé dans un coin, et sur ma droite un pavillon en bois près d'une piscine vide.

La façade de la maison, une demeure de deux étages de style colonial, était en partie recouverte par du lierre. Joshua Fleischer et un autre homme d'une soixantaine d'années étaient assis sous le porche. Je descendis de voiture, grimpai les marches du perron et leur serrai la main.

— Walter montera vos bagages dans votre chambre tout à l'heure, déclara Josh.

Un seul coup d'œil me suffit pour constater que la maladie, délivrée des contraintes du traitement, avait déjà fait de sérieux ravages.

— Je suis heureux de vous accueillir, James. Merci d'être venu.

Nous entrâmes, tandis que le dénommé Walter prenait le volant de ma voiture.

Mon hôte me précéda dans un couloir où une énorme tête de bison empaillée faisait figure de seul ornement, puis dans un salon sur deux niveaux. Sur le plancher de chêne massif étaient disséminés des tapis à motifs amérindiens, tissés à la main. Au niveau inférieur se trouvait le salon à proprement parler, avec canapé, fauteuils et table basse. Le niveau supérieur servait de cuisine, avec un plan de travail au milieu et une grande baie vitrée donnant sur le jardin. Il y avait bien ici et là quelques œuvres d'art – des antiquités tribales pour la plupart –, mais rien d'ostentatoire ni d'excessif. Josh m'invita d'un geste à prendre place sur le canapé, et lui-même s'assit dans l'un des fauteuils voisins.

À peine nous étions-nous installés qu'un majordome apparut et me demanda ce que je désirais boire. J'optai pour un gin-tonic, et mon hôte pour un manhattan.

— Alors, le voyage s'est bien passé ? me demanda-t-il. J'espère que le restaurant dont je vous avais parlé vous a plu.

— Eh bien, la circulation était plus fluide que je ne m'y attendais, mais j'ai roulé lentement et je ne me suis pas arrêté pour déjeuner.

— Tant mieux ! Je nous ai fait préparer un excellent dîner, figurez-vous. J'ai rarement de l'appétit, mais quand ça m'arrive, j'ai des envies de femme enceinte ! Depuis ce matin, je rêve d'un gigot d'agneau au romarin, et je suis sûr que Mandy nous aura mitonné un repas de gala.

— Combien de personnes vivent ici ? demandai-je au moment où le majordome nous apportait nos cocktails.

— Aujourd'hui, cinq, répondit-il en inclinant vers moi son verre à long pied pour me porter un toast. C'est désormais nécessaire. Avant, mes employés n'étaient que quatre, mais il y a deux semaines j'ai décidé de suivre les conseils de mon médecin et d'engager une infirmière à plein temps, au cas où. Sinon, les autres sont à mon service depuis des lustres. Je les ai choisis soigneusement et je les paie bien, comme ça ils n'ont pas envie de partir. Cet arrangement me convient. Je n'aime pas les conflits et je n'ai pas d'exigences démesurées.

Son intonation, ses gestes et son regard exprimaient cette noblesse innée qu'on associe en général aux vieilles fortunes, aux meilleures universités et à une existence épargnée par les soucis du quotidien.

Pendant le dîner, nous discutâmes de tout sauf de la raison de ma présence. L'élégance de Joshua Fleischer se manifestait aussi dans sa conversation : il passait plaisamment d'un sujet à l'autre sans faire étalage de ses relations ni monopoliser la parole ou se mettre en avant. Le repas se révéla de fait succulent et les vins étaient excellents.

Au moment du café, il me remercia une fois de plus d'avoir accepté sa proposition.

— Votre lettre a piqué ma curiosité, lui avouai-je. Et, naturellement, je suis attiré par les choses qui m'intriguent.

— En fait, il n'y a rien de bien mystérieux dans tout ça, James. Je ne suis qu'un vieil homme mourant, qui espère que la maladie ne détruira pas ses derniers vestiges de dignité avant de l'emporter, et qui préférerait ne pas laisser de problèmes en suspens après son décès. J'ai soixante-quatre ans, et j'aurais sans doute pu profiter encore de deux ou trois décennies, mais… Je crois au destin et à l'idée que tout arrive pour une bonne raison, même si celle-ci échappe à notre entendement. La vie m'a plutôt gâté, sauf que…

Il marqua une pause et frissonna légèrement, comme s'il avait soudain froid.

— Bref, venons-en à vous. Pourquoi n'êtes-vous pas marié, James ?

— J'ai trente-cinq ans, rien n'est perdu ! D'accord, mon grand-père s'est marié à seulement vingt et un ans, et papa en avait vingt-sept quand ma mère lui a dit oui.

Mais aujourd'hui les choses ont changé. Presque toutes mes relations sont célibataires ou divorcées.

— Vous dites « relations » plutôt qu'« amis », s'étonna-t-il.

— Oh, c'était juste une façon de parler.

— Je ne pense pas, non. Je vous connais mieux que vous ne l'imaginez, James. Et c'est pour ça que, parmi tous les autres psychologues et psychiatres du monde, c'est vous que j'ai choisi d'aborder. À la grande consternation de Richard Orrin…, ajouta-t-il avec un sourire.

Après le dîner, Walter me montra les pièces où j'allais loger, au premier étage.

Je disposerais d'un petit salon, d'une chambre et d'une salle de bains, tous décorés avec goût. Je me douchai avant de me glisser entre les draps. J'avais pris soin de poser un roman policier sur la table de nuit, mais je ne me sentais pas d'humeur à lire et j'éteignis la lampe. Le silence me parut presque irréel. Seuls les cris assourdis des oiseaux de nuit me parvenaient à travers les fenêtres à double vitrage.

Josh m'avait d'emblée inspiré de la sympathie. Il n'était ni grossier, ni prétentieux, ni donneur de leçons, ni déterminé à m'infliger le récit de sa réussite professionnelle. Il n'arborait pas non plus cet air vindicatif typique de certains malades chroniques, qui semblent vous accuser d'être en partie responsable de leur état ou vous reprocher d'être un minuscule rouage du mécanisme universel qui s'est mis en branle contre eux.

En même temps, il m'apparaissait comme l'homme le plus solitaire que j'aie jamais rencontré.

Il évoluait au milieu de ses richesses comme un locataire embarrassé, qui aime ce qu'il voit mais sait que rien ne lui appartient réellement. S'il faisait preuve d'une extrême politesse envers ses employés, à mon avis celle-ci érigeait néanmoins entre eux et lui une barrière plus infranchissable que s'il s'était montré rude ou autoritaire. Ses moindres gestes, paroles et expressions semblaient étudiés, si bien que j'en arrivais à me demander s'il ne présentait pas de lui qu'une façade, un masque élaboré avec soin au fil du temps, derrière lequel se dissimulait une personnalité entièrement différente.

À un certain moment, je sortis de mon lit, m'approchai d'une fenêtre et relevai le store. Le ciel nocturne fourmillait d'étoiles, et un mince croissant de lune brillait, comme un fragment de l'astre resté à la traîne. Les frondaisons sombres étaient semblables à des sentinelles silencieuses, énigmatiques, figées dans leur surveillance éternelle.

Cette nuit-là, je rêvai de Julie.

Nous étions dans un café, assis en terrasse à une table baignée par la lumière du soleil. Elle portait une robe blanche et des lunettes noires qui lui conféraient un petit air mystérieux. Quand elle tendait le bras par-dessus la table pour me prendre la main, j'éprouvais une sensation de plaisir intense, plus puissante qu'un orgasme. « Tu dois oublier », disait-elle. Je répliquais qu'elle avait tort. « Je vais te dire un secret, ajoutait-elle. Je ne suis pas Julie. »

Au moment même où elle prononçait ces mots, le café, le soleil et les gens autour de nous disparaissaient brusquement, laissant la place à une forêt obscure. Je me réveillai l'esprit en déroute et le cœur battant à tout rompre, tandis que les rayons du soleil matinal glissaient sur le parquet.

4

Comme il faisait exceptionnellement beau pour cette période de l'année, Josh me proposa après le petit déjeuner une promenade dans la campagne environnante. Le majordome nous prépara un panier de pique-nique, avec des sandwichs, des petites bouteilles d'eau et une Thermos de café. Le soleil brillait déjà haut dans le ciel, pourtant Josh s'était enveloppé dans d'épais vêtements. Compte tenu de son état, même un rhume sans gravité pouvait se révéler fatal.

Derrière la maison s'étendait un champ en jachère, bordé au fond par une rangée de hauts érables qui dissimulaient une clôture disparaissant sous le lierre. Josh prit une clé dans sa poche et ouvrit le portail, révélant une autre piste de terre battue. Nous la traversâmes pour pénétrer dans une forêt où, parmi les nombreux troncs d'arbres morts éparpillés ici et là, poussaient des noisetiers et les plus hautes fougères que j'aie jamais vues. Josh semblait bien connaître les lieux ; de toute évidence, il n'avait pas besoin de chemin ni de pancartes pour se repérer.

Après dix minutes de marche, nous atteignîmes une clairière au milieu de laquelle se dressait un vieux puits moussu, dont l'ouverture était protégée par un panneau en bois muni d'un cadenas, et nous prîmes place sur le banc à côté. Le silence n'était troublé que par le pépiement des oiseaux et le léger bruissement des feuilles mortes. Nous n'avions parcouru que trois cents mètres tout au plus, mais Josh respirait déjà avec difficulté.

Si j'étais curieux de savoir ce qu'il attendait de moi, je préférais néanmoins le laisser choisir le moment d'aborder le sujet. Il me demanda si je voulais du café, puis versa le liquide chaud dans des tasses en plastique d'où s'élevèrent bientôt des filets de vapeur semblables à de minuscules spectres.

— Cet endroit s'appelle Claire's Spring, me dit-il. On raconte que ce puits a été creusé à la fin du XVIIIe siècle par un aventurier français nommé Roger qui faisait du commerce de fourrures avec les Algonquins. Il aimait en secret Claire, la fille de seize ans d'un marchand acadien. D'après la légende, Roger trouva la mort pendant la guerre de la Conquête, quand les Acadiens furent chassés de la région par les Anglais. Claire refusa de partir et, de chagrin, se laissa mourir de faim ici même, près du puits qui porte aujourd'hui son nom.

Il avala une gorgée de café.

— Bon, maintenant, je pense qu'il est temps de vous en dire un peu plus sur moi. Je suis né et j'ai grandi à New York, dans une famille aisée. Mon père, Salem Fleischer, était sorti major de sa promotion à Harvard et son héroïsme lors de la Seconde Guerre mondiale lui avait valu une médaille. Dans les années 1950, il est devenu l'un des avocats les plus respectés du barreau de New York. Ma mère venait de la famille Rutherford, qui avait fait fortune dans les chemins de fer.

» Je suis allé au lycée de Columbia, et je venais d'avoir dix-huit ans lorsque mes parents sont morts tous les deux dans un accident de voiture en Floride. Ils étaient riches, encore jeunes, et la brutalité de leur disparition m'a plongé dans une sorte de léthargie pendant des mois. Je me retrouvais brusquement seul au monde, unique héritier d'une fortune importante qui, selon les dispositions testamentaires de mon père, me reviendrait à mes vingt et un ans.

» La tradition familiale voulait que j'aille à Harvard, pourtant j'ai choisi l'université de Princeton, qui me paraissait plus ouverte, plus libérale. Comme bon nombre de jeunes gens à cette époque, j'étais révolté, radical, et j'avais le sentiment que nous faisions l'expérience d'un moment crucial à l'approche du nouveau millénaire. J'ai pris part à quelques manifestations, mais je me suis vite aperçu que toutes les causes qui étaient probablement intéressantes dans les années 1960 s'étaient déjà désintégrées, laissant dans leur sillage essentiellement un mélange de snobisme pervers, de promiscuité et de paresse congénitale habilement déguisée en rejet de la société.

» Il est de bon ton aujourd'hui d'accuser la génération des baby-boomers de naïveté et de prodigalité, mais je crois que nous étions avant tout heureux de pouvoir profiter de nos cités universitaires, de nos campus et de nos belles voitures. Nous ne voulions pas qu'on menace notre bien-être et qu'on nous envoie crever dans les rizières d'Asie alors que l'Amérique jouissait de sa prospérité.

» Bien sûr, je vous dis là ce que je pensais alors.

» D'autres croyaient que nous pouvions changer les choses – quelles qu'elles soient – en rédigeant des pétitions et en organisant des mouvements de protestation. Autant vous l'avouer, je n'en faisais pas partie ; j'étais sans doute trop riche, paresseux et contemplatif. Et j'avais trop de succès auprès des filles pour me laisser emporter par le radicalisme extrême qui, à mon avis, dissimule toujours un certain degré de frustration individuelle. À cette époque, quand on avait de l'argent, il fallait le cacher, c'était presque honteux. Mieux valait appartenir à la classe ouvrière et déambuler avec des billets gagnés à la dure, fourrés dans les poches de son Levis usé jusqu'à la trame.

» Exactement comme Abraham Hale, en somme, que j'ai eu l'occasion de rencontrer lors de ma dernière année à la fac.

» Son père était originaire de Portland, dans l'Oregon, et sa mère était une Cajun d'Atchafalaya, en Louisiane. Elle était morte quand il n'avait que sept ans. Il avait grandi dans une petite ville à une trentaine de kilomètres de Baton Rouge, dans un milieu très modeste. Abe m'a dit qu'il devait avoir dix ans lorsque son père a acheté leur premier téléviseur.

» Nous partagions un trois-pièces à Penns Neck, un quartier résidentiel et tranquille. Je préparais une licence de lettres, et Abe de philosophie…

Nous étions assis depuis déjà dix minutes, environnés par ce sous-bois mystérieux et envoûtant, et Josh commençait seulement à recouvrer une respiration normale et un peu de couleur sur les joues.

— Je vous raconte tout ça, James, parce que c'est en rapport avec ma décision de vous inviter ici. L'introduction sera longue, mais elle est cruciale, alors j'espère que vous aurez la patience de m'écouter attentivement.

— Dans mon métier, il est plus important d'écouter que de parler, lui fis-je remarquer. La clé de la compréhension réside souvent dans des remarques en apparence banales, comme le récit d'un après-midi de shopping ou la description d'un pull qu'on affectionne particulièrement.

— C'est vrai. Eh bien, voyez-vous, c'est avec mon ami Abe, que j'avais rejoint à Paris après la remise des diplômes, que j'ai vécu un événement qui, en un sens, allait complètement bouleverser le cours de mon existence.

Il s'interrompit. Ses traits reflétaient une soudaine tension, comme si la seule mention de l'événement en question l'effrayait. Il avait prononcé le prénom de son ami avec une sorte de réticence teintée d'horreur et, pour un peu, on aurait dit qu'il s'apprêtait à évoquer un démon.

— Mes années à Princeton ne m'avaient pas éclairé sur ce que je voulais vraiment faire de ma vie, reprit-il enfin. Quand j'y repense aujourd'hui, j'ai l'impression d'avoir flotté au-dessus de la réalité pendant mes études, abordant chaque jour comme si j'étais immortel, comme si j'avais tout le temps de trouver ma voie. Je n'avais aucun souci financier, puisque j'avais touché mon héritage. Quelques-uns de mes articles avaient été acceptés par des revues modestes, ce qui me donnait une bonne excuse pour justifier mon oisiveté chronique et me permettait aussi d'entretenir l'illusion que, tôt ou tard, je finirais par écrire quelque chose qui me vaudrait la reconnaissance publique à laquelle j'aspirais tant en secret. Alors, pourquoi se précipiter ? À cet âge, les apparences comptent souvent plus que la réalité.

» Je tombais amoureux environ une fois par mois, et je crois que j'ai brisé pas mal de cœurs durant ces années-là. Oh, je ne faisais pas pleurer les filles pour flatter mon orgueil, ni parce que ça me procurait une sorte de plaisir pervers ; non, je m'en fichais, tout simplement. Je passais pour une espèce de bohémien, un génie qui gaspillait son talent tout en rêvant de salut, ce qui attirait la gent féminine comme un aimant.

» À bien des égards, Abe était mon opposé.

» Il était pauvre, comme je vous l'ai dit, et d'autant plus déterminé à réussir et à se construire une vie différente de celle de son père. La plupart du temps, il prétendait qu'il était orphelin, pour éviter les questions embarrassantes sur sa famille. C'est d'ailleurs ce qu'il m'a raconté quand j'ai emménagé dans la maison d'Alcott Street, en décembre, juste avant Noël. Avant, je louais un appartement à Princeton Junction, mais le propriétaire avait perdu le travail pour lequel il avait déménagé à Philadelphie et, à son retour en ville, il m'avait prié de chercher rapidement un autre logement. J'avais donc épluché les petites annonces, et c'est ainsi que j'ai rencontré Abe, qui occupait depuis deux ou trois ans déjà un trois-pièces au rez-de-chaussée d'une demeure délabrée de style colonial ; il y avait toujours quelque chose qui tombait en panne. Il y avait habité seul jusque-là, malheureusement pour lui il venait de perdre sa bourse et devait économiser.

» Un mois après mon installation, j'ai fait la connaissance de son père, qui était venu le voir à l'improviste. Comme Abe était sorti, c'est moi qui ai ouvert, pour découvrir un homme d'une cinquantaine d'années, maigre comme un clou, l'air sinistre, qui empestait l'alcool et la sueur. Lorsqu'il m'a dit s'appeler John Hale, j'ai tout de suite compris que mon colocataire m'avait menti, ce qui m'a évité de commettre un impair. Abe n'est rentré que deux heures plus tard, et dans l'intervalle j'ai été obligé de faire la conversation au visiteur.

» Il était rustre, s'exprimait mal et se voulait l'incarnation de l'honnête travailleur américain, affichant une supériorité embarrassante qui, à mon avis, provenait d'un fort sentiment d'infériorité. À ses yeux, nous n'étions que des morveux trop gâtés qui préféraient se la couler douce plutôt qu'étudier. Il avait l'intention de laisser cent dollars à son fils avant de partir, ce dont il m'a informé d'un air hautain. Il était convaincu que les jeunes du campus passaient leur temps à se défoncer ou à se livrer à des orgies. Il n'avait pas pu combattre pendant la Seconde Guerre mondiale – il était alors trop jeune –, et il n'avait pas été non plus envoyé au Viêtnam – il était trop vieux –, ce qui ne l'a pas empêché de m'infliger un long sermon patriotique et de décrire les militants pour les droits civiques comme des bolcheviques masqués qui tournaient en dérision leur grand pays et avaient réussi à éliminer le meilleur président américain de tous les temps, Richard

Nixon. J'ai dû prendre sur moi pour garder mon calme jusqu'au retour d'Abe.

» Il est devenu blême en voyant son père, et l'a invité à aller prendre un café à l'extérieur. Hale senior était arrivé au volant d'une camionnette qu'il ne devait rendre que le lendemain. De mon côté, j'ai insisté pour qu'on aille au restaurant tous ensemble, et pour finir le père d'Abe a accepté, comme s'il m'accordait une immense faveur imméritée. Pendant le dîner, il n'a pas cessé d'adresser toutes sortes de reproches à son fils.

» Plus tard, au moment de partir, il lui a remis solennellement cinq billets de vingt dollars, assortis d'un discours pitoyable. Abe avait l'air gêné et s'est excusé auprès de moi par la suite. Je lui ai assuré qu'il n'avait pas à s'en faire, même si je me demandais combien d'autres mensonges il m'avait racontés. Mais, après tout, ça m'était égal.

» Il était tout joyeux ce soir-là. Une fille de New York qu'il connaissait depuis deux ans, et dont il était secrètement amoureux, était venue à Princeton rendre visite à des amis et l'avait invité à une soirée. Il m'a demandé de l'accompagner, impatient de me la présenter. En chemin, il m'a beaucoup parlé d'elle, en me disant à quel point elle était merveilleuse. Elle s'appelait Lucy Sandler, et elle était allée au lycée en Angleterre, ce qui la parait d'une aura mystérieuse et aristocratique aux yeux d'Abe. Lisant entre les lignes, j'ai compris qu'il avait l'intention de lui avouer ses sentiments et qu'il était convaincu qu'elle les partageait. Abe était originaire d'une petite ville, et nous étions dans les années 1970, une époque où les jeunes reproduisaient les mêmes rituels nuptiaux que leurs parents.

» Je me suis donc retrouvé dans un appartement où se pressait une foule de jeunes que je ne connaissais pas, à essayer de me frayer un passage au milieu d'épais nuages de fumée – mélange de tabac et de marijuana – et de corps vautrés sur les tapis. Abe était trop bien habillé et paraissait perdu, d'autant que la fameuse Lucy lui avait à peine prêté attention. Je suis allé me chercher un verre avant de me réfugier dans un coin. Environ cinq minutes plus tard, elle s'est approchée de moi et m'a invité à danser. J'ai cherché Abe du regard, mais il n'était nulle part en vue.

» Pour être franc, je ne me rappelle plus trop comment les choses se sont enchaînées, parce que j'avais pas mal bu. À un certain moment, Lucy m'a dit qu'elle avait repéré un endroit tranquille, alors je l'ai suivie jusqu'à un grenier poussiéreux avec pour seul meuble un vieux canapé miteux. Là, elle s'est jetée sur moi et m'a embrassé. Quand j'ai mentionné Abe, elle a paru contrariée.

» “Tu veux vraiment tout gâcher ? a-t-elle demandé. Abe est juste un copain.

— Il risque de mal réagir, ai-je dit, tandis qu'elle commençait à se déshabiller.

— Bah, ce qui compte, c'est qu'on soit là tous les deux. Allez, viens, ne me fais pas attendre…”

» Durant tout le reste de la soirée, elle a feint d'être amoureuse de moi, m'embrassant en douce et s'obstinant à me prendre la main. Elle m'a parlé de ses parents, de sa vie en Europe, des destinations exotiques dont elle rêvait. Les invités commençaient à s'en aller et je me suis mis en quête d'Abe, mais je ne l'ai pas trouvé. Lucy, qui était arrivée avec des amis, a fini par partir avec eux, après m'avoir répété une bonne dizaine de fois qu'elle m'appellerait.

» En rentrant, j'ai découvert mon ami assis à la table du salon, ivre mort. Il m'a dit que Lucy était une traînée, une junkie et une sale manipulatrice. Au bout d'un moment, sa litanie d'insultes a pris un caractère presque poétique, un peu comme une sorte de Cantique des cantiques à l'envers, où les seins de Lucie étaient aussi attirants que des gants de toilette, ses fesses aussi larges qu'un terrain de base-ball et son visage aussi avenant que celui d'un épouvantail dans un champ de maïs au fin fond du Kentucky. Pour la première fois depuis que je le connaissais, il semblait particulièrement animé et en verve. Voyez-vous, la haine peut parfois être aussi galvanisante que l'amour… En attendant, il y mettait tant de conviction que j'ai eu le sentiment que non seulement il en était venu à détester Lucy, mais qu'il était aussi capable de lui faire du mal.

Josh rangea les tasses vides dans le panier et me demanda si je voulais un sandwich. Je déclinai l'offre.

Il faisait si chaud que l'humidité s'évaporait du tapis de feuilles mortes. Le sous-bois dense autour de nous avait transformé la clairière en une sorte de serre, et je transpirais à grosses gouttes. Josh finit par ôter sa veste, qu'il posa près de lui sur le banc après l'avoir soigneusement pliée. Chacun de ses gestes semblait répondre à un souci de précision frisant l'affectation, et je me dis que le passage des années avait décidément effacé en lui toute trace du bohémien d'autrefois.

— Pour finir, il s'est endormi sur la table, et je l'ai aidé à se mettre au lit, poursuivit-il. Après, je suis allé me préparer un café. Je me sentais un peu honteux, mais pas coupable pour autant. Les choses se sont compliquées le lendemain matin, quand Lucy s'est présentée chez nous. Elle a déclaré d'un ton désinvolte qu'elle avait décidé de rester quelques jours avec moi, puis elle a lancé son sac dans un coin et s'est déshabillée avant d'aller prendre une douche. Lorsqu'elle a émergé de la salle de bains, nue comme au premier jour, Abe sortait de sa chambre, et sur le coup j'ai cru qu'il allait avoir une crise cardiaque. Sans un mot, il a attrapé sa veste et il est parti. Il est resté absent cinq jours, et à son retour Lucy n'était plus là. J'ai tenté à plusieurs reprises de parler d'elle avec lui, sans succès ; il faisait tout pour éviter le sujet. Lucy m'a encore téléphoné quatre ou cinq fois, ensuite elle a cessé d'appeler et je n'ai pas cherché à la revoir.

» Ce doit être environ deux mois après cet incident qu'Abe m'a annoncé qu'il partait pour Paris.

» Il était dans une situation encore plus inextricable que moi. Au départ, il avait dû se dire qu'après avoir décroché une bourse et quitté sa ville natale, ses problèmes se résoudraient tout naturellement d'eux-mêmes, que les profs ne tarderaient pas à se rendre compte de son intelligence et de sa culture, ce qui lui vaudrait de bonnes notes et des rencontres avec des personnes influentes. Il se croyait doué pour la recherche et s'imaginait déjà titulaire d'un poste à l'université. Malheureusement, rien ne s'est passé comme il l'espérait.

» Certes, il était plus intelligent et cultivé que la moyenne des gens dans sa ville natale, et la façon dont ses enseignants l'avaient traité jusque-là l'avait conforté dans cette idée. Mais, à Princeton, il s'était retrouvé confronté à certains des jeunes adultes les plus brillants d'Amérique. La première année, il avait fourni de gros efforts pour prouver sa valeur, sans parvenir néanmoins à s'illustrer. Parmi les fils à papa du campus, il était de bon ton de ne pas faire étalage de sa richesse, voire de s'encanailler à plaisir, mais cela ne voulait pas dire pour autant qu'ils acceptaient les vrais pauvres. Croyez-moi, l'hypocrisie était de mise… Quant à Abe, il était taciturne, et pétri d'habitudes et de préjugés dont il n'avait même pas conscience. Il portait le plus souvent des tenues austères, et il fallait toujours qu'il ramène sa science aux moments les plus inopportuns, sans doute pour contrebalancer le sentiment d'infériorité engendré par ses origines modestes. Le pire, c'est qu'il se levait tous les matins en sachant qu'il disposait de quatre ans seulement pour changer sa vie, ce qui le mettait dans un état de tension et de morosité permanent.

» Résultat, il était rejeté par son environnement, un peu comme un virus dont le système immunitaire cherche à se débarrasser. Sa réaction n'a cependant pas été d'essayer d'évoluer, mais plutôt de blâmer les autres. Il s'est encore plus replié sur lui-même, devenant de plus en plus amer et critique. Ses notes étaient au mieux médiocres.

» Il n'était ni un rebelle génial et intéressant, secrètement envié par les intellos, ni un hors-la-loi se battant contre les règles, tout auréolé du sombre halo de la révolte. Non, il restait un garçon pauvre, originaire d'une petite ville, tourmenté et de plus en plus isolé.

» En d'autres termes, aucun de ses rêves ne s'était réalisé, et le compte à rebours était lancé. Quand je l'ai rencontré, moins d'un an seulement le séparait de son diplôme. Il ne savait pas encore quelle voie choisir et s'enfonçait peu à peu dans la dépression. De plus, ayant perdu sa bourse, il était obligé de prendre toutes sortes de petits boulots pour pouvoir vivre sur le campus jusqu'à la fin de ses études.

» La seule personne qui avait de la sympathie pour lui était une dénommée Elisabeth Gregory. Elle devait avoir dans les trente-cinq ans, si je me souviens bien, et avait monté une petite société de traduction qui travaillait en lien étroit avec l'université. Abe y avait fait un stage pendant l'été. Elle était considérée comme l'une des plus belles femmes de la région, et de nombreux étudiants rêvaient de rejouer "Mrs Robinson" avec elle, mais elle semblait aussi froide et distante que superbe.

» Je ne me rappelle plus comment j'ai appris certaines choses sur sa vie privée. J'imagine que la rumeur sur le campus s'est révélée instructive, comme toujours.

» Elle était mariée à Matt Gregory, un ivrogne dépravé qui avait enseigné à Princeton pendant quelques années avant d'être renvoyé à la suite de plusieurs affaires sordides. À l'époque, les accusations de harcèlement sexuel n'étaient pas forcément rendues publiques ; dans la mesure où elles risquaient de nuire à la réputation de l'établissement, la commission de discipline préférait régler le problème en coulisses et l'enterrer dans sa crypte secrète.

» Apparemment, au moment où Abe avait rencontré Elisabeth, Matt Gregory était allé s'installer à New York, où il prétendait écrire des scénarios, alors qu'il passait son temps à traîner dans les bars où il cherchait la bagarre.

» Un jour où Abe était tombé sur elle par hasard, Elisabeth l'avait interrogé sur ses projets après ses études. Remarquant son embarras, elle lui avait alors demandé s'il serait intéressé par un travail en Europe. Vous n'imaginez pas l'effet que cette conversation a eu sur Abe ! Elisabeth était comme le rayon de soleil auquel il ne croyait plus dans une existence de plus en plus noire.

» Bien qu'elle ne lui ait fait aucune promesse et que cette discussion entre eux soit restée vague, Abe était déjà au septième ciel. Je lui ai conseillé d'aller acheter un bouquet de fleurs et de le lui apporter. Il a hésité quelques jours, avant de finalement suivre mes conseils. Je n'ai cependant jamais su comment s'était déroulée sa visite, parce qu'il a toujours refusé d'en parler.

» Ce qui est sûr, en tout cas, c'est que quinze jours plus tard il a reçu une lettre d'une fondation française appelée L'Étoile. On lui proposait un contrat d'un an avec une période d'essai de trois mois, renouvelable ensuite pour trois années supplémentaires. Ce soir-là, nous avons fêté la bonne nouvelle, et Abe m'a paru sincèrement heureux. Il est parti juste après les examens, en me faisant promettre de le rejoindre au plus vite.

Nous nous levâmes, pour nous engager sur un chemin à peine visible sous les fougères et les feuilles mortes. Durant un moment, Josh garda le silence, manifestement perdu dans ses pensées. Puis nous nous arrêtâmes près d'une source qui jaillissait entre des rochers et nous assîmes sur le tronc d'un pin abattu. Nous n'avions pas parcouru plus de cinquante mètres, pourtant mon compagnon mit de nouveau plusieurs secondes à reprendre son souffle.

— À vrai dire, continua-t-il, je ne sais pas trop pourquoi j'ai tenu parole et décidé d'aller à Paris. Après tout, je ne considérais pas Abe comme un ami, mais plutôt comme une connaissance rencontrée par hasard. Et je ne tenais pas suffisamment à lui pour renoncer à mes habitudes ni à mes projets. Pour être honnête, je crois que je n'avais tout simplement rien de mieux à faire cet automne-là.

» Alors, quand j'ai reçu une lettre d'Abe à la mi-août – à l'époque, on s'écrivait encore de vraies lettres, sur du vrai papier –, j'ai résolu de partir. Il me décrivait en termes enthousiastes son existence dans la capitale française, affirmant que tout était plus vivant et plus intéressant là-bas.

» Le mythe de ces illustres expatriés parisiens, tels que Fitzgerald, Hemingway, Dos Passos, Hughes et tant d'autres, était encore très présent à l'esprit des jeunes de ma génération. Paris apparaissait comme une Babel brillante, à la fois inspirante et pleine de mystère, alors que New York semblait en pleine déroute au milieu des années 1970. Je m'imaginais que tous les Parisiens portaient des bérets, mangeaient des pains d'un mètre de long et buvaient de l'absinthe en compagnie de jolies femmes faciles. Là-bas, les idées de génie tombaient du ciel telles des gouttes de pluie, si bien qu'il suffisait d'ôter le béret en question quelques secondes et de s'en servir pour les récupérer. Par contraste, il régnait aux États-Unis une atmosphère sinistre, marquée par les conséquences de la guerre du Viêtnam, les scandales politiques, l'agitation sociale et les tensions raciales.

» Je suis arrivé à Paris fin août, alors que la ville était une véritable fournaise. Abe est venu me chercher à l'aéroport, et j'ai bien failli ne pas le reconnaître, même s'il ne s'était écoulé que deux mois depuis son départ. Il s'était laissé pousser les cheveux et la barbe, et avait également troqué ses tenues austères, toujours dans des tons de marron et de gris, contre un jean pattes d'eph et une chemise en lin sous un blouson en cuir noir. Il paraissait heureux et insouciant, à tel point que j'en suis venu à croire que la capitale française était réellement capable d'accomplir des miracles.

» Il vivait dans un vieil immeuble de la rue de Rome, non loin des Champs-Élysées. Les pièces n'étaient guère plus grandes que des boîtes d'allumettes, et il fallait faire attention à ne pas se cogner la tête contre le mur quand on se mettait au lit. Ici, nous avons le culte de la grandeur : grandes maisons, grands lits, grands Coca, grands sacs de pop-corn… À Paris, me semblait-il, la taille importait moins que l'emplacement. L'appartement se situait en plein centre, et la fondation l'avait mis à la disposition d'Abe moyennant un loyer modeste.

» Alors j'ai rapidement oublié ses défauts – la faculté d'adaptation est l'apanage de la jeunesse – et accepté qu'Abe me serve de guide. Je n'avais aucune envie de faire des projets, préférant me laisser porter par les événements. De son côté, il avait établi une longue liste de lieux que je devais absolument visiter et, pendant environ une semaine, j'ai usé mes semelles à sillonner avec lui Montmartre, Montparnasse, le faubourg Saint-Germain, le faubourg Saint-Honoré... J'ai toujours aimé l'art, et la visite du Louvre m'a littéralement coupé le souffle. J'ai été étonné en revanche quand Abe m'a avoué avoir été impressionné par-dessus tout par le dôme des Invalides, ce monument insipide dans lequel est enterré Napoléon.

» Il ne m'a pas parlé tout de suite de Simone.

» Parfois, c'est vrai, il entrait dans une cabine téléphonique et s'y attardait une bonne dizaine de minutes, mais je pensais qu'il s'entretenait avec des personnes de la fondation. Et, lorsqu'il ressortait, il avait beau arborer immanquablement cet air réjoui, quasi béat, typique des amoureux, je supposais que la ville elle-même était l'objet de son adoration. En fin de journée, nous buvions du Pernod en terrasse dans des petites ruelles, puis nous allions dans des clubs écouter du jazz ou des sketchs auxquels je ne comprenais rien. Je connaissais à peine dix mots de français, contrairement à Abe, qui le parlait couramment. C'était presque sa langue maternelle, après tout, puisque, comme je l'ai mentionné, sa mère était une Cajun de Louisiane. Bref, je me souviens d'avoir eu l'impression de vivre un rêve éveillé durant cette première semaine. J'envisageais déjà d'essayer de trouver du travail sur place, d'autant que Paris grouillait d'expatriés américains et qu'il me paraissait facile de s'y faire des amis.

» Et puis, un soir, Abe s'est habillé avec plus de soin que d'habitude et, sans me donner d'explications, m'a emmené dans un restaurant près du palais des Congrès.

C'était un établissement chic, *Chez Clément*, bien au-dessus de ses moyens. Nous étions attablés depuis dix minutes et nous venions de commander un verre quand Simone est arrivée.

» Je suis tombé amoureux d'elle au premier regard. À cet âge, j'en conviens, on a tendance à s'emballer ; mais j'ai su tout de suite que, cette fois, il ne s'agissait pas d'un béguin d'adolescent attardé.

» Elle était blonde et semblait avoir été sculptée dans l'ivoire, tant elle dégageait de délicatesse et de grâce. Rien à voir avec les jeunes Américaines de l'époque qui, pour bon nombre d'entre elles, suivaient la mode en brûlant leurs soutiens-gorge et en s'efforçant de paraître masculines et sûres d'elles, puisque la féminité était considérée comme un odieux moyen de manipulation conçu par les hommes pour les cantonner au rôle d'objets sexuels.

» Simone était élégante et mystérieuse – la personnification même de la beauté, mais aussi d'une bonté angélique. J'avais l'impression de rencontrer une créature venue d'une autre planète. Dans la conversation, elle m'est également apparue comme très cultivée et instruite. Elle adorait la littérature et connaissait même Sartre personnellement. Nous avons passé toute la soirée à échanger nos idées sur l'existentialisme, l'engagement politique des artistes et d'autres sujets du même ordre.

» Je m'expliquais mieux désormais la métamorphose d'Abe. Je l'avais attribuée à l'effet miraculeux de Paris, alors qu'en réalité il était fou de Simone. S'il devenait timide et emprunté en sa présence, sa gaucherie ne manquait cependant pas d'un certain charme, susceptible de faire fondre la gent féminine. Il ne la quittait pas des yeux, peut-être parce qu'il cherchait à anticiper ses moindres désirs, ou simplement parce qu'il la contemplait comme une œuvre d'art.

» Simone parlait couramment anglais, avec une pointe d'accent. Elle travaillait à la fondation d'Abe depuis deux ans et avait été chargée de l'aider à s'installer. C'était elle qui avait choisi pour lui l'appartement de la rue de Rome, idéalement situé pour un nouvel arrivant désorienté par l'agencement labyrinthique de la capitale française.

» Je n'aurais su dire si elle était amoureuse de lui ou si elle se montrait seulement polie. Quoi qu'il en soit, j'étais certain qu'il s'agissait à ce stade d'une relation platonique et qu'ils n'avaient pas couché ensemble. Mais, connaissant Abe, ce n'était pas le plus important à ses yeux. Bon, on y va ?

5

Nous rentrâmes chez Josh pour le déjeuner. À notre arrivée, une infirmière en blouse blanche, qui se présenta sous le nom de Lisa Bedeck, lui tendit un verre de jus d'orange et un petit pilulier en plastique à moitié rempli de comprimés.

Il avait beau essayer de faire bonne figure, il était évident que la marche et la conversation l'avaient fatigué. Il ne reprit pas tout de suite son récit et, au début du repas, me demanda ce qui m'avait poussé à devenir psychiatre.

— Je crois que tout a commencé par une conversation que j'ai eue avec un médecin, quand je devais avoir dix ans, expliquai-je. Ma grand-mère paternelle était alors en pleine dépression. À l'époque, j'adorais la science-fiction et j'avais lu un roman de Philip K. Dick – si je ne me trompe pas – à propos d'un homme capable de guérir tout le monde en pénétrant dans un univers parallèle pendant qu'il rêvait. Eh bien, un jour, un psychiatre est venu voir ma grand-mère alors que j'étais là, et j'en ai profité pour lui demander ce qu'étaient les rêves, pourquoi nous rêvons, si nos rêves ont une signification ou pas, etc. Oh, il était très gentil, et nous avons bavardé pendant plus d'une heure, mais l'impression que j'ai eue, c'est que finalement, il n'y connaissait pas grand-chose. De façon étrange, j'ai trouvé ça plus excitant que s'il m'avait donné des réponses précises. Le lendemain, je suis passé à la bibliothèque emprunter un ouvrage sur le sommeil et les rêves. De fil en aiguille, je me suis orienté quelques années plus tard vers l'anthropologie, puis vers la psychologie et enfin, vers la psychiatrie. Au cours de mon internat, en dernière année de fac, j'ai rencontré le professeur George Atkins, qui m'a formé pendant plusieurs mois aux techniques de l'hypnose qu'il employait à l'hôpital Bellevue de New York. Nous sommes toujours en contact. C'est lui qui a préfacé mon livre, vous l'avez peut-être remarqué.

— Et votre grand-mère ?

— Elle s'est remise.

— Heureux de l'apprendre, James. Quoi qu'il en soit, c'est formidable de pouvoir déterminer jeune ce qu'on a envie de faire dans la vie et d'avoir la volonté de persévérer, souligna-t-il lorsqu'on nous apporta nos salades. Comme ça, on ne gaspille ni son temps ni son énergie en activités qui, plus tard, nous paraissent complètement futiles. D'un autre côté, on risque aussi d'entretenir des interrogations, des regrets et des frustrations, non ? Vous voyez ce que je veux dire ? Que se serait-il passé si j'avais ouvert cette porte, cédé à cette impulsion, répondu à cette invitation… Avez-vous toujours été sûr d'avoir pris vos décisions au mieux de vos intérêts ?

Il avait à peine touché à sa salade, mais il saisit la carafe de vin rouge et se servit un verre qu'il vida d'un trait.

Je haussai les épaules.

— Non, jamais. En tant que scientifique, je refuse de me poser des questions auxquelles je ne pourrai jamais apporter de réponses. Je n'ai aucune idée de ce que serait devenue ma vie si j'avais voulu être explorateur, par exemple, ou si je m'étais marié en dernière année de fac avec cette Californienne nommée Jessica Fulton et que j'étais parti m'installer sur la côte Ouest, comme je l'envisageais alors.

— Je pense que vous vous trompez, James : les choses que nous n'avons pas faites nous définissent autant que celles que nous avons faites. Pour moi, ce n'est pas un hasard si nous nous retrouvons devant telle ou telle porte à un moment donné, même si nous décidons de ne pas la pousser. Les portes que nous choisissons de laisser fermées sont aussi importantes que celles que nous franchissons. Bien sûr, on est tous tentés d'oublier, et à l'heure du bilan final, personne ne compte les portes qui sont restées fermées, mais seulement les quelques-unes qui ont été ouvertes.

— L'oubli est une part importante de notre système immunitaire mental, répliquai-je. Notre cerveau efface les fichiers qu'il juge inutiles ou dommageables, tout comme un ordinateur élimine les virus, les vieux documents et les icônes superflues. Il arrive aussi que les souvenirs perturbants soient maquillés, retouchés ou rafraîchis, afin de n'en préserver que certaines parties, pour une raison ou pour une autre. Freud était persuadé qu'il existait une sorte de poubelle de recyclage, le subconscient – à savoir, un endroit où finissent tous les souvenirs effacés, ceux dont le patient n'est même pas conscient –, à laquelle le psychanalyste pouvait avoir accès. Ainsi, les thérapeutes n'avaient qu'à les examiner à la loupe pour découvrir les véritables causes de l'impasse mentale dans laquelle se trouvaient les sujets. Jung, son brillant apprenti, est même allé encore plus loin en affirmant que toutes les poubelles de recyclage individuelles étaient reliées entre elles, formant un réseau invisible baptisé « l'inconscient collectif ».

— À votre ton, je dirais que vous n'êtes pas d'accord avec ces célèbres messieurs, fit remarquer Josh quand on nous servit le plat principal.

— Eh bien, la psychanalyse a toujours eu ses limites, ainsi qu'un aspect extrêmement spéculatif. À cette époque où prévalait l'enthousiasme scientifique, les connaissances humaines semblaient sans limites. Les savants cherchaient à formuler de grands principes unificateurs, et c'est ainsi qu'Einstein a établi sa théorie de la relativité, laquelle permet d'englober l'univers tout entier, de poser une équation susceptible d'expliquer à peu près tout – une pierre philosophale scientifique, en somme. Dans le même esprit, c'est ce qu'ont essayé de faire Freud avec ses théories sur la libido, Jung avec ses concepts de l'individuation et de l'archétype, et Adler avec sa notion de complexe d'infériorité. Tous ces raisonnements sont particulièrement séduisants d'un point de vue intellectuel, mais le but ultime de l'acte médical est bien la guérison, non ? La méthode psychanalytique se révèle souvent aussi épuisante pour le patient que pour le thérapeute, parce qu'elle demande du temps. Sans compter qu'elle revient cher. C'est un luxe du monde moderne, qui a remplacé l'ancien confessionnal par un beau canapé en cuir dans un cabinet médical en ville.

— Vous pensez vraiment qu'on pourra un jour mieux comprendre l'esprit humain à l'aide de chiffres, de formules et d'équations ?

— Si je n'y croyais pas, Josh, je ne serais pas scientifique.

Il secoua la tête.

— Permettez-moi d'être sceptique. Oh, il est peut-être possible de pénétrer dans l'esprit d'un homme, de le disséquer, de fourrager à l'intérieur puis de le recoudre, mais que faites-vous de ce qu'on appelle communément l'âme ? Elle ne se niche ni dans le cerveau, comme on a tendance à le supposer aujourd'hui, ni dans le cœur, comme on l'imaginait au Moyen Âge.

Il soupira et baissa les yeux.

— Nous en arrivons à la raison de votre présence ici…

Nous étions seuls. L'infirmière n'était pas revenue et le majordome nous avait apporté un plateau contenant du café, un sucrier et un pichet de lait, qu'il avait posé sur la petite table près des fauteuils.

— Dans votre livre, James, vous affirmez que rien ne garantit qu'un sujet en état d'hypnose décrit, disons, la *réalité*. Entre nous, je n'aime pas employer ce terme ; il semble suggérer qu'il existe une vérité objective au-delà des apparences auxquelles nous sommes menottés par nos sens, nos perceptions, nos convictions et nos tabous, comme vous l'avez d'ailleurs souligné pendant votre conférence. Néanmoins, je souhaiterais essayer la méthode.

Ainsi, c'était bien là qu'il voulait en venir.

— Écoutez, Josh, je dirais que vous avez suffisamment étudié le sujet pour savoir que l'hypnose comporte un certain nombre de risques…

— Je me suis renseigné, en effet. Je connais ces risques et je suis prêt à les assumer. Au point où j'en suis, je ne pense pas avoir grand-chose à perdre.

— Je ne parlais pas seulement de risques physiques…

Je ne me sentais plus aucun appétit, et Josh n'avait pas touché à son assiette. D'un commun accord, nous nous levâmes pour aller nous asseoir dans les fauteuils près de la table basse.

— Les expériences d'un sujet en transe hypnotique sont aussi fortes que s'il vivait réellement les scènes qu'il reproduit ou imagine, expliquai-je. Parfois, elles sont même encore plus fortes, en particulier pendant une régression. Je ne suis pas sûr que ce soit une bonne idée, dans votre état, de vous imposer une telle épreuve, surtout s'il s'agit d'explorer un événement traumatisant, ainsi que vous me l'avez laissé supposer. Si vous l'avez oublié, ne serait-ce qu'apparemment, c'est parce que votre esprit en a décidé ainsi. Le forcer à remonter à la surface pourrait avoir des conséquences graves et incontrôlables.

» De plus, je vous le répète, je reste sceptique quant aux éventuels résultats concrets. La question n'est pas de savoir si vous pouvez mentir… En fait, les patients ne mentent pas sous hypnose – ou du moins, ils ne se servent pas du mensonge comme ils le font en état de conscience, en tant qu'arme prise dans leur arsenal naturel d'autodéfense. Non, le problème, c'est que la “vérité” qu’un sujet communique ne correspond pas forcément à la réalité.

Il se pencha vers la table et me regarda droit dans les yeux.

— Entre nous, James, je suis obsédé depuis quarante ans par ce qui est arrivé cette nuit-là, et je ne veux pas mourir sans avoir tout tenté pour découvrir le fin mot de l’histoire.

Sa voix était devenue cassante.

— Je vous ai choisi précisément parce que vous êtes un sceptique et que je ne vous imagine pas enclin à manipuler la séance, à m’utiliser comme un rat de laboratoire dans une de vos expériences. Si nous ne réussissons pas à faire la lumière sur ce qui s’est passé à l’époque, alors tant pis. En attendant, avec votre aide, je suis résolu à essayer.

Une immense tristesse se lisait sur ses traits désormais, comme s’il venait d’apprendre une mauvaise nouvelle.

— Vous avez entendu parler du *Livre des morts*, cet ancien texte funéraire égyptien ? demanda-t-il. Eh bien, il y est écrit que, devant leurs juges, les morts doivent jurer qu’ils n’ont commis durant leur vie aucun des péchés figurant sur une liste qui en compte quarante-deux. Ensuite, leur cœur est pesé sur une balance. Si elle s’équilibre, ça signifie que le défunt a dit la vérité : il a fait le bien, et par conséquent il peut accéder au repos éternel. Mais s’il a menti et que la balance penche, alors le monstre Ammit, une divinité surnommée la « Dévoreuse », mange son cœur et l’envoie en enfer pour l’éternité…

» Bref, le moment est venu pour moi de vous révéler ce qui est en jeu. Une nuit, Simone a été assassinée, et Abe s'est volatilisé sans laisser de traces. Or, nous étions ensemble ce soir-là, tous les trois…

6

— Cette soirée a vu le dénouement d'une tragédie qui avait été mise en branle le jour où j'avais rencontré Simone pour la première fois dans ce restaurant, *Chez Clément*, dit-il.

» Je vous ai déjà indiqué qu'elle ne semblait pas amoureuse d'Abe : elle manifestait envers lui une gentillesse touchante, comme une personne bienveillante traite quelqu'un qui souffre et réclame de l'attention. Si Abe donnait l'impression de s'être bien adapté à la vie parisienne, je me suis rapidement rendu compte qu'il restait toujours tourmenté par les mêmes inhibitions et complexes. Or, Simone était issue d'une bonne famille, les Duchamp, héritière d'une fortune considérable et porteuse d'un nom qui lui ouvrait de nombreuses portes. Elle ne s'en vantait pas, mais il était clair qu'elle appartenait à un monde sophistiqué, aussi éloigné de celui d'Abe qu'une planète dans une autre galaxie.

» Bon, inutile de tourner autour du pot, nous sommes tombés follement amoureux l'un de l'autre. À cet âge, je suppose, c'est tout ou rien.

» On pourrait considérer qu'il s'agissait d'une répétition de mon histoire avec Lucy, sauf que, cette fois, les choses étaient beaucoup plus sérieuses entre nous. Au début, Abe se bornait à nous regarder avec stupeur, sans faire le moindre commentaire. Simone n'avait pas changé d'attitude envers lui, elle se montrait toujours amicale, mais il ne fallait pas être grand clerc pour deviner comment avait évolué la situation.

» Quant à moi, je découvrais des sentiments inédits. Le petit grain de beauté sur son poignet droit, la couleur changeante de ses yeux selon la lumière, une mèche de cheveux égarée dans sa nuque, la façon dont elle redressait les épaules lorsqu'elle portait des talons hauts... Autant de détails qui me paraissaient extraordinaires et devenaient le centre de mon univers dès l'instant où je les remarquais. Lorsque nous n'étions pas ensemble, il ne se passait pas une minute sans que je pense à elle.

» Une fois, alors que nous étions tous les deux – Abe avait dû se rendre à la fondation, et j'avais proposé à Simone de la raccompagner –, je lui ai exposé mes craintes au sujet de cet étrange triangle amoureux que nous avions formé malgré nous. Simone m'a confié qu'elle partageait mes préoccupations et ne voulait pas blesser Abe. Mais pour elle, a-t-elle ajouté, c'était notre histoire qui comptait avant tout.

» Donc, au bout d'environ trois semaines, nous avons commencé à nous voir souvent, tous les deux seulement, même si notre relation demeurait platonique. Un soir, nous sommes allés à une fête avec Abe, quelque part à Montmartre, et c'est là que nous nous sommes embrassés pour la première fois. Sur le trajet du retour, j'ai essayé de sonder Abe pour savoir s'il avait remarqué quelque chose, mais il était ivre et renfrogné, et il m'a été impossible de lui parler. Le lendemain, je n'ai pas eu le cran d'aborder de nouveau le sujet.

» Le coup de grâce lui a cependant été assené peu après cette soirée : la fondation a retiré sa proposition de poste quelques jours seulement avant la fin de sa période d'essai. Abe, qui tombait des nues, n'a pas pu m'expliquer en termes cohérents ce qui s'était passé. Il m'a juste dit que L'Étoile avait annulé son offre, puis il est resté assis un long moment sur le canapé, le regard perdu dans le vague, avant de sortir en trombe de l'appartement. Encore incrédule, j'ai appelé la fondation pour en avoir le cœur net, en me présentant comme un membre de sa famille en Amérique. Une secrétaire m'a confirmé la nouvelle : l'offre de travail soumise à M. Abraham Hale avait été annulée pour des raisons qui lui seraient notifiées par écrit sous peu.

» Je ne l'ai pas revu pendant plusieurs jours. Il n'est même pas revenu se changer. Par conséquent, c'est moi qui ai reçu le courrier de la fondation, et signé pour lui. Je l'ai placé sur la console du téléphone dans le couloir en me demandant ce qu'il convenait de faire compte tenu de ces nouvelles circonstances.

» Selon toute vraisemblance, Abe serait obligé de rentrer en Amérique, parce qu'il avait déjà épuisé ses économies. Fallait-il que je lui prête de l'argent pour prolonger son séjour ? Quoi qu'il en soit, le bail de l'appartement rue de Rome étant géré par la fondation, nous n'aurions pas d'autre solution que de partir.

» Le soir même, j'avais pris ma décision : je resterais à Paris, qu'Abe s'en aille ou pas. S'il voulait rester aussi et acceptait mon aide, nous aurions de quoi vivre confortablement sur mes fonds jusqu'à ce que nous trouvions l'un et l'autre du travail. Je me répétais sans relâche que les choses n'étaient pas si graves qu'elles le paraissaient. Certes, Abe était orgueilleux et entêté, mais j'espérais néanmoins qu'il ne refuserait pas la main tendue d'un ami.

» Son absence a duré jusqu'à la fin de la semaine, une période pendant laquelle j'ai marché sur des charbons ardents. De son côté, Simone était partie rendre visite à sa famille à Lyon et nous nous parlions au téléphone. Elle savait que la proposition faite à Abe avait été retirée, et elle semblait très ébranlée. Elle nous a invités à venir à Lyon rencontrer ses parents et oublier nos problèmes quelques jours.

» Quand Abe est enfin rentré, le dimanche, il avait complètement changé. Il était ivre, à l'évidence, ne s'était pas rasé et avait maigri : il flottait dans sa tenue débraillée. Je sentais la colère bouillonner en lui, même s'il essayait de paraître calme et sûr de lui, et affichait une expression que je ne lui avais encore jamais vue : il montrait les crocs, littéralement, les traits convulsés en une sorte de grimace qui faisait saillir sa mâchoire et découvrait ses dents.

» J'ai tenté de le réconforter, de lui expliquer que nous avions de quoi subvenir à nos besoins jusqu'à ce que nous décrochions un travail, mais que nous devions chercher un autre appartement au plus vite. Il a ouvert l'enveloppe de la fondation, jeté un bref coup d'œil à la lettre qu'elle contenait puis l'a froissée et brûlée dans un cendrier.

» "Tu ne crois quand même pas que je vais vivre à tes crochets ? m'a-t-il lancé. Ce serait le pompon ! Ne t'inquiète pas, je vais m'en sortir. Je connais des gens qui ont des relations. Tout ira bien."

» Compte tenu de son état, je me suis demandé avec une certaine inquiétude quel genre de personnes il avait pu rencontrer, mais de toute évidence le moment n'était pas propice à une telle discussion. Je lui ai dit que Simone nous avait invités à Lyon pour rencontrer ses parents.

» "Dis plutôt que c'est *toi* qu'elle a invité, a-t-il souligné avec amertume. C'est toi le rêve incarné de toute mère qui veut marier sa précieuse fille. Toi, le garçon séduisant, toujours élégant, riche et à qui tout réussit. Moi, je ne suis qu'un type pauvre et sans avenir. Elle ne pouvait tomber amoureuse que de toi, forcément, hein ?"

» Il a continué à se lamenter sur son sort pendant une bonne heure. Même s'il n'avait rien à se reprocher, il semblait prendre un malin plaisir à se torturer. Il n'arrêtait pas de répéter que son père avait raison : le malheureux s'était sacrifié en vain pour lui.

» Nous avions une bouteille de cognac dans l'appartement, qu'il a pratiquement vidée à lui tout seul, avant de s'écrouler comme une masse, sans se déshabiller, une cigarette allumée entre les doigts. Je l'ai mis au lit et j'ai tiré la couverture sur lui.

» Le lendemain matin, son discours était plus cohérent. Il avait toujours l'air déprimé, et il était tendu comme un ressort, mais au moins il avait renoncé à son interminable monologue sur ses défauts. Il s'est douché, rasé, et a enfilé des vêtements propres. Nous sommes sortis prendre un petit déjeuner au café, et j'ai de nouveau mentionné l'invitation de Simone.

» "Il n'est pas question que j'y aille, a-t-il décrété. Mais vas-y, toi. Je me rends bien compte que tu en meurs d'envie. Ça ira, ne t'en fais pas pour moi."

» Qu'aurais-je pu dire ? Je savais qu'il valait mieux ne pas le laisser seul, mais j'étais jeune et fou amoureux, alors j'ai bouclé mon sac et Abe m'a accompagné à la gare de Lyon. Aujourd'hui encore, je le revois au bout du quai, regardant le train s'éloigner, les mains dans les poches et le col de sa veste relevé. On était en octobre, il pleuvait et le temps était lugubre. J'ai hésité, en me disant que je ferais bien de redescendre et d'attendre avec lui le retour de Simone, mais le train a accéléré et ensuite, il était trop tard. Je l'ai abandonné…

Le souvenir de la scène devait être douloureux pour lui, car pendant quelques instants il se tut, immobile dans son fauteuil, les yeux mi-clos.

J'eus presque l'impression qu'il avait cessé de respirer.

— Hélas, mon séjour à Lyon a été catastrophique, reprit-il enfin. La mère de Simone, Claudia, était douce et gentille, mais complètement dominée par son mari, Lucas, qui vouait une haine féroce à tout ce qui n'était pas français. J'ai d'ailleurs appris qu'il n'était pas le vrai père de Simone : il les avait adoptées, elle et sa jeune sœur Laura, quand elles étaient toutes petites.

» Pour cet homme grand et mince, qui ressemblait un peu au général de Gaulle, les Américains étaient des hommes de Néandertal qui menaçaient la culture européenne, et il ne pouvait concevoir que sa fille quitte le pays en compagnie d'un de ces barbares. Il m'a à peine dit deux mots. Il avait fait partie de la Résistance pendant la Seconde Guerre mondiale et avait été arrêté et torturé par la Gestapo. Pour une raison ou pour une autre, son expérience entre les mains des nazis venait d'être exposée au grand jour ; son nom était partout dans les journaux à l'époque.

» J'ai demandé à Simone si elle savait pourquoi l'offre de la fondation avait été annulée. Elle m'a répondu qu'elle s'était entretenue au téléphone avec un membre du conseil d'administration, qui avait mentionné une lettre à propos d'Abe envoyée d'Amérique.

» Je n'ai pas logé chez eux, même s'ils avaient une grande demeure de deux étages. J'ai préféré prendre une chambre dans un hôtel proche. Simone me rendait visite en secret, comme si nous étions des adolescents, et c'est à cette occasion que nous avons fait l'amour pour la première fois. Je lui ai annoncé que j'avais décidé de rester à Paris. Lorsqu'il l'a appris, son père a souligné que la France était devenue un aimant attirant les fainéants des quatre coins du monde…

» Comme je l'ai dit, Simone avait une sœur, Laura, d'un an sa cadette. Elle étudiait l'anglais et vivait elle aussi à Paris, mais je ne l'avais pas encore rencontrée. Le hasard ayant fait qu'elle séjournait elle aussi chez ses parents au même moment, nous sommes sortis ensemble tous les trois à plusieurs reprises. Elle adorait l'Amérique et rêvait d'aller à New York un jour. Nous partions souvent en promenade autour de Lyon et passions nos soirées à parler jusqu'à pas d'heure, environnés par la fumée de nos cigarettes et l'odeur du café.

» À mon retour dans la capitale, le concierge de l'immeuble m'a dit qu'il n'avait pas vu Abe durant mon absence. Certaines de ses affaires n'étaient plus dans l'appartement. Il n'avait pas laissé de lettre, et je me suis demandé s'il était rentré aux États-Unis.

» Peu après, un employé de la fondation m'a rendu visite et nous sommes convenus que je pourrais rester rue de Rome jusqu'à la fin du mois d'octobre. J'avais amplement le temps de chercher un autre logement.

» Abe a surgi à l'improviste quelques jours plus tard. Je crois qu'il devait être minuit quand j'ai entendu la clé tourner dans la serrure. Il était mal en point, ivre, et tenait des propos décousus. Tout ce que j'ai compris, c'est qu'il avait une petite amie à Montmartre et que l'ex de cette fille leur cherchait des noises.

» À mon réveil le lendemain matin, il était déjà parti. Non seulement il m'avait volé de l'argent dans mon portefeuille, mais j'ai aussi découvert qu'une montre en or et un briquet Dupont manquaient à l'appel. Je n'avais aucune idée de l'endroit où il avait pu aller. Le scénario s'est reproduit deux ou trois fois par la suite. Lorsqu'il venait, je veillais à laisser du liquide bien en vue, qu'il empochait après s'être douché, rasé et changé. Il était comme un fantôme, qui arrivait à minuit et s'évanouissait au chant du coq en emportant les offrandes déposées par l'humble serviteur mortel que j'étais. Ça ne me dérangeait pas ; en attendant je m'inquiétais pour lui et je prévoyais de lui parler.

» Lorsque Simone est revenue à Paris, nous nous sommes vus le plus souvent possible. Elle partageait un appartement avec une autre fille, alors nous préférions nous retrouver chez moi. Une nuit où elle s'était endormie avant moi, Abe a débarqué vers trois heures du matin, titubant comme à son habitude. Je lui ai dit que Simone était dans la chambre et il m'a regardé avec une espèce de sourire idiot sur le visage. Ce qu'il a fait ensuite m'a laissé sans voix : il est entré dans la pièce, a soulevé la couverture et contemplé un long moment Simone dans toute sa nudité. "T'es un sacré veinard", a-t-il murmuré avant de lâcher la couverture. Il a ensuite tourné les talons et quitté l'appartement, renonçant du même coup au rituel de la douche et du changement de tenue.

» C'est peu après que s'est déroulée cette soirée où tout a mal tourné, celle à laquelle j'ai fait allusion... Mais nous y viendrons plus tard, James. Pour le moment, j'ai besoin de me reposer.

Josh tira de sa poche un petit transmetteur d'appel et appuya sur une touche. L'infirmière apparut aussitôt et l'aida à quitter la pièce.

Walter entra à son tour pour me dire :

— Si vous avez envie d'aller à la pêche, je vous accompagnerai. J'ai préparé tout ce qu'il faut. Le ruisseau est à environ un kilomètre d'ici.

Je répondis que je n'étais pas fan de la pêche et, dans la foulée, je déclinai également sa proposition d'une balade autour de Freeport. Je retournai dans ma chambre, où je lus un moment avant de m'endormir.

Cette nuit-là, je rêvai une nouvelle fois de Julie. Elle se tenait debout devant moi, fardée à outrance et en tenue suggestive. Son double l'accompagnait.

« Je ne savais pas que vous aviez une jumelle », disais-je.

Nous nous trouvions tous les trois dans une pièce vide. J'étais assis sur une sorte de trône avec un dossier en bois sculpté, et l'ombre des deux femmes en face de moi me recouvrait comme un linceul.

« Je n'ai pas de jumelle, répliquait l'une d'elles, et je ne suis pas Julie, mais Simone. »

Je me réveillai en haletant de peur. À l'époque, j'avais deviné que Julie était amoureuse de moi avant même qu'elle ne me l'ait avoué. Ce phénomène n'est pas rare pendant une thérapie, surtout quand thérapeute et patient sont de sexe différent ; il se produit alors ce qu'on appelle un « transfert ». Certains patients éprouvent un tel manque affectif qu'ils projettent leur désir sur la personne qu'ils associent à l'idée de sécurité, de responsabilité et d'attention.

Lorsque je lui avais expliqué la situation, Julie avait tenté de me convaincre que, dans son cas, cela n'avait rien à voir.

« Je vous aime beaucoup, je le reconnais, avait-elle déclaré. Et alors ? Où est le problème ?

— Une relation thérapeute-client (j'avais évité à dessein les termes "médecin" et "patient") ne serait pas seulement immorale et contraire à l'éthique de la profession, Julie. Elle présenterait aussi des risques importants.

— Toute relation est risquée, James. Quand les gens s'aiment, ils ouvrent leur cœur et leur âme, et il arrive souvent qu'ils soient blessés par le comportement de leur partenaire, voire meurtris jusqu'à la fin de leurs jours. Pas parce qu'ils sont tombés sur une personne malveillante, mais parce qu'elle peut se montrer froide, craintive, ou les deux. Vous avez lu *La Divine Comédie* ?

— L'un de mes professeurs considérait qu'il s'agissait d'une lecture obligatoire pour tout futur psychanalyste, avais-je souligné. D'après lui, l'œuvre de Dante n'a pas son pareil pour refléter la façon dont chacun imagine son enfer personnel.

— Eh bien, dans le chant III, il y a quelques vers assez mystérieux. Dans ce no man's land situé avant l'enfer, qui n'est ni la damnation ni la vie, le poète aperçoit un personnage dont il dit : "Après que j'en eus reconnu quelques-uns, je regardai, et vis l'ombre de celui qui fit par lâcheté le grand refus."

— Oui, je connais ce passage. Dante fait allusion au pape Célestin V, qui a renoncé à sa charge pontificale à la fin du XIIIe siècle.

— Je me fiche de savoir à qui il fait allusion, je ne m'intéresse pas à l'histoire, avait-elle rétorqué. J'aime trop rêver pour avoir envie de détruire mes fantasmes et illusions avec des petits jeux stupides sur la vérité et la réalité. La vérité suprême réside toujours dans le ventre de la femme qui donne naissance, et non dans les livres. Les peuples primitifs l'avaient parfaitement compris quand ils ont façonné leurs déesses. »

Je me souviens qu'elle s'était levée de son fauteuil à ce moment-là, les yeux mi-clos, comme en transe. Puis elle s'était déshabillée lentement, avant de venir se camper devant moi, jambes légèrement écartées, bras ballants.

« Il n'existe rien d'autre que ça, avait-elle affirmé. La vie est là, qui circule dans ce corps. Au-delà, c'est le néant. »

Je n'avais pas prononcé un mot ni fait le moindre geste. Elle était remarquablement belle. Les coutures de sa lingerie avaient imprimé de légères marques sur sa peau, semblables à d'anciennes cicatrices.

« "Le grand refus", avait-elle repris en contournant le bureau pour s'avancer vers moi. Il semblerait que nous devions tous choisir entre le néant des limbes et la souffrance de l'enfer. Alors ? Quel est votre choix, James ? »

7

Je pris une douche et m'attardai de longues minutes sous l'eau chaude en essayant de rassembler mes pensées. Le souvenir de Julie m'emplissait d'une tristesse profonde et douloureuse que je ressentais dans chaque cellule de mon corps. En même temps, je tentais d'évaluer les risques auxquels Josh serait exposé pendant l'hypnose.

Il m'attendait dans le salon, installé dans un fauteuil devant la table basse. La pièce me parut aussi familière que si je séjournais dans cette maison depuis déjà des mois. Au moment où je m'asseyais, mon hôte reprit le fil de son récit. Sa voix était différente, plus ferme, et les mots jaillissaient de sa bouche en rafales pareilles à des tirs de mitraillette, comme s'il voulait se débarrasser au plus vite de l'obligation d'avoir à relater les événements passés.

— Simone m'a avoué qu'elle avait rencontré Abe. Il était venu la voir à la fondation et avait insisté pour lui parler en privé, alors ils s'étaient rendus dans un café proche.

» Pendant deux heures, Abe m'avait cassé du sucre sur le dos, inventant toutes sortes d'horreurs sur mon compte. Il lui avait dit que je n'étais pas ce que je semblais être, que ma véritable intention était de m'amuser avec elle, de l'attirer dans un de ces jeux pervers auxquels j'aimais jouer avec les femmes. Il avait même prétendu que, à notre retour de Lyon, je lui avais confié être tombé amoureux de Laura, et que j'avais prévu de l'inviter à New York pour la séduire.

» Bien sûr, je ne vous répète pas les termes exacts qu'il a employés, parce qu'il avait utilisé un langage extrêmement grossier. Il lui avait raconté que j'étais un obsédé, qu'à la fac j'avais violé une de ses amies, dont j'avais ensuite acheté le silence. Puis il avait ajouté qu'il pensait se réfugier au Mexique pour m'échapper, mais qu'il ne voulait pas quitter Paris sans avoir soulagé sa conscience, parce qu'il refusait de vivre avec l'idée qu'il l'avait conduite à sa perte en me la présentant.

» Simone m'a affirmé qu'elle n'en avait pas cru un mot. Elle lui avait d'ailleurs demandé pourquoi il ne lui en avait pas parlé plus tôt, si j'étais vraiment tel qu'il me décrivait. Parce qu'il ne s'était pas rendu compte que les choses étaient allées aussi loin, avait expliqué Abe. D'après lui, c'était seulement à notre retour de Lyon, quand j'avais mentionné un possible mariage, qu'il avait mesuré à quel point la situation dérapait.

» Si elle avait la force d'affronter la vérité, avait-il poursuivi, il lui fournirait toutes les preuves nécessaires pour étayer ses dires. Ce soir-là, elle n'avait qu'à le rejoindre dans la chambre où il vivait, quelque part dans le dix-huitième arrondissement. Il y avait caché des lettres et des photos qu'il ne tenait pas à emporter à l'extérieur.

» Après le récit de Simone, je suis resté sans voix. Je ne comprenais pas ce qui avait pu pousser Abe à raconter autant d'histoires épouvantables sur moi. J'ai essayé de la convaincre de ne pas aller à ce rendez-vous, mais elle était déjà déterminée à le faire, non parce qu'elle pensait une seconde qu'il disait la vérité, quelles que soient les "preuves" qu'il comptait lui montrer, mais parce qu'elle avait pitié de lui. Elle était certaine qu'il faisait une dépression nerveuse et que la folie le guettait. Peu à peu, avec de la patience et de la gentillesse, elle espérait l'en sortir et le persuader du caractère irréel du monde qu'il avait créé dans son esprit.

» Je lui ai conseillé de ne pas jouer avec le feu. Aucun de nous n'était psychiatre. Je me souvenais d'une ancienne connaissance à la fac, un certain Green, dont la psychose s'était déclarée pendant notre première année. Il avait construit dans sa chambre sur le campus une sorte d'autel autour d'un poste de télé, décoré de tubes de dentifrice vides et de détritus récupérés dans sa poubelle. Quand l'ambulance était arrivée pour le conduire à l'hôpital, les urgentistes avaient dû en venir aux mains pour l'emmener, même s'il était petit et chétif.

» J'ai alors demandé à Simone si elle envisageait ne serait-ce qu'une seconde que sa vie – et la mienne, pour peu qu'elle me laisse l'accompagner – puisse être en danger au cas où Abe sombrerait réellement dans la démence…

Alors que Josh approchait du moment crucial de son histoire, je remarquai qu'il était de plus en plus agité et troublé. Au début, il m'avait semblé plutôt sûr de lui, même s'il était visiblement angoissé par tous ces souvenirs. Mais, à ce stade, il me faisait penser à un ballon qui se vidait peu à peu de son air. Il était devenu aussi pâle qu'un cadavre.

Sa respiration s'accélérait, et il ne cessait de remuer les mains, lissant un pli imaginaire sur son pantalon en velours côtelé ou tripotant les objets sur la table basse. La nuit tombait, mais il ne paraissait pas le remarquer, et nous restâmes assis dans la pénombre sans éclairer.

— En fin de compte, nous sommes arrivés à un compromis, reprit-il enfin. Elle irait à ce rendez-vous, mais je serais là aussi, caché à proximité. Et elle ne rejoindrait pas Abe dans sa chambre du dix-huitième arrondissement, qui était probablement un taudis grouillant d'ivrognes et de junkies. Non, nous irions dans un hôtel convenable.

» Elle a accepté.

» Le lendemain, j'ai loué une suite pour deux nuits à l'hôtel *Le Méridien*, que j'ai payée d'avance en liquide. Ce n'était pas loin du restaurant où j'avais rencontré Simone. J'ai fourré quelques affaires dans un sac, puis je m'y suis rendu. Entre-temps, Simone a téléphoné à Abe et lui a dit qu'elle le retrouverait dans cet établissement. Il a répondu qu'il y serait le lendemain à vingt et une heures.

» À vingt heures ce soir-là, Simone est arrivée à l'hôtel. Je la désirais, nous faisions l'amour chaque fois que nous étions ensemble, mais les pièces de la suite nous paraissaient déjà hantées par l'esprit d'Abe et nous aurions eu l'impression d'être observés, alors nous nous sommes contentés de fumer un joint. Si elle n'en a tiré que quelques bouffées, je crois que pour ma part j'ai un peu abusé, d'autant que j'ai également descendu quelques verres de cognac. À vingt et une heures pile, quand Abe s'est présenté, je planais déjà. Je me suis vite réfugié dans la chambre.

Dans le salon de plus en plus sombre, seules les faibles lueurs de la pleine lune s'insinuant par la fenêtre projetaient une clarté pâle.

— Je comprenais à peine ce qu'ils disaient, parce qu'ils parlaient tous les deux à voix basse, poursuivit Josh. Je n'ai cependant pas tardé à me rendre compte qu'Abe racontait d'autres mensonges sur moi, et que Simone le contredisait. À un certain moment, j'ai cru l'entendre appeler à l'aide, alors j'ai ouvert la porte et je me suis précipité pour la secourir.

» Mais il ne s'était rien passé ; j'avais sans doute imaginé ce cri. Je vous le répète, j'étais stone. Simone occupait le fauteuil près de la fenêtre dont les rideaux rouge cerise étaient fermés. Abe était assis sur le petit canapé en face d'elle, les mains sous les cuisses, comme s'il voulait les réchauffer. Il m'a regardé d'un air choqué et a reproché à Simone de l'avoir trahi.

» J'ai du mal à me rappeler comment s'est déroulée l'heure suivante, jusqu'au moment où la bobine du film a cassé, si je puis dire.

» Abe débitait toujours des horreurs sur moi, depuis notre rencontre jusqu'à mon arrivée à Paris. Il prétendait que j'avais laborieusement comploté pour le salir aux yeux de Simone et ainsi détruire leur relation. Il employait des expressions d'une vulgarité sans nom et ponctuait son discours de gestes aussi obscènes que ses propos.

» Simone et moi ne cherchions même pas à l'interrompre. Nous le laissions déverser son venin. Assis sur le tapis du salon, je remplissais de cognac nos verres. Un observateur qui n'aurait pas entendu Abe aurait pu croire que nous étions trois amis en train de boire un coup ensemble, de fumer et d'échanger des souvenirs.

» Il y avait une grosse pendule dans le salon, au-dessus du téléviseur. Je me souviens qu'il était minuit quand je l'ai regardée pour la dernière fois. Je n'avais plus les idées claires et je ne tenais pas du tout à me quereller avec Abe. Je n'arrêtais pas de me demander ce que nous faisions là. Je sais qu'à un moment, Simone est allée à la salle de bains, et que je suis resté seul avec Abe, qui s'était allongé par terre.

» Il m'a alors dit qu'il me haïssait et aurait voulu me voir mort. J'éprouvais un sentiment étrange, comme si j'étais détaché de la réalité, et il me semblait qu'il parlait d'une personne différente, que je ne connaissais même pas et dont je me fichais éperdument, si bien que ses paroles ne pouvaient pas me blesser. J'étais toujours assis sur le tapis, appuyé contre un fauteuil, les bras entourant mes genoux. Aussi surprenant que ça puisse paraître, j'ai fini par m'endormir.

» À mon réveil, je n'étais plus sur le tapis mais sur le canapé. J'avais mal partout et j'avais l'impression que ma tête allait exploser. L'horloge indiquait deux heures onze. Deux bouteilles de cognac vides traînaient par terre. Il n'y avait plus personne dans la pièce.

» Je suis allé jeter un œil dans la chambre, puis dans la salle de bains, et c'est là que j'ai découvert Simone.

» Elle était allongée dans la baignoire, les mains croisées sur la poitrine en une posture funéraire macabre, les yeux fermés, le visage horriblement meurtri et couvert de sang. On lui avait fracassé le crâne avec un pied de lampe en marbre, lequel se trouvait encore sur le sol, sous le lavabo. Abe, lui, n'était plus nulle part en vue…

Josh s'interrompit, comme s'il cherchait ses mots.

— À ce jour, je ne sais toujours pas ce que j'ai pu faire durant ce laps de temps. Je ne voyais qu'une explication plausible : pendant que j'étais inconscient, Abe avait dû saisir le pied de lampe, passer à la salle de bains – où je me souvenais que Simone était allée avant que je perde connaissance ou m'endorme –, puis la tuer et s'enfuir.

» Mais j'étais encore trop stone pour comprendre comment j'avais pu ne rien entendre ou pourquoi il y avait des traces de sang de la salle de bains au salon.

» J'ai pensé que je m'étais peut-être écroulé sur le canapé après avoir essayé d'arrêter Abe. À moins que je n'aie moi-même tué Simone sous l'empire de la drogue ? Mais pourquoi aurais-je fait une chose pareille ? Que m'avait dit Abe exactement avant que je tombe dans les vapes ?

» Dans le doute, j'ai nettoyé la chambre jusqu'au matin. J'ai essuyé toutes les surfaces pour effacer les empreintes et récuré le sang du mieux que je pouvais. Je tremblais violemment et je n'avais qu'une idée en tête : échapper au piège que je soupçonnais Abe de m'avoir tendu afin de m'anéantir. J'ai vomi à plusieurs reprises, et c'est seulement quand je me suis senti plus calme que j'ai réfléchi à un moyen d'évacuer le corps de Simone.

» Dans la matinée, j'ai accroché à la porte la pancarte NE PAS DÉRANGER et je me suis rendu au centre commercial de l'autre côté de la rue, où j'ai acheté la plus grande valise que j'ai pu trouver, ainsi que quelques vêtements pour moi. Comme Simone était petite, j'ai réussi à la faire tenir dans le bagage, où j'ai également fourré les habits que je portais la veille. Il me restait encore un joint et j'ai aussi déniché quelques mignonnettes de whisky et de vodka dans le minibar, que j'ai vidées les unes après les autres jusqu'à rassembler le courage de téléphoner à la réception pour demander qu'on descende ma valise et qu'on m'appelle un taxi. J'avais en permanence le sentiment d'évoluer en plein cauchemar, de vivre une situation complètement irréelle.

» Quand je suis revenu rue de Rome, le concierge m'a interrogé sur mon voyage, et j'ai répondu que ça avait été fantastique. J'ai voulu savoir s'il avait croisé Abe et il m'a répondu que mon colocataire n'avait pas remis les pieds dans l'immeuble en mon absence. J'ai traîné la valise jusqu'à l'appartement et me suis allongé sur le lit.

» Je passais rapidement d'un état mental extrême à l'autre, chacun plus éprouvant que le précédent. Dans une telle situation, d'abord survient le choc initial, qui vous paralyse, vous enracine sur place. Une fois que vous l'avez surmonté, vous vous retrouvez plongé dans un deuxième état, une sorte de fébrilité qui vous incite à agir sans tarder : vous devez faire quelque chose, sur-le-champ, pour échapper au danger. La fatigue s'évanouit comme par magie, vous vous découvrez des ressources insoupçonnées, vous prenez des décisions en un clin d'œil et vous les mettez à exécution. Le cerveau s'active à une allure dont vous ne l'auriez jamais cru capable. Ensuite, malheureusement, c'est le retour de bâton : l'épuisement et la prise de conscience de ce qui est arrivé, qui vous assomment. Je n'arrêtais pas de revivre le moment où j'avais découvert le corps de Simone dans la baignoire et compris qu'elle était morte. Et, chaque fois, c'était comme un coup de poing au creux de l'estomac.

» Non seulement j'avais perdu Simone, mais il était également possible que j'aie été son meurtrier. Je séjournais dans un pays étranger, et selon toute probabilité je ferais figure de bouc émissaire même si j'étais innocent. Un avocat général n'aurait aucun mal à convaincre un jury de ma culpabilité, que l'accusation soit fondée ou pas. D'autant qu'Abe avait disparu et que je n'avais pas son adresse.

» Je ne pouvais détacher les yeux de la porte du placard où j'avais rangé la valise. J'imaginais qu'elle allait s'ouvrir d'un instant à l'autre, comme dans un film d'horreur, et que Simone en émergerait, défigurée, le bras tendu, un index accusateur pointé sur moi. En désespoir de cause, j'ai récupéré la bouteille de cognac que je savais dans l'appartement et j'ai encore bu, ce qui m'a rendu malade une fois de plus. Pour finir, je me suis souvenu que j'avais des somnifères quelque part. J'ai récupéré le flacon dans un tiroir et avalé plusieurs comprimés. Je me suis couché tout habillé et ne me suis réveillé que le lendemain matin, au lever du jour. J'avais dormi huit heures.

» La première chose que j'ai faite a été d'ouvrir le placard : vide. Sous le choc, mes jambes ont failli se dérober. Quand je me suis ressaisi, j'ai constaté que les affaires d'Abe avaient disparu aussi. Je suppose qu'il avait dû passer dans la nuit et les emporter. En cherchant une valise, il avait mis la main sur celle qui contenait le corps de Simone. Mais pourquoi l'avait-il prise ? Je n'en avais pas la moindre idée.

» Après m'être douché et changé, je suis descendu interroger le concierge. Je lui ai demandé s'il avait vu Abe, mais il m'a répondu que non. Il venait d'arriver et son collègue de nuit était déjà rentré chez lui.

» Plus tard ce jour-là, la police s'est présentée à ma porte. J'avais dû fumer un paquet entier de cigarettes : mes mains tremblaient et je tenais à peine debout.

» Ils étaient deux, en uniforme. L'un d'eux semblait proche de la soixantaine, l'autre avait sans doute le même âge que moi. Lorsque j'ai ouvert, la première chose que j'ai vue, ç'a été la valise, posée entre eux. Bizarrement, je me suis presque senti soulagé ; j'allais payer pour ce que j'avais fait – si j'étais bel et bien coupable –, et au moins cette histoire serait terminée. Je les ai priés d'entrer et j'ai confirmé que j'étais en effet Joshua Fleischer, citoyen américain.

» Ils ont commencé par me demander si le bagage m'appartenait. J'ai répondu par l'affirmative. Ils ont ensuite voulu savoir pourquoi je l'avais abandonné à trois heures du matin à cinq minutes de mon immeuble, près du croisement entre la rue Duplessis et la rue de

Plone. Un clochard qui dormait là m'avait reconnu : l'Américain de la rue de Rome.

» Je leur ai expliqué que je n'y étais pour rien et que le clochard m'avait sans doute confondu avec Abraham Hale, mon ancien colocataire, qui était venu dans la nuit pendant que je dormais, et qui avait à peu près la même stature que moi.

» Ils m'ont alors questionné sur mes vêtements. Est-ce que je possédais un pantalon vert en velours côtelé et une veste bleu marine ? C'étaient les habits que j'avais achetés près de l'hôtel *Le Méridien*. J'ai admis que oui, je les avais même portés la veille, pour autant il s'agissait tout de même d'une erreur d'identité : j'avais avalé un somnifère puissant et dormi comme une masse toute la nuit. J'avais néanmoins de bonnes raisons de croire qu'Abraham Hale était passé à l'appartement. Qui sait, peut-être m'avait-il emprunté des affaires ? Ça lui arrivait parfois.

» J'ai allumé une cigarette pour tromper ma nervosité. Était-il possible qu'ils n'aient pas ouvert la valise et ignorent encore qu'il y avait un cadavre de femme à l'intérieur ? Ou alors, tout cela n'était peut-être qu'une espèce de plaisanterie morbide, et le corps de Simone était déjà à la morgue, sur la table d'autopsie, tandis que l'immeuble était cerné par d'autres policiers attendant le signal pour venir m'arrêter…

» Le plus âgé m'a soudain demandé si j'étais au courant qu'ils pouvaient fouiller le bagage sans mandat puisqu'il avait été abandonné. Voilà, c'est le début de la fin, me suis-je dit. Je lui ai répondu que j'étais au courant, en effet, et il a fourré les mains dans les poches de son pantalon. J'ai aperçu une arme dans son étui et une paire de menottes accrochée à sa ceinture. Le jeune policier s'est penché pour ouvrir la valise.

» Elle était remplie de vêtements qui semblaient y avoir été fourrés à la hâte. Les vêtements d'Abe, pour être précis, ceux qui avaient disparu de l'appartement pendant la nuit. Aucune trace du corps. Les policiers m'ont questionné sur ma décision de jeter tout ça.

» Je n'y comprenais rien. Pourquoi Abe avait-il abandonné la valise compromettante dans un endroit aussi visible après s'être débarrassé de la dépouille ?

» "Étiez-vous en conflit avec M. Hale ? ont-ils poursuivi. Où est M. Hale à présent ? Quand et où l'avez-vous vu pour la dernière fois ?"

» Je leur ai dit qu'Abe se comportait de manière étrange depuis quelque temps, mais que le terme "conflit" ne s'appliquait pas à nos relations. Il avait déménagé dans le dix-huitième arrondissement, c'était tout ce que je savais. Je ne lui avais jamais rendu visite. La dernière fois que je l'avais vu, c'était dans un café, la semaine précédente.

» Enfin, ils sont partis. Après avoir refermé la porte derrière eux, je me suis laissé tomber dans un fauteuil en essayant de donner un sens à ce qui venait de se passer. Au bout de quelques minutes, j'ai renoncé. J'avais tellement mal à la tête que j'ai failli perdre de nouveau connaissance.

» Après un moment, j'ai décidé de fouiller le contenu du bagage, avec l'espoir insensé d'y découvrir un indice. J'ai également retourné les tiroirs dans l'appartement. Dans l'un d'eux, j'ai trouvé le passeport d'Abe et un petit médaillon en or représentant la statue de la Liberté que j'avais donné à Laura, la sœur de Simone. Comment Abe pouvait-il l'avoir en sa possession ? Aucune idée. Et soudain, sous les habits, j'ai découvert une note sur laquelle n'était inscrit qu'un seul mot, en majuscules : « FUIS ! »

» J'ai réagi à l'instinct : j'ai obéi et pris la fuite. J'ai acheté un aller simple pour New York, puis j'ai bouclé mes bagages et je me suis rendu à l'aéroport le lendemain. Je me suis servi du passeport d'Abe, parce que le mien avait disparu et que j'étais trop terrifié pour aller au consulat demander un duplicata. Il fallait que je rentre au plus vite.

» Après avoir passé les contrôles douaniers aux États-Unis, je suis sorti de l'aéroport et je suis allé m'asseoir sur un banc où j'ai pleuré. Plusieurs personnes se sont arrêtées pour me proposer leur aide, mais j'étais incapable de prononcer un mot.

» Le reste de mon histoire n'a pas de rapport avec la raison de votre présence ici, James. J'ai séjourné quelques mois au Mexique et repris peu à peu le cours de ma vie. La peur que la police ne frappe un jour à ma porte m'a progressivement déserté, jusqu'à s'évanouir tout à fait.

» Par la suite, je n'ai eu que des relations occasionnelles et superficielles avec des femmes, et il ne m'est jamais venu à l'idée de me marier. Si j'étais réellement devenu un meurtrier cette nuit-là, rien ne garantissait qu'il n'y aurait pas de récidive, alors j'ai tout mis en œuvre pour ne jamais avoir la possibilité de reproduire un acte aussi horrible.

» Je n'ai plus jamais entendu parler de Simone ni d'Abe. Pendant des années, je me suis efforcé de tout oublier, et jusqu'à une date récente, j'ai cru avoir réussi. Mais, il y a quelques semaines, il s'est produit quelque chose – les détails n'ont aucune importance –, et j'ai compris que mes souvenirs avaient toujours été là, enfermés dans une chambre secrète de mon esprit, n'attendant que le moment de resurgir. Je ne me suis jamais pardonné ce qui était arrivé cette nuit-là, que j'aie été le meurtrier ou pas. J'ai fui comme un lâche au lieu de rester pour éclaircir l'affaire et assumer mes responsabilités.

» J'ai tenté de réparer mes fautes en vouant presque toute ma vie aux bonnes œuvres. J'aimerais pouvoir revenir en arrière. C'est impossible, bien sûr. Néanmoins, je ne veux pas quitter ce monde sans savoir si je suis un criminel ou pas.

Après ce long monologue, je me sentais tout aussi épuisé qu'il en avait l'air. Dans la semi-obscurité, je ne distinguais presque plus ses traits. Il n'était plus qu'une ombre, une silhouette dont les contours se dissolvaient dans les eaux noires qui nous avaient engloutis, faisant de nous les prisonniers du mystère qu'il avait enfin partagé avec moi.

Josh se leva lentement et alluma les lumières avant de retourner s'asseoir dans son fauteuil.

— Vous connaissez maintenant toute l'affaire, me dit-il, une lueur de défi dans le regard. Demain, si vous êtes d'accord, nous commencerons notre tâche.

— Ce n'est pas aussi simple, répliquai-je. D'abord, j'ai besoin de votre dossier médical. Ensuite, il va me falloir une déclaration signée, dans laquelle vous affirmez comprendre les risques impliqués par une telle thérapie et assumer l'entière responsabilité de toutes les éventuelles conséquences. En fonction du traitement qui vous est administré, il restera à vérifier qu'un tel document a une validité légale, étant donné la possibilité d'un argument de capacité diminuée.

— Je sais tout ça. Vous trouverez une copie de mon dossier médical dans votre chambre. J'ai déjà été conseillé par mon avocat en ce qui concerne cette décharge : les antalgiques que je prends et leur dosage n'affectent pas mes facultés mentales.

— Je constate que vous avez pensé à tout.

— J'ai eu des mois, que dis-je, des années même, pour y penser ! De plus, j'ai toujours aimé que mes affaires soient en ordre.

— Vous savez, nous pourrions essayer un test d'association de mots, proposai-je. Il ne me faudrait qu'un jour ou deux pour le préparer. Parfois, les résultats sont réellement spectaculaires, et surtout beaucoup plus fiables que ceux de la régression hypnotique.

Il secoua la tête.

— Je souhaiterais d'abord tenter l'hypnose. Nous verrons bien après si d'autres tests sont nécessaires.

— Avez-vous tenu un journal durant cette période, Josh ?

— Non, pourquoi cette question ?

— Eh bien, la mémoire nous joue parfois des tours insoupçonnés... Comme l'a dit quelqu'un il y a longtemps, le souvenir des choses passées n'est pas nécessairement le souvenir des choses telles qu'elles furent.

— J'ai une très bonne mémoire, James. Depuis toujours. Et, ces derniers temps, avant votre arrivée, j'ai couché mon histoire sur le papier en m'efforçant de me rappeler le plus de détails possible.

— Je comprends, et j'ai remarqué en effet que vous pouviez donner des descriptions précises, mais votre mémoire n'est pas une caméra qui se contente d'enregistrer des images et des sons ; elle a une capacité incroyable à embellir, voire à falsifier les réminiscences.

— J'en suis conscient, mais je peux vous assurer que ce n'est pas le cas. À présent, si vous voulez bien m'excuser, il faut que j'aille me reposer. Je vous verrai demain matin.

Je découvris le dossier médical posé sur la table basse dans ma suite. À côté, une enveloppe comportant le logo d'une des fondations de Joshua Fleischer contenait un document me dégageant de toute responsabilité dans l'éventualité où les séances de thérapie qu'il avait acceptées auraient des conséquences fâcheuses, ainsi qu'un certificat médical attestant que son traitement n'affectait pas ses facultés mentales.

Sa leucémie avait été détectée à un stade déjà avancé, puis avait connu une rémission après l'administration de cytostatiques, mais avait ensuite fait une nouvelle offensive et s'était aggravée. Cela tenait presque du miracle qu'il soit encore en vie et qu'il ne souffre pas plus. Quoi qu'il en soit, il s'agissait d'un cas malheureusement typique.

Avant d'aller me coucher, je pris mon stylo à plume pour noter dans un carnet les grandes lignes de la séance à venir. J'y ajoutai aussi un plan de secours, au cas où le premier ne fonctionnerait pas.

8

Je conservai soigneusement les notes prises pendant les deux séances d'hypnose qui eurent lieu le lendemain. Je les reproduis ici mot pour mot.

Séance un

Patient : Joshua Fleischer, sexe masculin, soixante-quatre ans, atteint de leucémie, pas d'autre pathologie connue.

Sujet légèrement agité, tension et rythme cardiaque élevés, pupilles dilatées. En état de vigilance émotionnelle, il veut savoir si j'ai bien pensé à tous les détails. Me répète constamment qu'il a une totale confiance en moi.

Avant la séance, il s'est entretenu quelques minutes au téléphone avec son avocat à New York. Il a également vérifié que Walter et l'infirmière étaient prêts à intervenir, et fait un essai afin de s'assurer que le bouton d'appel d'urgence fonctionnait. À ma demande, les rideaux ont été tirés dans la pièce. Il a aussi pris les dispositions nécessaires pour que nous ne soyons pas dérangés.

La séance sera enregistrée par un dictaphone, dont le patient aura la propriété exclusive.

J'entame la phase d'induction à la transe par la suggestion verbale.

Patient très tendu. Ne réagit qu'au moment où je l'invite à s'imaginer sur une plage déserte. Son niveau de suggestibilité augmente peu à peu. Je poursuis la procédure. Réaction positive. État de niveau deux atteint avec succès.

Pour commencer, j'ai recours à la méthode d'induction objective, consistant à annuler l'identité du sujet afin de diminuer le niveau d'angoisse provoqué par l'abandon des filtres répressifs.

— Joshua Fleischer a quatre ans. Il est calme et se sent en sécurité. Vous êtes son seul lien avec les autres. Pouvez-vous lui demander de vous décrire ce qu'il voit ?

— Une pelouse, répond-il. Il a peur d'un bourdon qui vole près de lui. Mme Michaelson… Oui, il… L'herbe est mouillée. Est-il invisible ? Il a peut-être disparu dans l'herbe. L'eau… Debbie aurait dû sortir aussi, pour ne pas le laisser seul. Elle porte des collants rouges et des sandales blanches.

— Qui est Debbie ?

— Sa baby-sitter. Elle parle au téléphone pendant des heures et ses cheveux sentent mauvais. Elle a un gros grain de beauté sous le nez.

Le patient est mal à l'aise. Il gémit.

— Un vieil homme a été renversé par une voiture, poursuit-il. La route était grise. Joshua a aperçu le corps quand ils l'ont emporté. La figure du vieil homme était toute rouge. Il ne sait pas où ils sont tous. Debbie devrait être avec lui. Il entend sa voix mais elle n'est pas là. Des fourmis… il y a des fourmis partout.

— Tout va bien. Les années ont passé et Joshua a maintenant seize ans. Vous vous tenez à côté de lui. Dites-moi où il est et ce qu'il voit.

La peur se lit soudain sur ses traits. Il tourne la tête, essayant manifestement de déterminer où il se trouve. Se ronge les ongles de la main gauche. Avec les doigts de la droite, il tortille une mèche imaginaire au-dessus de son oreille.

Brusquement, il se penche en avant comme s'il avait reçu une gifle dans la nuque et laisse échapper un grognement sourd. Plaque ses paumes sur son visage puis se couvre la bouche, peut-être pour étouffer un cri. Avant d'ouvrir les yeux et de me transpercer du regard. De la salive coule sur son menton. Sa respiration s'accélère. Je demande :

— Où est Joshua ?

— Il… ça suffit…, répond-il en accompagnant ces mots d'un geste autoritaire du bras droit. S'il vous plaît… par… donnez… lui…

Sa voix est celle d'un adolescent que les larmes étouffent. Il pleure. Son débit est laborieux, ralenti, comme s'il était sous anesthésie et que son larynx l'empêchait d'articuler correctement. Son élocution est pâteuse. Les yeux mi-clos, il se balance d'avant en arrière sur son fauteuil, en tâtonnant autour de lui tel un aveugle.

— Il n'avait rien à faire ici, dit-il d'une voix différente, celle d'un adulte cette fois, amère et cassante. Qu'est-ce qu'il fabriquait là, nom d'un chien ? Et avec cette fille ? De tous les garçons présents, il a fallu que ça tombe sur *lui* ! Qui lui a donné de l'alcool, bonté divine ?

Il semble subitement tiré en arrière et ses épaules heurtent le dossier du fauteuil. Il lève les deux mains vers sa clavicule gauche. Les sons qu'il émet évoquent une douleur intense.

— La chambre rouge, lâche-t-il. Cette chambre… Je ne veux plus jamais y entrer…

J'attends dix secondes, avant d'approfondir l'état de relaxation jusqu'au troisième niveau. Sa respiration s'apaise. Ses traits se détendent.

— Dix ans ont passé et Josh vient d'obtenir sa licence. Comment fête-t-il l'obtention de son diplôme ce jour-là ?

Il paraît préoccupé. Il éclate de rire, ne cesse de s'humecter les lèvres et déglutit comme s'il salivait beaucoup. Il prononce ensuite à voix basse quelques mots que je ne distingue pas. Il donne l'impression de chercher un objet près de lui et n'arrête pas de regarder son poignet gauche, peut-être pour consulter sa montre.

— À mon avis, elle ne viendra pas, déclare-t-il en mimant le geste d'allumer une cigarette.

Il « fume » rageusement, en proie à une agitation grandissante.

— Hé, Phil, comment ça va ? Non, vieux, je ne crois pas, je vais attendre encore un peu, peut-être que… Quelqu'un doit… Ce n'est pas une question de lâcheté, juste de…

Il s'interrompt. Affiche un air concentré, comme s'il essayait de se rappeler quelque chose. Ses lèvres remuent sans produire le moindre son. Diverses expressions se succèdent rapidement sur son visage. Puis il prend une profonde inspiration et entre dans un état presque catatonique, les bras tendus devant lui, paumes vers le haut. On dirait qu'il libère un oiseau captif.

— Joshua est à Paris, dans une chambre à l'hôtel *Le Méridien*, avec Simone. Abe Hale, son ami, devrait arriver dans quelques minutes.

Il semble se concentrer encore plus fort, et hoche rapidement la tête. Il n'a pas l'air de comprendre ce qu'on attend de lui.

— Joshua pense que c'est une erreur, dit-il, une note de tristesse dans la voix. Il se plaît bien ici et il aimerait rester. Il ne peut pas croire que Simone ait accepté. Il sait que c'est risqué, mais… Ce n'est peut-être pas le seul moyen…

— Ce rendez-vous, c'était une idée de Josh ?

— Non, de Simone… Quelle importance, de toute façon ? Abe n'aurait pas dû venir.

— Pourquoi se sont-ils retrouvés dans cette chambre ?

— Elle a dit qu'elle voulait… Abe aimerait la faire changer d'avis, mais elle s'y refuse. Il est fou. Elle affirme qu'elle préférerait mourir plutôt que de lui annoncer…

Il s'exprime à voix basse, d'un ton las. Soudain, il sursaute et tourne vivement la tête comme s'il avait entendu un bruit sur sa droite. Pendant quelques secondes, ses lèvres remuent en silence.

— C'est le room service, déclare-t-il, les yeux rivés sur un point à sa droite. Ils commandent une autre bouteille. Hé, où… Non, il ne pense pas…

Il regarde autour de lui et cille rapidement, à l'image de quelqu'un qui tente de se repérer dans le noir. Puis il ouvre grand la bouche et se fige, l'air terrifié, fixant le vide de ses yeux exorbités. Il est en nage.

— Il y a une pendule sur le mur, dis-je. Quelle heure est-il ?

Il tourne lentement la tête vers la gauche, pareil à un automate. Marmonne des paroles inintelligibles.

Je répète :

— Quelle heure est-il ?

— Non, décrète-t-il en secouant la tête avec vigueur. Il ne peut pas. Ce n'est pas bien. Pas maintenant. Jamais. Ils devraient…

Il plie les jambes et agrippe ses genoux, comme s'il était assis par terre.

— Il faut… C'est une erreur… Non, il ne dira rien. Chacun d'eux doit faire un choix.

Il continue de secouer la tête. De temps à autre, il donne l'impression de suivre du regard quelqu'un qui se déplace dans un espace confiné. Il semble aussi feuilleter un livre.

— Maintenant…

— Il la voit, maintenant… Oh, mon Dieu ! s'exclame-t-il. Ce n'est pas possible ! Qu'ont-ils fait ? Oh, non…

Ses cris sont si perçants qu'ils doivent s'entendre dans toute la maison. Il se penche en avant, pose les pieds sur le sol et cramponne ses genoux. Puis se fige, de nouveau catatonique.

Il ne réagit plus à mes questions et rejette deux suggestions successives de régression. Je décide alors de renoncer à la transe de niveau quatre, préférant le ramener progressivement à l'état de veille.

Tout en prenant de profondes inspirations, il balaie la pièce du regard avant de jeter un coup d'œil à la pendule sur la table.

— Il ne s'est écoulé que douze minutes, observe-t-il.

— Nous avons débouché sur une impasse, expliqué-je. Cela n'aurait servi à rien de continuer.

— Alors, qu'avez-vous découvert ?

Dans son impatience, il a abandonné son habituel masque d'impassibilité.

— Rien de significatif, dis-je, et il ne peut dissimuler sa déception. Vous étiez là, dans la chambre d'hôtel, vraisemblablement avec Simone et Abe, comme vous me l'avez raconté. L'un de vous a essayé de faire changer d'avis les autres à propos de quelque chose. Abe est arrivé plus tard, et j'ai l'impression que vous l'attendiez tous les deux dans la chambre. Je ne crois pas que vous vous cachiez quand il s'est présenté, contrairement à ce que vous m'avez confié. À mon avis, votre mémoire a érigé un rempart autour de ces souvenirs, ce qui ne m'étonne pas. Et vous n'arrêtiez pas de répéter que vous ne diriez rien.

— C'est tout ?

Son regard se porte vers l'enregistreur, qui tourne toujours, comme s'il me soupçonnait de lui cacher quelque chose.

Je lui explique que la première séance est exploratoire, et que, pour la seconde, je n'aurai pas recours à la méthode d'objectification. Je précise qu'elle consiste à suggérer au sujet qu'il est quelqu'un de différent, un témoin de la scène qu'il s'apprête à relater, afin d'éliminer chez lui blocages et inhibitions. La description d'un événement donnée d'un point de vue neutre permet en effet d'améliorer grandement la précision du récit. Lors de la séance suivante, ajouté-je, je me servirai de sa véritable identité.

S'il semble sceptique, il accepte néanmoins et me dit qu'il voudrait enchaîner directement sur la deuxième séance. Je lui conseille de se reposer quelques heures avant, d'essayer de se relaxer au maximum, peut-être en écoutant de la musique pour se vider la tête.

Il refuse cependant mon idée et me propose à la place une promenade en voiture.

Il me demande de prendre le volant. Walter nous sort le véhicule et nous partons. Josh me donne les indications. Nous nous arrêtons près de la bretelle d'accès à l'Interstate 95, devant un petit restaurant, le *Nancy's Diner*. Une fois attablés à l'intérieur, nous commandons deux portions de homard, mais Josh touche à peine à la sienne. Il me parle des techniques de pêche, qu'il connaît bien pour les avoir pratiquées autrefois avec un ami, lorsque c'était la saison. Ses pensées semblent ailleurs, son attitude a changé. À son air plus ou moins absent s'ajoute une certaine hostilité. Le fait que je prenne des notes paraît le contrarier.

Quand je lui demande s'il s'est souvenu de quelque chose, il élude la question.

Je lui fais alors remarquer que le plus petit détail peut se révéler crucial dans une investigation psychologique de cette nature.

Il hésite encore quelques instants, avant de me dire :

— Je crois que je l'ai tuée, James. Je me suis rappelé certaines choses… différentes, mauvaises… Elles me sont revenues il y a quelques instants. Je les vois devant mes yeux en ce moment même, pourtant je n'ai pas l'impression d'être impliqué ; je me sens détaché, comme si je regardais un film.

— Vous ne vous en rendez pas compte pour le moment, mais votre cerveau a été balayé par une véritable tempête. Alors, laissez la situation s'apaiser avant de tirer des conclusions. Vous savez, la mémoire abrite aussi de faux souvenirs. Tenez, les témoins d'un accident de voiture donnent souvent des descriptions qui ne correspondent pas du tout à ce qui s'est passé en réalité. Ce qui est entreposé dans notre esprit est différent de ce que notre rétine enregistre, parce que nous ne sommes pas des robots. Notre conscience fonctionne comme un réalisateur de film qui coupe des scènes s'il en a envie et rassemble des séquences afin de leur attribuer le sens qu'il souhaite. Nous ne mémorisons pas des faits, mais plutôt des significations et des émotions, qui ne sont pas les mêmes d'un individu à l'autre.

— Je le sais bien, déclare-t-il avec lassitude. Pourtant, je suis désormais convaincu que j'ai tué Simone, même si je n'ai aucune idée de ce qui a pu me pousser à faire une chose pareille.

Il se comporte comme s'il n'avait jamais sérieusement envisagé cette hypothèse auparavant et qu'il venait d'être frappé par une révélation subite.

Nous rentrons.

À notre arrivée, l'infirmière vérifie de nouveau sa tension, son rythme cardiaque, son pouls et son taux de glycémie. Elle lui donne des vitamines. Puis nous nous dirigeons vers le salon, où j'allume le dictaphone. Nous ne nous installons pas de la même façon : Josh s'allonge sur le canapé et je prends place dans le fauteuil. La deuxième séance commence.

Séance deux

Le patient se détend plus facilement, cette fois. Sa respiration calme et régulière suggère un état de sommeil profond.

Il réagit positivement quand j'affirme qu'il a quatre ans, et il me raconte l'achat de sa première paire de nu-pieds. Il se montre très coopératif. Il mentionne de nouveau la présence troublante de l'eau proche.

Lorsque je lui demande comment il s'est retrouvé à Paris une fois sa licence en poche, il fronce les sourcils.

— C'est lui qui m'a conseillé de partir. Je ne sais pas pourquoi. Je ne voulais pas y aller. Mais, après le scandale, plus rien n'était pareil.

— À quel scandale faites-vous allusion ?

Silence.

Je répète la question :

— À quel scandale faites-vous allusion ?

— Cette histoire avec son mari. Quelle importance ? Tout le monde est au courant. Il a été tué, et moi je suis parti à Paris, mais les choses ont empiré. Avec *lui*, les choses empirent toujours. Pourtant, personne n'a le droit d'intervenir. Il n'est jamais responsable de rien, n'est-ce pas ?

— Vous parlez d'Abe ?

— Il était… S'il m'avait écouté, il n'y aurait jamais eu de scandale.

— Vous parlez d'Abe, c'est ça ?

— Le type qui… Je n'ai pas le droit de dire quoi que ce soit.

Son intonation change. Il regarde attentivement autour de lui.

— On ne devrait pas en discuter… S'il l'apprend… Mieux vaut laisser courir… Je ne sais pas quoi faire. Et lui non plus.

Il n'ajoute rien, se bornant à chuchoter des propos inintelligibles et à secouer la tête.

— Que ressentez-vous pour Simone ?

Sans hésitation, il répond :

— Elle est différente. Je ne veux pas la blesser. Je suis sûr qu'il lui ferait du mal s'il… Je crois que je l'aime.

— Est-ce que quelqu'un cherche à faire du mal à Simone ?

— Lui… C'est dans son caractère, il a été élevé comme ça. Il est malfaisant. « Chacun tue l'objet de son amour… le couard d'un simple baiser… le brave d'un coup d'épée… »

S'ensuit un long silence.

— Elle ne l'aime pas. Il vaudrait mieux qu'il quitte le pays.

— Est-ce qu'il menace Simone ?

Il soupire, se passe la main droite dans les cheveux et tourne la tête. Ses yeux sont fermés mais je vois ses orbites se mouvoir rapidement sous ses paupières closes.

— Moi et ma foutue gentillesse… Quel idiot ! Il me dit toujours qu'il va… j'ai eu beau lui démontrer que…

— Josh ? Est-ce Abe qui veut faire du mal à Simone ?

Il m'adresse un sourire mauvais. Son intonation change encore.

— Non, bien sûr, c'est ce putain de Père Noël !

— Je veux que vous m'écoutiez attentivement. Quand êtes-vous arrivé à l'hôtel *Le Méridien* ? En même temps que Simone et Abe ou plus tôt ? Quelle heure était-il sur la pendule au mur quand vous êtes entré dans la chambre ?

Ses traits se convulsent en une expression effrayée.

— Qui vous en a parlé ? chuchote-t-il. Personne n'est au courant. C'est très important que personne ne le sache. Il m'a volé mon passeport, ce dingue !

— C'est vous qui me l'avez dit, parce que vous avez totalement confiance en moi. Et je veux que vous poursuiviez votre récit.

Il secoue la tête et tente en vain de se lever.

— J'ai peur, dit-il.

— Vous n'avez aucune raison d'avoir peur. Vous êtes en sécurité à présent et personne ne peut vous faire du mal.

— Vous ne saisissez pas, hein ? lance-t-il d'un ton irrité. C'est très important que personne ne sache. Il la tuerait.

— Pourquoi ?

— Parce que les gens ne comprendraient pas… Elle a énormément souffert à cause de…

— Mais aujourd'hui, ils sont loin, et ils ne peuvent pas s'en prendre à vous. Ni à personne d'ailleurs.

Ils sont partis pour de bon. Vous n'avez plus rien à craindre d'eux.

Il secoue de nouveau la tête, comme s'il n'était pas convaincu que je lui dise la vérité.

— Que s'est-il passé cette nuit-là ?

— Une dispute a éclaté, répond-il.

— À propos de Simone ?

— Oui.

— Est-ce vous qui êtes arrivé à l'hôtel le premier ? Je veux dire, avant Abe ? Simone était-elle avec vous ?

— Oui, j'étais là avant lui. J'avais beaucoup bu et j'étais dans tous mes états. À un moment, je suis sorti, je voulais partir, mais j'ai fini par revenir. Je lui ai dit d'arrêter de faire du mal aux gens.

— De quoi parlez-vous exactement ?

— De lui, de ce qu'il nous a fait.

— Nommez cet acte.

— Impossible, personne ne comprendrait…

— Est-ce lui le responsable ?

— J'avais peur, je ne sais pas…

Il s'interrompt. Son agitation augmente encore. Il serre le poing droit et feint de frapper quelque chose ou quelqu'un.

— Il y a du sang, dit-il dans un souffle, et les larmes roulent à présent sur ses joues. Autant de sang que sur l'autoroute. Le bitume est gris et ils sont tous morts. Je la vois, elle. Il y a du sang dans ses yeux. Elle pleure du sang.

Tout son corps se raidit soudain, comme s'il venait de recevoir une décharge électrique. Des bulles de salive apparaissent aux coins de sa bouche. Ses bras ramenés contre lui semblent s'efforcer de repousser un poids énorme qui lui écrase la poitrine. Ses doigts repliés évoquent des griffes.

Je mets un terme à la séance et le sors de sa transe, mais il demeure figé dans la même position. Alors je presse le bouton du transmetteur d'appel, et l'infirmière se présente aussitôt.

Je restai encore deux jours, sans toutefois avoir l'occasion de lui reparler.

Josh souffrait d'épuisement nerveux, même si les analyses n'avaient montré aucun changement particulier dans ses paramètres vitaux. En attendant, son état général s'était sérieusement dégradé. Il n'était même pas curieux de savoir ce qu'avait révélé la seconde séance.

Je rédigeai néanmoins un rapport qui fut enfermé dans un coffre en attendant le moment où il demanderait à le voir.

Je ne voulais pas tirer de conclusions définitives, pourtant j'avais désormais la certitude qu'il avait été au moins le complice du meurtre de cette femme, sinon l'auteur lui-même.

D'après les données en ma possession, ni Josh ni Abraham Hale n'avaient le profil psychologique d'un meurtrier potentiel. Mais il y a des gens qui, comme Bonnie et Clyde, ne devraient jamais se rencontrer. Il se produit alors un phénomène semblable à celui d'une réaction chimique : deux substances inoffensives indépendamment l'une de l'autre peuvent produire une explosion si elles sont mélangées. Et la vie de Joshua avait pris un tournant décisif lorsqu'il avait sonné à la porte de cet appartement dans le New Jersey et fait la connaissance d'Abraham.

Il restait encore de nombreux détails qui ne collaient pas, et dont je n'avais pas réussi à déterminer la signification et la position dans le déroulement chronologique des événements. Je pensais toutefois que, compte tenu des circonstances, ça n'avait plus d'importance.

Quand j'allai prendre congé de Josh, alors que Walter portait mes bagages jusqu'à ma voiture, il tenta de me dire quelque chose, mais fut incapable d'articuler les mots. Il était allongé dans son lit, le visage et les mains aussi blancs que les draps. Pour finir, il esquissa un geste de frustration et tourna la tête vers le mur.

J'étais sûr que nous ne nous reverrions pas. Mais j'avais aussi le sentiment inexplicable que l'histoire ne s'arrêterait pas là.

Je m'apprêtais à m'asseoir au volant quand Walter me tendit une enveloppe à mon nom.

— De la part de M. Fleischer, me dit-il. Je vous prie de ne pas l'ouvrir avant d'être rentré à New York.

Après l'avoir remercié, je glissai l'enveloppe dans la boîte à gants puis démarrai. Dans le rétroviseur, je le vis s'attarder sous le porche et me saluer de la main tout en me suivant du regard.

Lorsque les grilles de fer forgé se refermèrent derrière moi, je poussai un soupir de soulagement. J'avais l'impression qu'après être resté cloîtré pendant des jours dans une pièce qui sentait le renfermé, quelqu'un venait enfin d'ouvrir en grand les fenêtres pour laisser entrer l'air frais.

De tous les patients que j'avais eus au fil des ans, aucun n'avait été aussi proche de la mort que Joshua

Fleischer. Et cette mort avait été comme une présence palpable, dissimulée dans un coin, attendant son heure.

Je ne devais pas me rappeler grand-chose du trajet de retour. La circulation sur l'autoroute était plus chargée qu'à l'aller, et une pluie diluvienne me ralentit pendant des heures. Je m'arrêtai dans une station-service pour refaire le plein et boire un café, en réfléchissant à ce qui m'attendait le lendemain. Je ne pouvais me sortir de la tête l'histoire de Josh et je pressentais déjà qu'elle me hanterait encore longtemps.

9

Arrivé chez moi, je me sentais tellement épuisé que j'allai directement me coucher après m'être douché. Le lendemain matin, un de mes collègues de Los Angeles m'appela pour me parler d'un séminaire qui était programmé trois jours plus tard en Suisse. Le professeur Atkins, grippé, ne pourrait y participer alors qu'il devait donner une conférence. L'invitation me prenait au dépourvu, pourtant j'acceptai de le remplacer au pied levé ; ce serait l'occasion de m'occuper l'esprit avec autre chose que l'histoire de Joshua Fleischer.

J'avais laissé sur mon bureau l'enveloppe remise par Walter. À mon retour de Suisse, j'y jetai un coup d'œil tout en lisant mes e-mails et en établissant le plan de mon compte rendu pour UCLA, mais je ne pus me résoudre à l'ouvrir. J'étais presque sûr qu'il s'agissait d'une lettre d'adieu, et je ne me sentais pas encore le courage de la lire.

Joshua Fleischer m'avait inspiré de la sympathie. Il m'était apparu comme une sorte de personnage romantique, déchiré entre le bien et le mal, qui avait néanmoins trouvé la force de surmonter ses tourments pour aider les autres. Avait-il tué Simone à Paris autrefois ? Et, si oui, pourquoi ? Selon toute vraisemblance, personne n'en saurait jamais rien.

Un soir, je décidai que le moment était venu pour moi de lire la lettre.

J'avais regardé un vieux film sur TCM puis je m'étais préparé un café. J'allai m'asseoir à mon bureau afin de revoir mon emploi du temps pour les jours suivants. L'enveloppe était là, posée entre le pot à crayons et mon ordinateur portable. Il me vint à l'esprit que Josh y avait peut-être exprimé une dernière volonté, et que je ne devrais pas l'ignorer. Fort de cette pensée, je la décachetai.

Il y en avait une autre, plus petite, à l'intérieur. La grande contenait également deux feuilles de papier qui m'étaient adressées. C'était une lettre de Josh, comme je l'avais supposé.

Cher James,

Quand vous lirez ces lignes, votre mission sera accomplie. J'ignore encore si nous parviendrons à élucider le mystère, et je vous avoue qu'aujourd'hui je ne sais même plus si, au fond, je l'ai vraiment souhaité un jour. Ce que je sais en revanche, c'est que vous êtes venu m'aider et que vous ne l'avez pas fait pour l'argent. Je vous en remercie une fois de plus.

Je ne vous ai pas choisi uniquement pour votre compétence reconnue et votre renommée dans le milieu universitaire. Mes recherches préliminaires m'ont aussi orienté vers vous pour une autre raison : vous avez en un sens vécu une tragédie similaire.

Je veux parler, bien sûr, de Julie Mitchell. Alors, j'imagine que vous êtes bien placé pour comprendre ce qu'il en est de la culpabilité et du remords.

Je ne voudrais surtout pas que vous vous sentiez embarrassé par mon incursion dans votre passé. Mon intention était simplement de mieux vous connaître avant de vous confier le secret le plus sombre de mon existence. Il est possible aussi que j'aie suivi cette espèce d'intuition qui m'a guidé toute ma vie et m'a rarement trahi.

On méprise souvent l'argent, dont on considère à tort que le pouvoir est surestimé, sans doute parce que la richesse a toujours été le privilège d'une petite minorité. C'est pourquoi ceux qui n'y ont pas accès ne soupçonnent même pas son pouvoir quasi mystique. Croyez-moi, il est considérable.

En l'occurrence, c'est l'argent qui m'a permis d'obtenir la copie d'un certain document. Elle se trouve dans l'enveloppe jointe. Je l'admets, je l'ai lue. Son contenu devrait vous apporter des réponses. C'est au moins une chose que je peux faire pour vous.

Pourquoi cette lettre n'est-elle pas apparue plus tôt ? Parce que deux parents accablés de chagrin ont choisi de vous la cacher. Ils étaient convaincus que vous aviez indirectement causé la mort de leur fille. Peut-être une part de vous en était-elle également persuadée. Je ne sais pas si vous le pensez toujours, mais je suis presque sûr que oui.

Je vous ai menti quand je vous ai affirmé que je n'avais pas peur de la mort. Lorsque je songe à ce moment où je me tiendrai sur le seuil fatidique, j'éprouve une terreur indicible, malgré l'épuisement engendré par mon combat contre la maladie. C'est cette même terreur que j'ai connue à Paris, ce sentiment affolant d'être confronté à quelque chose d'irréversible, la conscience brutale de l'impossibilité de défaire ce qui m'est arrivé et ce qui va m'arriver, du moins pas en ce monde. Ces derniers jours, je me suis aussi rendu compte que, quoi qu'il se soit passé à Paris, que j'en porte la responsabilité ou non, une partie de moi est également morte cette nuit-là.

Or, maintenant que je suis si proche de la fin, j'éprouve les mêmes sensations, les mêmes goûts, les mêmes odeurs. Ma mémoire m'a sûrement trompé à bien des égards, mais toutes ces perceptions sont demeurées intactes dans un recoin de mon esprit. Peut-être ne découvrirons-nous jamais la vérité sur cette soirée. En attendant, je sais sans le moindre doute que je me suis déjà trouvé en présence de la mort.

On ne devrait pas idéaliser la jeunesse. C'est sans doute la période la plus banale de l'existence. D'ailleurs, avec quelle facilité les jeunes se conforment à leur insu aux stéréotypes de toutes sortes... Ils vont à l'école seulement parce qu'ils y sont obligés, et apprennent des tas de choses inutiles qu'ils s'empressent d'oublier. Ils nourrissent des ambitions naïves, se croient amoureux toutes les deux minutes et haïssent sans réfléchir, dans la mesure où ils n'ont aucune idée de la véritable nature de l'amour, du désir et de la passion, ni des conséquences que peuvent avoir des sentiments exacerbés.

De fait, c'est l'âge où bon nombre d'entre nous détruisent leur vie et tombent dans des pièges dont ils ne pourront jamais s'échapper – l'âge auquel les futurs alcooliques, meurtriers, voleurs, bour reaux, escrocs et autres complices silencieux du mal construisent leur personnalité.

Quand on est jeune, on est persuadé que même les pires erreurs sont réparables, pardonnables, susceptibles d'être oubliées. Je ne suis pas d'accord. Pour moi, nous sommes plus disposés à nous fourvoyer irrévocablement durant notre jeunesse, quand notre véritable personnalité est encore intacte, qu'à l'âge adulte, lorsque la société a déjà veillé à nous envelopper dans un cocon de peurs, de lassitude et d'inhibitions qui anesthésie nos sens et étouffe nos impulsions authentiques. Aucun adulte, me semble-t-il, ne pourra jamais être aussi malfaisant qu'un jeune. Le destin a voulu que je rencontre un tel individu, et peut-être à l'époque en étais-je moi-même un aussi. Abe, Simone et moi n'aurions jamais dû nous croiser. Il me serait facile de rejeter toute la faute sur eux, mais quelque chose en moi a accepté et même aimé le mal qui nous entourait alors, et l'a suivi dans cette chambre où le meurtre a été perpétré.

Je ne vous reverrai jamais, selon toute vraisemblance. Je regrette de ne pas avoir fait votre connaissance plus tôt, dans des circonstances différentes. Prenez soin de vous. Vous êtes quelqu'un de bien.

Votre ami,

Josh

P.-S. : S'il vous plaît, n'essayez pas de creuser plus avant, car les choses sont beaucoup plus compliquées que je n'ai été en mesure de vous le dire. J'ai tiré au moins un enseignement de nos discussions : on ne devrait pas faire la lumière sur certains événements car, une fois exposés au grand jour, ils se flétrissent comme des fleurs coupées. Ce ne sont alors plus que des formes abstraites, des occurrences dénuées de sens, des taches d'encre que chacun peut interpréter à sa guise, dans la mesure où leur signification initiale a depuis longtemps disparu, même pour ceux qui les ont vécus à l'époque. Nous avons tous le droit d'oublier et d'être oubliés. Alors laissons les morts reposer en paix, James. C'est mieux ainsi.

Je compris qu'il avait dû écrire cette lettre le matin du jour où s'étaient déroulées les séances d'hypnose, ou la veille au soir. Une nouvelle fois, je me sentis terriblement désolé de ne pas avoir pu lui apporter la paix qu'il cherchait.

J'examinai la seconde enveloppe.

Julie m'avait toujours paru détachée et sûre d'elle durant notre liaison, comme si ce n'était qu'un jeu pour elle. À vrai dire, il ne s'agissait même pas d'une liaison à proprement parler, juste de quelques rencontres à caractère sexuel dans des endroits et des contextes suffisamment bizarres pour me donner l'impression que je n'étais qu'un accessoire expérimental, comme un de ces mannequins utilisés dans les simulations d'accidents de voiture.

Lorsque je lui en avais fait la remarque, elle n'avait d'ailleurs pas cherché à nier.

« Les hommes ont parfois tendance à considérer la situation inverse comme normale, non ? Je veux dire, quand les femmes ne sont que des objets sexuels. Pendant des siècles, vous avez vu en nous des créatures sujettes à votre bon plaisir, sans imaginer un seul instant que c'était peut-être le contraire. Et s'il avait toujours existé une conspiration féminine, hein ?

— Il n'y a pas si longtemps, au début du XXe siècle, on taxait les femmes de nymphomanie si elles avaient de forts orgasmes, et elles risquaient d'être enfermées dans des cliniques psychiatriques, avais-je souligné. Il était tout à fait admis qu'un homme puisse fréquenter les bordels trois fois par semaine en moyenne – c'est ce que les statistiques de l'époque victorienne nous montrent –, mais une femme qui trompait son mari courait le risque d'être déclarée folle et enfermée dans un asile jusqu'à la fin de ses jours.

— C'est parce que les hommes ont peur de la *terra incognita* du corps féminin. Pour eux, le sexe signifie… Tu veux savoir ce que je pense ?

— Je suppose que tu ne vas pas tarder à me le dire.

— C'est votre façon de vous réconcilier avec l'idée que vous allez mourir.

— Et ce n'est pas pareil pour les femmes ?

— Pour ma part, je me suis depuis longtemps réconciliée avec cette idée, et j'ai décidé de choisir moi-même le moment où ça se produira.

— Et que signifie le sexe pour toi, alors ?

— Le meilleur moyen de voir quelqu'un tel qu'il est. »

J'ouvris l'enveloppe.

Elle contenait la copie d'un texte rédigé à la hâte, au stylo à bille, sur deux pages arrachées à un cahier à spirale.

Mon amour,

Dès que tu décides de mourir, la vie devient incroyablement plus facile. À partir de cet instant, tu es capable d'en profiter pleinement, sans entraves, ni peur ni honte. J'ai personnellement fait ce choix bien avant de te connaître. Notre rencontre n'a été que le fruit du hasard. Elle n'a rien changé à ma résolution, parce que rien n'aurait pu m'en détourner, mais elle m'a poussée à différer le passage à l'acte. Tu n'imagines sans doute même pas quels moments merveilleux tu m'as offerts pendant ma dernière année dans ce monde.

Tout ce que je pourrais écrire à présent risque de sonner faux, pourtant je ne veux pas partir sans t'avoir dit au revoir. Je n'en aurais pas été capable en te regardant droit dans les yeux. J'espère que tu me pardonneras cette petite lâcheté.

Quand nous étions ensemble, tu me posais parfois des questions sur moi, et je t'en posais aussi sur toi. Je t'ai souvent menti, pas parce que j'avais peur de te révéler la vérité ou parce que j'en tirais un plaisir pervers, mais tout simplement parce que je ne savais pas quoi te dire. J'ai passé ma vie à éviter la vérité et les réponses directes, depuis ce jour où, quand j'avais cinq ans, quelqu'un a voulu m'expliquer que le Père Noël n'existait pas. J'ai alors compris que la vérité n'avait aucune valeur et que seule comptait l'imagination. Cette prétendue « vérité » n'est qu'un cimetière où on enterre toutes les choses auxquelles les gens ont cessé de rêver. Pendant des lustres, des millions d'amants ont rêvé de la Lune, jusqu'à ce que Neil Armstrong y pose le pied et prouve qu'il s'agit juste d'un amas de poussière, un lieu nu et hostile.

Je devais avoir douze ans lorsque mes parents ont organisé un séjour au Grand Canyon. Ils m'ont montré des photos et des brochures, ils ont aussi acheté de beaux livres illustrés. J'ai essayé de ne pas les regarder, je voulais ouvrir les yeux et me retrouver face à une merveille dépassant de loin les limites de mon imagination. Je voulais rester bouche bée, en avoir le souffle coupé. Ça n'a pas été le cas, hélas, mes parents y avaient veillé. En revanche, c'est exactement ce que j'ai ressenti quand je t'ai rencontré. Je ne te remercierai jamais assez pour tout ce que tu as fait pour moi, et aussi pour avoir tenté de me sauver. En un sens, tu as réussi.

Je me souviens d'une citation tirée de ce roman que tu aimes tant : « Je ne suis pas une et simple, mais multiple et complexe. » L'heure est maintenant venue pour moi de me préparer à partir. Je suis impatiente de faire ce que j'ai à faire. J'ai l'impression d'entamer un voyage vers un lieu merveilleux et je m'en réjouis.

Julie

C'était son écriture, sans le moindre doute. Ses parents ne s'étaient pas servis de cette lettre contre moi alors même qu'elle aurait pu prouver que Julie et moi avions bien une liaison.

Je dus rester assis à mon bureau plus d'une heure, à regarder les papiers disséminés devant moi, en m'efforçant de rassembler mes pensées. J'essayais de me rappeler la dernière fois où je l'avais vue – en vain. Comment était-elle habillée ? M'avait-elle dit au revoir ? Nous étions-nous embrassés ? Lui avais-je téléphoné après ? M'avait-elle répondu ? Avait-elle tenté de me joindre plus tard ?

« Il faut toujours que tu compliques tout », m'avait-elle dit un jour.

Nous étions chez moi, allongés sur mon lit. Je lui parlais du livre que j'avais l'intention d'écrire sur mes expériences cliniques.

« J'espère que tu ne feras pas de moi le "Cas de Mlle X" ou le "Dossier n° 2343VM", avait-elle ajouté. Tu crois que les gens savent toujours, à un certain niveau de conscience, ce qui motive leurs actes ? Ton métier t'amène à te concentrer sur des événements et des faits qui n'ont pas de signification particulière, à fourrager dans l'esprit de tes patients comme un mécanicien cherchant une panne sous le capot d'une voiture, mais j'ai parfois le sentiment que tu passes à côté de l'essentiel. Qu'espères-tu trouver au juste ? Moi, je crois que les choses les plus merveilleuses sont celles qu'on ne peut pas expliquer. »

Je rassemblai les divers documents, les rangeai dans le petit coffre derrière ma table de travail, puis sortis prendre l'air. Il pleuvait, et la ville tout entière frissonnait sous une épaisse chape de nuages gris. Le goudron mouillé luisait telle la surface sombre d'une rivière.

Il y avait encore beaucoup de monde dans la 6e Avenue – des flots de piétons qui me semblaient aussi étrangers que des êtres venus d'une autre planète. Je m'arrêtai chez *Joe's Pizza* pour manger un morceau, avant d'entrer dans un bar où je commandai un verre.

Quelque part, à des centaines de kilomètres, un homme agonisait, entouré de fantômes, au milieu de richesses qui n'avaient plus le pouvoir de le protéger de rien ni de personne. Non seulement il m'avait pris par la main pour me conduire au cœur de sa maison hantée, mais il avait également ranimé mes propres cauchemars.

C'est à cet instant où je contemplais la pluie grise derrière la vitre, me semble-t-il, que je décidai soudain de découvrir ce qui était arrivé à Paris cette nuit-là, sinon pour la tranquillité d'esprit de Josh, du moins pour la mienne.

Le lendemain, je téléphonai à Kenneth Mallory. Il avait travaillé pour la police de New York pendant dix ans avant de démissionner et d'ouvrir sa propre société d'investigation. Désormais, c'était à lui que s'adressaient les agences artistiques de Broadway quand elles avaient besoin de renseignements sur leurs clients. Lorsqu'il s'agissait d'investir des millions dans la promotion d'une star potentielle, autant ne pas courir le risque qu'un journal à scandales fasse tout capoter en révélant des histoires de drogue, d'orgies ou de voitures volées. Alors il s'était spécialisé dans les enquêtes sur le passé de certaines personnes et était devenu l'un des espions les plus compétents de New York, un homme qui avait accès aux secrets les mieux gardés des citoyens riches et célèbres, discret, tenace et efficace – une ombre de chair et de sang dans les rues de la ville.

J'avais fait sa connaissance quatre ans plus tôt, quand la police avait soupçonné un de mes patients d'avoir payé un tueur à gages pour supprimer sa femme. Peu avant qu'elle soit abattue chez elle à Fort Greene, dans le quartier de Brooklyn, elle avait contracté une assurance-vie pour une somme à six chiffres, aussi la société gestionnaire du contrat avait-elle demandé à Mallory de mener l'enquête. Pour finir, le véritable assassin avait été arrêté, et il avait été prouvé qu'il n'existait aucun lien entre lui et le mari de la victime.

Je ne dirais pas que nous étions devenus amis – à mon avis, le terme ne faisait pas partie du vocabulaire de Mallory –, mais nous étions restés en contact et nous nous retrouvions pour dîner deux ou trois fois par an.

Il accepta de se charger des recherches et je lui envoyai aussitôt un e-mail récapitulant tout ce que j'avais appris sur Joshua Fleischer, Abraham Hale et Simone Duchamp. Je lui suggérai de commencer par les archives de la police de Paris, où les dossiers d'homicides non résolus sont conservés pendant des décennies. Il me répondit qu'il avait un contact qui travaillait dans la police française et qu'il me préviendrait dès qu'il aurait des éléments.

Ces investigations allaient me prendre du temps et me coûter cher, mais le chèque remis par Josh me permettrait de couvrir tous les frais. De plus, je n'avais pas l'intention de me lancer dans mon nouveau projet avant un moment.

Bien sûr, j'avais signé une clause de confidentialité, que j'avais déjà enfreinte en confiant à Mallory de nombreux détails, y compris la véritable identité des protagonistes. Néanmoins, dans la mesure où il avait bâti toute sa carrière sur sa fiabilité, j'estimais à zéro le risque de voir l'histoire relatée un jour dans la presse. Surtout, Josh m'avait payé pour découvrir la vérité à propos de cette nuit-là ; je n'avais pas été capable de le faire seul mais, avec l'aide d'un enquêteur chevronné, j'avais encore une chance de réussir.

Il me laissa une semaine sans nouvelles, puis m'appela sur mon portable au moment où je sortais du club de sport un jeudi soir. Je m'arrêtai près de ma voiture en stationnement, m'installai au volant et répondis.

Il s'exprima d'un ton bourru, comme toujours.

— Salut, on peut parler ? OK, alors écoute : il n'y a rien dans les archives de la police française concernant le meurtre d'une dénommée Simone Duchamp. Ni en 1976 ni une autre année.

Je tombai des nues.

— C'est impossible ! Le dossier a peut-être disparu. À l'époque…

— Oh, je t'arrête tout de suite, je connais la chanson : les archives n'étaient pas encore informatisées, et blabla-bla… En attendant, ne va pas t'imaginer pour autant que les policiers prenaient des notes dans des cahiers à spirale qu'ils flanquaient à la poubelle quand il y en avait trop ! Mon contact sur place a épluché tous les fichiers existants, et je peux t'assurer qu'ils sont soigneusement conservés. Il n'a découvert aucune trace d'une enquête ouverte sur la mort de Simone Duchamp, vingt ans et des poussières, entre 1970 et 1979. Ton ami s'est peut-être trompé de nom, ou de date. Il y a toutefois sur cette même période quelques affaires d'homicide non résolues, où les victimes étaient des femmes dont l'âge correspond à celui de Simone Duchamp. Je t'enverrai la liste par e-mail.

— Pourquoi ne pas essayer les personnes disparues ? Mon patient m'a dit que le corps s'était volatilisé. Peut-être qu'il n'a jamais été retrouvé, et que l'affaire a été traitée comme une disparition.

— D'accord, je vais me renseigner. Toi, dans l'intervalle, tâche de vérifier auprès de ton bonhomme s'il ne s'est pas trompé de nom. Au bout de quarante ans, il y a de bonnes chances que sa mémoire lui joue des tours ; tu es sans doute trop jeune pour le savoir mais quand on vieillit, on ne se souvient plus forcément des choses de la même façon. Ah, et encore une précision : dans certains pays, selon la législation en vigueur, une personne disparue est automatiquement considérée comme décédée après quelques années et signalée comme telle à l'état civil. Mais je veux bien tenter le coup quand même.

— Merci, Ken. Le problème, c'est que je ne suis pas certain de pouvoir interroger de nouveau cet homme.

Il s'éclaircit la gorge.

— Je peux te poser une question ?

— Je t'en prie.

— Tu tiens vraiment à t'impliquer là-dedans ? Je veux dire, ton patient est quelqu'un d'important, et je sais d'expérience que ces imbroglios du passé ont toujours de nombreuses ramifications quand ils concernent des riches.

— Je vois ce que tu veux dire, mais oui, j'y tiens.

— Tu as confiance en lui ? Tu ne l'as fréquenté que quelques jours, pas vrai ? Alors, sans vouloir faire insulte à ta profession, comment peux-tu affirmer bien le connaître ? Peut-être qu'il a inventé cette histoire, pour une raison ou pour une autre.

— Ken…

— OK, c'est ton fric après tout. Je t'appellerai si je mets la main sur quelque chose.

Quatre jours après Thanksgiving, je reçus une lettre de l'avocat de Josh, accompagnée d'une vieille photo en noir et blanc et d'un petit médaillon en or représentant la statue de la Liberté.

Monsieur Cobb,

Je vous écris pour vous informer que M. Fleischer nous a quittés jeudi vers quinze heures. C'est un vrai miracle qu'il ait survécu tant de jours après votre visite. Il n'a pas souffert et est mort paisiblement dans son sommeil. Je suis heureux que les circonstances nous aient permis, à nous ses amis, d'avoir pu être auprès de lui jusqu'au dernier moment pour veiller sur son départ. C'était la moindre des choses après tout ce qu'il a fait pour nous.

Cordialement,

Richard Orrin

P.-S. : la photo et le pendentif joints sont des présents de M. Fleischer. À ce que j'ai compris, la photo a été prise à Paris au milieu des années 1970. Sur la fin, il l'avait placée sur sa table de chevet.

Le médaillon sur lequel figurait la statue de la Liberté était tout simple, et de forme ovale. Je l'ouvris ; il n'y avait rien à l'intérieur.

Le cliché montrait une jeune femme en robe blanche, coiffée d'un chapeau de soleil à large bord qui projetait une ombre sur son visage. Elle était assise à une table environnée d'arbres, en compagnie de deux hommes. Leurs silhouettes semblaient se fondre dans les grandes taches de lumière, comme dans un tableau impressionniste. La femme avait posé ses coudes sur la table jonchée de tasses de café, de petites bouteilles et de cendriers. L'un de ses compagnons, adossé à sa chaise, avait croisé les jambes, et le bas relevé de son pantalon pattes d'eph révélait la moitié de son mollet gauche. Sa main droite était placée sur sa cuisse, la gauche sur sa hanche en une attitude cavalière. Il avait fière allure, une impression encore renforcée par sa fine moustache façon années 1930. L'autre homme, probablement Abraham Hale, était assis en bout de table et se penchait vers la femme, sans toutefois quitter du regard son voisin, comme s'il s'apprêtait à commenter un geste ou une parole de ce dernier.

La photo était surexposée, nimbant les protagonistes d'une sorte de flou laiteux, aussi était-il impossible de les distinguer plus clairement.

Je la retournai. Quelques mots avaient été inscrits au dos, dans le coin inférieur droit, d'une écriture soignée, à l'ancienne : « Souvenir de Paris : Abe, Josh et

Simone, 29 septembre 1976. » Après l'avoir posée sur mon bureau, je la contemplai un long moment.

Ainsi, je n'avais pas eu l'occasion de dire véritablement adieu à Josh… Je me représentai ses yeux, ses mains flétries, son souffle laborieux, ses traits marqués par un combat dont je n'aurais su dire s'il l'avait perdu ou s'il venait de le gagner.

C'était la première fois que j'établissais des liens avec une personne si proche de la mort, et j'étais certain que je n'oublierais jamais ce court séjour chez lui, que je garderais pour toujours gravé dans ma mémoire le souvenir de chacune de ses expressions, de chaque geste et parole, de chaque gémissement du vent derrière les fenêtres.

Mallory m'appela deux mois plus tard, après les vacances d'hiver. Il m'annonça qu'il avait fait une découverte intéressante, et nous convînmes de nous rejoindre le lendemain soir au *Gramercy*, à Union Square. Lorsque nous eûmes commandé, il me tendit un cahier par-dessus la table. Il était relié de cuir noir, vieux et usé.

— Il est possible que ça puisse t'aider, déclara-t-il. Je n'en suis pas sûr, mais… Eh bien, tu verras, c'est une histoire embrouillée ; en attendant, ces deux hommes y sont mentionnés. Officiellement, il s'agit du journal intime d'un dénommé Jack Bertrand, mort dans un hôpital psychiatrique il y a quinze ans. Il avait été arrêté pour meurtre à la fin des années 1990, reconnu coupable mais déclaré irresponsable pour cause de troubles mentaux et enfermé au centre psychiatrique pénitentiaire de Kirby. Ne me demande pas comment je l'ai obtenu, tu ne veux pas le savoir. Commence par le lire, on en parlera plus tard.

Je rangeai le cahier dans mon attaché-case, puis changeai de sujet en contenant à grand-peine mon impatience. Rentré chez moi, je me préparai du café, bien décidé à me plonger dans la lecture de ces pages couvertes d'une écriture ronde. Malheureusement, elle se révéla quasiment illisible et je dus y renoncer ce jour-là. Mais, dès le lendemain, je demandai à un petit génie de la technologie que je connaissais de scanner les pages et d'utiliser un logiciel de reconnaissance d'écriture. Le résultat final fut un document propre, de vingt-cinq mille mots, que je commençai à lire le soir même.

10

Journal de Jack Bertrand (1)

New York, décembre 1998

Tout a commencé par une femme qui cherchait un homme qui n'était pas moi.

Mais peut-être vaudrait-il mieux que je reprenne cette histoire depuis le début, dans la mesure où je cherche à identifier, parmi des fragments de réalité épars et dénués de sens, un fil conducteur susceptible de vous permettre de comprendre comment je me suis retrouvé ici, dans un hôpital pour fous criminels, accusé d'un meurtre que je n'ai pas commis.

Il y a deux mois, le 11 octobre pour être précis, une certaine Mme Jenkins a appelé le 911 pour signaler un problème : un de ses voisins, M. Abraham Hale, n'avait pas déplacé sa voiture d'un côté à l'autre de la rue, ainsi que l'exigeait le règlement de stationnement, et avait écopé d'une contravention placée bien en évidence sous un des essuie-glaces de sa Toyota. Ça ne s'était encore jamais produit, avait souligné la femme.

Elle avait elle-même essayé de prévenir Hale, mais il n'avait pas ouvert quand elle avait sonné chez lui, ni répondu au téléphone. Elle l'avait vu pour la dernière fois le jeudi après-midi.

Ils habitaient à Jackson Heights, dans le Queens, près de Travers Park – un immeuble de quatre étages en grès brun datant d'avant la Seconde Guerre mondiale. Comme Mme Jenkins travaillait pour le bureau du procureur, son appel a été pris au sérieux et, vingt minutes plus tard, deux patrouilleurs se sont présentés à la porte de l'appartement 8, accompagnés du concierge. Ils ont sonné à plusieurs reprises, sans succès. Le concierge s'est alors servi de son passe pour essayer d'ouvrir, sauf que la chaînette de sécurité était mise. Pour finir, les policiers ont enfoncé le battant.

Un homme nu gisait par terre dans le salon, près du canapé. Il était grand, mince et d'une pâleur extrême. Autour de lui, il n'y avait aucune trace de sang coagulé, ni aucun signe de désordre ni de violence. Pour autant, l'homme sur le sol semblait bel et bien mort. Un des policiers lui a pris le pouls et n'a rien senti, aussi son collègue a-t-il prévenu le bureau du légiste. Le concierge a confirmé qu'il s'agissait bien de M. Abraham Hale, le locataire de l'appartement. La porte et les fenêtres ne paraissaient pas avoir été forcées, mais les patrouilleurs ont noté la présence de deux verres sur la table basse, dont l'un comportait des traces de rouge à lèvres. Ils ont ensuite attendu en silence, comme si le moindre bruit risquait de déranger le cadavre.

Après l'examen initial du corps, l'assistant du légiste a déclaré que, de prime abord, rien n'indiquait un acte criminel. Puis il a prononcé le décès, et la dépouille enveloppée d'une housse mortuaire a été transportée jusqu'à la morgue du Queens Hospital Center, dans Jamaica Street.

Ni le concierge ni les voisins ne savaient rien de l'entourage du défunt. Il n'était pas marié, n'avait ni compagne attitrée, ni enfants, ni parents connus, ce qui compliquait les choses aux yeux de la loi, car il n'y avait personne pour venir identifier le corps à la morgue. Il vivait depuis quatre ans dans cet appartement qu'il avait loué par l'intermédiaire d'une agence immobilière.

Le légiste a relevé ses empreintes digitales et les a envoyées aux différentes autorités concernées – sans succès. Une autopsie a été pratiquée, dont les résultats ont corroboré les premières constatations : rien ne laissait supposer un homicide. L'homme était mort environ vingt-quatre heures avant que la police le découvre, par ingestion d'un cocktail mortel de médicaments : antidépresseurs, lithium et benzodiazépines. Son organisme était semblable à un laboratoire d'essais cliniques ambulant, avait fait remarquer le praticien.

Abraham Hale s'était-il suicidé ? Apparemment non, même si personne ne pouvait répondre avec certitude sur ce point. Il prenait des médicaments depuis plusieurs années, par conséquent il devait bien y avoir une ordonnance quelque part dans son appartement, rédigée par un médecin qui serait capable de fournir plus d'informations sur son patient. Selon toute probabilité, Hale s'était trompé dans le dosage, les prescriptions ou les deux, et l'erreur lui avait été fatale. Quelqu'un aurait-il pu lui faire avaler les comprimés dissous dans son verre sans qu'il le remarque ? C'était peu probable : il y en avait une telle quantité qu'ils auraient forcément altéré le goût de n'importe quelle boisson, et Hale, qui n'avait pas consommé d'alcool dans les quarante-huit heures précédant sa mort et n'était donc pas ivre, s'en serait sans doute aperçu. De plus, son corps ne présentait aucune trace de violence, même pas une petite contusion ou une égratignure.

Cinq jours plus tard, le légiste a signalé le décès au bureau de l'administrateur public du comté du Queens, l'organisme qui serait provisoirement chargé de gérer les biens du mort, et un enquêteur est entré en scène, alors que la police poursuivait ses investigations de son côté. Il arrive que la clôture de certains dossiers prenne du temps, un an ou même plus, quand des complications surviennent : documents égarés, un neveu dans l'Utah qui ne décroche pas le téléphone, deux cousins qui se battent pour une vieille voiture…

Par le plus grand des hasards, cet enquêteur, c'était moi : Jack Bertrand, pour vous servir.

À l'époque, nous étions quatre enquêteurs employés par l'administrateur public du comté du Queens. Les autres étaient Ralph Mendoza, un ancien policier d'une cinquantaine d'années, grand, triste et divorcé ; Linda Martino, qui avait été mère au foyer de trois enfants pendant dix-sept ans avant que son mari meure brutalement d'une crise cardiaque, la laissant sans ressources ; et un jeune d'une vingtaine d'années nommé Alan Cole, engagé quelques semaines plus tôt, et dont je ne savais pratiquement rien, sinon qu'il était originaire du Missouri.

Nous avions l'habitude de travailler en duos, afin d'éviter la tentation du vol, mais Linda et le petit nouveau s'occupaient déjà d'un autre dossier, et Ralph avait pris un congé pour assister aux funérailles d'un proche dans le nord de l'État. Par conséquent, je me suis rendu seul par le bus à Jackson Heights, où j'ai rencontré le concierge de l'immeuble de Hale, un petit homme qui parlait avec un fort accent slave. Il m'a accompagné jusqu'à l'appartement 8, a enlevé les scellés de la police sur la porte, qu'il a ouverte, puis il est parti après avoir posé un jeu de clés sur la table basse dans le salon.

C'était un logement d'environ soixante-cinq mètres carrés, avec un lit escamotable et une petite salle de bains – un foyer tout à fait convenable pour un quinquagénaire célibataire. Ma mission consistait à le fouiller de fond en comble pour récupérer l'argent liquide, les bijoux, l'or, les œuvres d'art ou autres objets précieux, qu'il fallait mettre en sûreté jusqu'à ce que les proches puissent légalement mettre la main dessus.

Je savais que les policiers avaient déjà exploré l'appartement à la recherche d'éventuels indices mais, comme ils n'avaient rien trouvé d'utile pour leur enquête à part des papiers, je pensais que les effets personnels du mort seraient toujours là. J'ai ouvert la fenêtre avant de m'asseoir sur le canapé un moment, en essayant de déterminer par où commencer. Hale avait-il caché des billets ou de l'or quelque part ? Il n'est pas nécessaire d'être riche pour vouloir dissimuler certaines choses sous les lattes du plancher, surtout quand on vit seul. En général, les citoyens fortunés conservent plutôt leurs objets de valeur dans des coffres à leur domicile ou dans une banque. Mais Hale n'en avait pas ; il devait donc avoir une planque chez lui.

Les meubles autour de moi étaient vieux et dépareillés, probablement glanés dans des brocantes ou des magasins de seconde main. Un petit tapis couleur crème, comportant une tache brunâtre au milieu, avait été disposé sous la table basse, et il y avait aussi près de la fenêtre cinq étagères sur lesquelles étaient rangés une bonne cinquantaine de livres de poche poussiéreux et une pile de magazines. Une forte odeur de tabac froid imprégnait encore les lieux, pourtant je ne voyais ni cendriers ni cigarettes nulle part. Je me suis levé, j'ai poussé la table basse puis roulé le tapis que je suis allé déposer près de la porte. Par la fenêtre, j'entendais une femme s'esclaffer bruyamment.

Une heure plus tard, assis dans un fauteuil, j'ai contemplé le maigre butin placé sur le sol devant moi : une montre Hamilton vintage en or massif, avec un bracelet en cuir noir, toujours en état de marche ; vingt et une pièces américaines en argent (*nickels*, *dîmes*, *quarters*, *halves* et dollars), conservées dans une sacoche en cuir tanné ; une estampe japonaise représentant un paysage vu du dessus, dans un cadre banal ; une médaille de saint Christophe sur une chaîne, probablement en argent ou en plaqué, sans poinçon ; une autre montre, une Omega en or, qui ne fonctionnait plus ; un vieux sac de voyage Ghurka Marley Hodgson, luxueux, en cuir et toile ; un couteau de poche Case XX, à manche en bois de cerf ; et un briquet Zippo, vide et sans pierre à briquet, orné d'une publicité dorée pour Hawaï.

Les souvenirs et objets de famille laissés par les morts ne perdent pas leur sens mais, en l'absence de leur ancien propriétaire, leur véritable signification nous échappe et ils se transforment en autant de pièces d'un puzzle. Chacun d'eux – une brosse à dents dans une salle de bains, un flacon vide de médicaments oublié dans l'armoire à pharmacie, une paire de vieilles chaussures au fond d'un placard, une pile de lettres non ouvertes sur la table de la salle à manger, une clé mystérieuse qui ne correspond à aucune serrure, de vieilles photos – devient alors une petite partie de la même énigme, et il faut batailler pour lui trouver sa place dans le tableau jusqu'au moment où, enfin, l'ensemble révèle l'histoire du défunt. En l'occurrence, quel genre de personne était Hale ? Avait-il eu une vie heureuse ? Savait-il qu'il allait bientôt mourir et s'était-il préparé à faire le grand saut, ou avait-il été pris au dépourvu ? Et cette montre en or, lui avait-elle été offerte par ses parents ? Ces derniers étaient-ils toujours en vie, se demandant pourquoi ils n'avaient pas de nouvelles ? S'était-il tué ou s'agissait-il d'un accident ?

C'est ce qui me plaît le plus dans mon travail : les énigmes, toutes dissemblables, racontant chacune une histoire différente.

J'ai examiné une nouvelle fois les vêtements dans la penderie à miroir installée près de la fenêtre de la chambre, fouillant soigneusement toutes les poches et palpant toutes les coutures, mais sans rien découvrir d'autre. Au moment où je m'apprêtais à retourner dans le salon, mon regard a été attiré par une boîte à chaussures Cole Haan que je n'avais pas vue lors de ma première inspection. Je l'ai ouverte. Elle renfermait trois cahiers à spirale, contenant des notes manuscrites. Je les ai feuilletés rapidement, au cas où des billets auraient été glissés entre les pages. N'ayant rien trouvé, je les ai rangés dans la boîte, que j'ai remise à sa place.

J'avais remarqué qu'il n'y avait ni photos personnelles ni lettres dans l'appartement, et j'en avais conclu que la police avait dû les emporter, même si ce n'était pas la procédure habituelle.

Après avoir terminé mon inventaire, j'ai glissé les objets dans le sac standard que j'avais apporté du bureau et je l'ai scellé. Ensuite, je me suis fait un café que j'ai bu près de la fenêtre ouverte tout en fumant deux cigarettes coup sur coup. En général, dans des cas pareils, le concierge prévient tout de suite les fournisseurs de services, afin qu'ils coupent le téléphone, l'électricité, l'eau et le gaz. Comme rien n'avait été fait, je me suis demandé si l'appartement avait déjà été reloué.

J'ai fermé la fenêtre, lavé la tasse que j'ai rangée dans le placard, puis je suis parti en emportant les quelques effets personnels d'Abraham Hale. J'ai voulu rendre les clés au concierge, mais il n'était pas dans sa loge au rez-de-chaussée, alors je les ai gardées.

C'était un mardi. La femme s'est présentée trois jours plus tard, le vendredi, vers six heures du soir.

Pendant deux jours, j'ai repensé de temps à autre à Abraham Hale, cet homme devenu un numéro de plus dans le système informatique de notre organisme. Maintenant que ses effets étaient entreposés dans les entrailles du bâtiment, au fond du local des scellés, mon travail sur cette affaire était terminé. Je n'avais dit à personne que j'avais encore les clés de l'appartement et, de toute façon, personne ne me les avait réclamées, même pas le concierge.

Le troisième jour, je n'ai pas pu m'empêcher de demander à mon patron, Larry Salvo, si la police avait réussi à obtenir des informations sur le défunt. Pour toute réponse, il s'est contenté de hausser les épaules avant de m'envoyer à une autre adresse, à College Point, dans la 127e Rue. Cette fois, j'y suis allé avec Linda Martino qui, pendant le trajet, m'a rebattu les oreilles avec ses histoires interminables sur ses enfants, les défaillances du système scolaire et les banquiers aux mains baladeuses.

À la fin de notre mission, j'ai prétexté un rendez-vous dans le quartier et nous nous sommes quittés. J'ai pris le métro jusqu'à Jackson Heights et je suis descendu à Roosevelt Avenue. Qu'avais-je en tête à ce moment-là ? Je ne sais pas trop. Sans doute avais-je l'intention de rendre les clés au concierge. Mais, alors que je marchais dans la rue, je me suis soudain souvenu des cahiers, et cette pensée a piqué ma curiosité. Quel mal pourrait-il y avoir à les examiner ? Et puis, ils avaient peut-être une valeur sentimentale, auquel cas il faudrait les emporter pour éviter que quelqu'un ne les jette…

Je me suis servi de la clé en laiton pour entrer dans l'immeuble, et à ce moment-là seulement, j'ai remarqué les boîtes aux lettres sur ma gauche. Après un décès, le courrier ne cesse de s'accumuler. Les lettres affluent toujours, soit parce que les expéditeurs ne sont pas au courant, soit parce qu'ils s'en fichent, et ça finit par ressembler à une farce macabre. J'ai utilisé une autre clé pour ouvrir celle de Hale, et j'ai récupéré la liasse d'enveloppes et de publicités qu'elle contenait. Le calme et le silence régnaient dans le bâtiment.

Arrivé dans l'appartement, j'avais à peine refermé la porte derrière moi que j'ai découvert sur la table basse une tasse qui n'y était pas trois jours plus tôt. Les policiers avaient dû revenir, et l'un d'eux s'était sûrement fait un café. J'ai vérifié les interrupteurs et les robinets ; l'eau et l'électricité n'étaient toujours pas coupées, et le téléphone non plus, ce qui était plutôt étonnant.

Je me suis assis sur le canapé et j'ai trié le courrier de Hale, éliminant au fur et à mesure publicités et prospectus. Ne restaient qu'une lettre d'une banque dans une enveloppe blanche et une facture de Time Warner Cable.

Ensuite, j'ai ouvert la fenêtre et fumé une cigarette en me servant d'une soucoupe comme cendrier. Une nouvelle fois, je me suis demandé ce que je faisais là. D'autant que je risquais de gros ennuis si on me surprenait dans cet appartement. Je suis néanmoins allé chercher les cahiers dans la penderie.

Deux d'entre eux étaient de vieux carnets à spirale Rhodia, et le troisième un modèle Clairefontaine plus élégant, à couverture noire. Les notes à l'intérieur semblaient avoir été prises à différentes périodes, sans que rien ne puisse cependant permettre de les dater précisément. Elles ne constituaient pas un journal de bord à proprement parler, mais ressemblaient plutôt à des réflexions couchées sur le papier de manière aléatoire.

Ne sachant par quel cahier commencer, j'ai ouvert un des Rhodia et lu :

> Quand on veut vraiment dépouiller quelqu'un, il faut détruire non pas son avenir, mais son passé. L'avenir est par définition une nébuleuse incertaine, une collection d'espoirs vagues qui, le plus souvent, ne se concrétisent jamais ou, s'ils se réalisent – en général trop tard ou trop tôt –, se révèlent décevants, parce que nos attentes sont toujours trop élevées.
>
> Notre passé est la seule certitude qui existe, le seul véritable havre dont nous disposons, même si notre mémoire a, dans l'intervalle, complètement remodelé les faits, qu'ils soient importants ou mineurs. Le passé est unique, impossible à répéter et, contrairement à l'avenir, il nous appartient entièrement ; bon ou mauvais, significatif ou non, gâché ou enrichissant, il est à nous, et personne d'autre ne peut se l'approprier.
>
> C'est pourtant ce qu'il m'a pris.

J'ai continué à lire pendant deux heures, m'interrompant de temps à autre pour aller fumer une cigarette devant la fenêtre ouverte. À deux ou trois reprises, j'ai entendu des pas légers dehors, dans le couloir, mais personne n'a sonné. Je n'avais pas éclairé, et l'appartement s'assombrissait peu à peu.

Dans ses cahiers, Abraham Hale parlait d'une période indéterminée dans les années 1970, durant laquelle il avait séjourné à Paris avec deux amis de son âge : une Française nommée Simone Duchamp, sa maîtresse, et Joshua Fleischer, avec qui il avait partagé un appartement sur le campus de l'université de Princeton. À un certain moment, les choses avaient mal tourné entre eux, et Hale était rentré aux États-Unis. Il ne donnait pas beaucoup de détails sur ce qui s'était passé, mais apparemment son ami avait séduit Simone, qui avait rompu avec lui alors qu'ils avaient été jusque-là très heureux ensemble. À plusieurs reprises, il évoquait l'absence totale de scrupules dont Fleischer pouvait faire preuve quand il voulait quelque chose. Lorsque ce dernier était lui aussi revenu à New York, Hale s'était mis en tête de se venger et avait échafaudé toutes sortes de plans pour y parvenir. Il était clair qu'il surveillait de près son ancien rival.

J'en étais là quand le téléphone a sonné dans l'appartement. C'était un vieux combiné encombrant, posé sur un petit support près du canapé. J'ai sursauté si violemment que j'ai laissé tomber le cahier sur le tapis.

Après avoir hésité quelques secondes, je me suis résolu à répondre, pensant que je pourrais peut-être apprendre quelque chose d'utile pour l'enquête en cours. La personne qui appelait connaissait probablement Hale, mais devait ignorer qu'il était mort. J'ai décroché.

C'était une femme à l'autre bout de la ligne. Sans se présenter ni même dire bonjour, elle m'a demandé si je voulais toujours qu'elle vienne une demi-heure plus tard, ainsi que nous en étions convenus. Comme il ne me paraissait pas opportun de lui révéler que je n'étais pas l'homme qu'elle avait voulu joindre et de lui annoncer la mauvaise nouvelle par téléphone, je lui ai proposé de me rejoindre sur-le-champ. Elle a raccroché aussitôt. Tout s'est fait très vite, alors que j'étais toujours plongé dans l'histoire de Hale.

J'ai vidé mon cendrier improvisé dans la poubelle, refermé la fenêtre et rangé les cahiers dans la penderie. J'avais décidé de dire à cette femme (une parente de Hale ? sa maîtresse ? une simple connaissance ?) qu'il y avait encore des documents à remplir, d'où ma présence dans l'appartement. Il m'est venu à l'esprit que je pourrais aussi prétendre avoir rencontré Hale par hasard, ce qui expliquerait pourquoi je savais certaines choses sur lui. « Non, nous n'étions pas amis, je n'irais pas jusque-là, mais il m'avait raconté un jour qu'il avait vécu un moment à Paris, dans les années 1970… » À la réflexion, néanmoins, j'ai renoncé à cette idée : si l'inconnue me posait une question à laquelle je ne pouvais pas répondre, elle risquait de se méfier et d'appeler les flics. Mieux valait essayer d'obtenir de sa part des renseignements sur le défunt : sa profession, son lieu de travail, ses goûts ou ses inclinations, les éventuelles raisons qu'il aurait eues de vouloir se suicider, s'il avait déjà évoqué devant elle la possibilité de se tuer…

Hale avait écrit dans son cahier :

> Les gens aiment parler des morts, comme s'ils pensaient ainsi pouvoir les ramener à la vie. Mais tout ce qui les concerne appartient déjà au passé. Les souvenirs sont soigneusement enfermés dans des placards, des malles et des cartons, la chronologie a été établie, et elle a ce caractère définitif qui accompagne seulement la fin, une fois que toutes les possibilités, incertitudes, déceptions ou revirements ont été éliminés, et que rien ne peut plus être compris de travers ou réinterprété. Tout est là, aussi inébranlable et silencieux qu'une pierre tombale.

Je songeais toujours à ce passage quand la femme a frappé à la porte. J'ai éclairé le salon avant d'aller ouvrir.

Elle devait avoir mon âge, ou peut-être quelques années de moins, et il émanait d'elle une impression de malaise, comme si elle n'avait aucune envie d'être là. Elle m'a pourtant gratifié d'un sourire hésitant en guise de salut. Je me suis écarté pour la laisser entrer, et elle a examiné l'appartement avec attention.

« Je sais, ce n'est pas le grand luxe », ai-je déclaré.

Elle s'est immobilisée au milieu de la pièce, sous le plafonnier. Elle ne m'a pas demandé qui j'étais, ce que je faisais là ni où était Hale, et pour ma part je ne savais pas quoi dire. Sans attendre d'y être invitée, elle a posé son sac par terre près du canapé et s'est assise dans un fauteuil. Puis elle a allumé une cigarette et cherché du regard un cendrier. Je suis allé à la cuisine prendre une soucoupe que j'ai posée sur la table basse. Elle a croisé les jambes et m'a remercié.

« De rien. Vous voulez un café ou un thé ?

— Non, merci. »

Si elle n'était pas véritablement belle, elle avait cependant des traits délicats, des jambes fabuleuses, des yeux magnifiques et des gestes empreints d'une élégance naturelle. Elle portait un tailleur gris foncé avec des escarpins assortis. Compte tenu de la nature de mon travail, j'avais appris à ne négliger aucun détail, même s'il paraissait insignifiant : ongles laqués de violet, fin rang de perles autour du cou, minuscules boucles d'oreilles en or, petit grain de beauté au coin droit de sa lèvre supérieure… Et son maquillage ne parvenait pas à dissimuler de profonds cernes.

J'ai allumé une cigarette à mon tour, et pendant quelques minutes nous nous sommes contentés de fumer et de nous observer à la dérobée, chacun attendant que l'autre prenne la parole. Au bout du compte, c'est moi qui, trouvant le silence embarrassant, ai fini par le rompre : « Je suppose que vous ignorez ce qui s'est passé… »

Elle a haussé les sourcils. « En effet. De quoi parlez-vous ?

— Eh bien, je suis au regret de vous dire que votre ami, Abraham Hale, est mort il y a huit jours. Son corps a été emporté à la morgue du Queens Hospital Center, dans Jamaica Street. Vous savez où c'est ? La police est toujours à la recherche de quelqu'un qui pourrait l'identifier. »

Pendant un long moment, elle n'a fait aucun commentaire, comme si elle se demandait comment réagir. Puis elle a écrasé sa cigarette, déclaré : « Eh bien, je suis navrée de l'apprendre », et en a allumé aussitôt une autre en balayant la pièce d'un regard plus ou moins absent. Enfin, elle a murmuré : « Comment est-ce arrivé ? »

J'ai haussé les épaules. « Les circonstances restent floues, mais il semblerait qu'il ait avalé trop de somnifères.

— Il se serait suicidé, c'est ça ?

— Eh bien, c'est possible. En attendant, la police pense plutôt à un accident.

— Je vois… »

Je suis allé m'asseoir à côté d'elle sur le canapé. J'avais l'impression de vivre une situation absurde, coupée de la réalité – une scène tirée d'un film qui n'avait aucun sens pour ceux qui avaient manqué le début.

« Vous vous demandez sans doute qui je suis et ce que je fais ici, ai-je dit.

— Ce ne sont pas mes affaires, mais vous pouvez toujours me l'expliquer. Vous permettez que j'aille d'abord aux toilettes ?

— Bien sûr. Sur votre gauche.

— Je sais. »

Elle a laissé sa cigarette dans le cendrier, s'est levée et dirigée vers les toilettes en faisant claquer ses talons sur le sol. J'ai terminé la mienne puis avalé un Tylenol pour soulager un début de migraine. En revenant, l'inconnue a ôté sa veste et l'a accrochée à une patère près de la porte.

« Vous étiez une amie de M. Hale ? ai-je lancé.

— Plus ou moins. »

Après avoir récupéré sa cigarette, elle s'est approchée de la fenêtre pour regarder dehors. Elle se tenait le dos bien droit, dans cette posture caractéristique, légèrement rigide, des femmes qui ont pris des cours de danse classique dans leur enfance.

« Pour ma part, je le connaissais un peu, ai-je prétendu. Il m'a dit qu'il avait vécu un moment à Paris, mais j'ignorais qu'il était sous traitement.

— Oui, bien sûr, a-t-elle confirmé sans se retourner. Il adorait parler de ses années à Paris… Je n'étais pas au courant non plus pour le traitement. Je veux dire, j'ignorais qu'il était malade.

— Que faisait-il dans la vie ?

— Je ne pose jamais de questions personnelles, monsieur… »

À cet instant seulement, je me suis rendu compte que nous ne nous étions toujours pas présentés. Je lui ai dit mon nom, mais elle ne m'a pas donné le sien.

« Et donc, monsieur Bertrand…

— Je vous en prie, appelez-moi Jack.

— D'accord, Jack. Et vous êtes là pour… ?

— Je pensais peut-être louer cet appartement. Vous habitez le quartier ?

— Non, à Woodhaven. Avant, j'ai vécu dans le Bronx. Je ne suis pas d'ici, en fait. Je suis venue m'installer à New York il y a dix ans.

— Oui, j'ai remarqué votre accent. Vous êtes française ?

— C'est ça. Et quand avez-vous l'intention d'emménager, Jack ?

— Bientôt. La semaine prochaine, si c'est possible. Je n'ai pas encore fini de constituer le dossier. »

Elle a soudain paru gênée. Elle a écrasé nerveusement le mégot dans le cendrier et tiré de son sac un téléphone portable, puis elle s'est rendue dans la cuisine pour appeler. Je n'ai saisi que des bribes de conversation : « Non, il ne l'a pas fait… Pourquoi me parles-tu sur ce ton ?… Oui, j'y vais directement, ne t'inquiète pas… » À son retour dans le salon, elle m'a dit : « Désolée, il faut que je parte. Ça va, Jack ? Vous êtes tout pâle.

— Oui, oui, ça va. J'ai eu beaucoup de travail aujourd'hui et je n'ai pas eu le temps de déjeuner, c'est tout.

— OK. Bon, eh bien, au revoir. »

Elle a remis sa veste, saisi son sac et marché vers la porte. Prenant mon courage à deux mains, je lui ai demandé son numéro de téléphone. « Je vous appelle la semaine prochaine, d'accord ? On pourrait aller boire un café, si vous voulez, ou manger un morceau… »

Elle m'a jeté un coup d'œil intrigué, puis a haussé les épaules et noté son numéro sur un Post-it jaune.

« Voilà.

— Merci. Je vous appellerai, promis. »

Avant de partir, elle a fait quelque chose de très étrange : elle s'est approchée de moi et m'a chuchoté un mot à l'oreille, comme si elle avait peur que quelqu'un nous entende, avant de s'éloigner en hâte, sans me laisser le temps de réagir. « Fuyez ! » m'avait-elle dit.

11

Journal de Jack Bertrand (2)

Le lendemain matin, je me suis réveillé tôt et je suis allé prendre mon petit déjeuner dans un café du quartier. J'étais encore fatigué et embrumé, comme si j'avais la gueule de bois. Sans réfléchir à ce que je faisais, je suis rentré chez moi et j'ai fourré quelques affaires dans un sac, puis je suis retourné à l'appartement de Hale, où j'ai passé le reste de la journée allongé sur le canapé dans le salon, à boire du café et à lire les cahiers.

J'éprouvais une étrange sympathie pour cet inconnu dont la vie s'était achevée prématurément et de façon si tragique. Ce que j'avais lu de ses notes jusque-là me donnait l'image d'un être bienveillant et sensible, qui avait eu le cœur brisé par des événements dramatiques survenus en France. À partir du moment où il avait rencontré cet homme, Joshua Fleischer, alors qu'ils étaient tous les deux en dernière année de fac, tout était allé de mal en pis. Fleischer était devenu en quelque sorte son mauvais génie. Par la suite, lui-même avait dû lutter pour tenir le coup et s'en sortir. Il se considérait comme victime des manœuvres de Fleischer, un individu guidé par ses frustrations et son penchant pour le mal. À en juger par ce qu'il écrivait, il était manifestement tombé amoureux de Simone, et elle de lui, mais son prétendu « ami » avait fait en sorte que les événements prennent une tournure différente.

De toute évidence, il s'était produit quelque chose de terrible un soir, dans un hôtel parisien où Hale avait retrouvé Fleischer et Simone. Il ne précisait pas de quoi il retournait, se bornant à indiquer : « Cette nuit-là, j'ai tout perdu. » Et d'ajouter à propos de Fleischer : « Il l'a détruite, et moi avec. Pourquoi a-t-il agi ainsi ? Parce qu'il en avait la possibilité, et parce que c'est dans sa nature : il est comme le scorpion qui pique la bonne âme prête à lui faire traverser la rivière. »

Je suis sorti acheter quelques provisions à l'épicerie la plus proche et j'ai consacré tout mon week-end à la lecture des notes de Hale. Le lundi matin, je me suis réveillé de bonne heure et il m'a fallu un petit moment pour me rappeler où j'étais. L'appartement me paraissait soudain glauque et hostile, et j'ai été soulagé en le quittant, après avoir laissé les cahiers sur la table basse près du canapé. J'ai pris le bus dans Elmer Avenue pour me rendre au bureau. Mais, au moment d'entrer dans le bâtiment, j'ai éprouvé un profond sentiment de culpabilité, comme si j'étais sur le point d'être démasqué. Or je ne pouvais pas me permettre de perdre mon travail : en dépit de mes efforts pour économiser, j'étais complètement fauché.

C'était une de ces journées où tout va de travers : nous étions chargés de visiter deux appartements dans les Heights et une petite maison près de Queens Boulevard. Dans l'un des appartements, une vieille dame était morte une semaine avant que les voisins alertent la police, aussi la puanteur était-elle terrible. Quelqu'un a rayé notre voiture dans le parking voisin, et Linda a failli se fouler la cheville en montant au grenier.

Avant de retourner au bureau, nous nous sommes arrêtés déjeuner dans un café de la 99e Rue, à Forest Hill.

« Tu as du nouveau sur ce type de Jackson Heights, Abraham Hale ? lui ai-je demandé quand notre serveuse nous a apporté cafés et bagels.

— Quel type ? Dites, mademoiselle, c'est quoi, ça ? Je n'ai pas commandé un supplément de fromage frais, mais une double portion de saumon fumé.

— Vous voulez que je vous en rapporte un autre ?

— Non, je n'ai pas le temps. Bon, pourquoi tu t'intéresses à ce Hale, Jack ? Il y a un problème ?

— Non, simple curiosité. Et je me suis souvenu que tu connaissais quelqu'un au poste du 115e District, alors…

— Ah oui, Torres. Miguel Torres.

— Je pensais que tu pourrais peut-être l'interroger au sujet de Hale.

— Pourquoi je ferais ça ?

— Je te l'ai dit, il m'intrigue.

— Ah oui ? C'est bien la première fois que ça t'arrive… T'aurais pas mis la main sur quelque chose chez lui dont tu ne veux pas parler au patron ? Genre un billet de loterie ?

— Linda, s'il te plaît…

— Écoute, j'ai déjà assez d'emmerdes comme ça, je n'ai aucune envie de m'en attirer d'autres. Mais OK, t'as gagné : quand on sera de retour au bureau, je passerai un coup de fil à Torres. Il s'appelait comment, déjà, ton gars ?

— Abraham. Abraham Hale. Merci, je te revaudrai ça.

— De rien. Finis ton assiette, il faut qu'on se dépêche. Tu te sens bien, au fait ? T'as pas l'air trop en forme. Tu devrais peut-être arrêter de fumer.

— C'est drôle, aujourd'hui, on ne parle plus des dangers de la pollution, des gangs ou de la malbouffe. Non, on te rebat les oreilles avec les méfaits du tabac. Regarde-moi ces bagels… Tu te rappelles ceux qu'on mangeait quand on était gosses ? Au moins, ils étaient croustillants et ils avaient du goût… Tu ne trouves pas que tout avait plus de goût quand on était gosses ? Non, c'est bon, laisse tomber. J'ai mal dormi, c'est tout. Je n'ai pas faim et ces trucs me débectent.

— Je sais que t'es célibataire, mais tu fréquentes quelqu'un ?

— Non, pourquoi ?

— Parce que je sais à quel point c'est difficile de vivre seul. T'as appris, pour Ralph ?

— Quoi ?

— Son oncle, au nord de l'État, est mort et lui a légué une petite fortune : une ferme avec deux hectares de terres dans le comté de Mayville, près du lac. Il va démissionner et partir s'installer là-bas.

— Tant mieux pour lui.

— Mouais… Allez, allonge la monnaie, on lève le camp. »

Je suis encore resté deux nuits dans l'appartement de Hale, à éplucher les cahiers. Je n'avais plus peur qu'on me surprenne chez lui ; après tout, personne n'était venu couper l'eau, le gaz et l'électricité, et personne n'avait appelé.

Dès le début de ma lecture, j'avais pris Fleischer en grippe. Je voulais comprendre comment, avec toutes ses qualités, Hale avait pu finir sa vie de façon aussi pitoyable – seul, pauvre et vaincu –, alors que Fleischer, ce sale manipulateur, accumulait les réussites. J'avais l'impression de lire un conte de fées à l'envers. S'agissait-il seulement de malchance ? Y a-t-il un moment dans la vie où une décision, une fois prise, influence toute votre existence, quoi qu'il arrive par la suite ? Autant de questions qui tournaient en boucle dans ma tête, même durant mon sommeil.

Et un homme détenait forcément les réponses, me semblait-il. Alors, la semaine suivante, j'ai commencé à traquer Fleischer.

12

Journal de Jack Bertrand (3)

Il ne m'a pas été difficile de retrouver sa trace, parce qu'il occupait une position éminente.

J'ai fait un saut à la bibliothèque municipale de la 42e Rue, où j'ai découvert dans de vieux journaux qu'il était devenu célèbre au milieu des années 1970 : il avait légué tout son héritage – estimé à plus de vingt millions de dollars à l'époque – à une fondation appelée The White Rose. Il avait ensuite vécu à l'étranger un certain temps, avant de s'enrichir à Wall Street au début des années 1980. Il avait presque tout perdu en 1987, lors du lundi noir, mais avait fait un retour spectaculaire deux ou trois ans plus tard, ce qui lui avait valu d'être surnommé le « gentil sniper » par le *Wall Street Journal*.

Ce matin-là, j'ai appelé mon patron pour le prévenir que je prenais quelques jours de congé. Puis je me suis rendu dans l'Upper East Side afin de surveiller l'entrée de la tour où habitait Fleischer – un immeuble luxueux de trente-six étages au croisement de la 58e Rue Est et de la 1re Avenue.

La voiture d'Abraham Hale, une vieille Toyota Celica noire quatre cylindres, était toujours garée en face de chez lui. Comme j'avais trouvé les clés dans un tiroir, je l'ai empruntée pour suivre Fleischer lorsqu'il est sorti le lendemain matin. Il a pris un taxi jusqu'à un café chic dans Greenwich Street, proche du quartier financier.

J'y suis entré quelques minutes après lui. L'établissement était presque vide, mais le maître d'hôtel m'a tout de même demandé si j'avais réservé. Je lui ai répondu que non, et il m'a alors conduit jusqu'à une table près de la porte après m'avoir jeté un coup d'œil sceptique. J'ai commandé un espresso, qu'un serveur m'a apporté peu après.

J'ai rapidement repéré Fleischer, installé à une table près du comptoir, en compagnie d'une femme sophistiquée d'une trentaine d'années et d'un homme à peu près du même âge, tous les deux vêtus avec recherche. Ils paraissaient détendus, grignotaient des croissants et bavardaient. Je n'ai pas eu l'impression qu'il s'agissait d'un rendez-vous d'affaires.

Fleischer était grand et mince, avec des traits réguliers, des cheveux noirs et une fine moustache. Il paraissait plus jeune qu'il ne l'était. Si je n'avais pas su son âge, je lui aurais donné dans les trente-cinq ans. Il portait un costume sur mesure et sa montre à elle seule valait sans doute plus que toutes mes possessions réunies.

Je me suis représenté Hale allongé par terre, nu, la vie le désertant lentement dans le silence et la solitude de son appartement. Et je me suis demandé si cette femme que j'avais rencontrée chez lui, cette femme élégante au léger accent français, était celle qu'il avait mentionnée dans ses cahiers : Simone. Était-il possible qu'elle les ait suivis, Josh et lui, jusqu'aux États-Unis ? Auquel cas, étaient-ils toujours en contact ? Après tout, elle savait où étaient les toilettes chez Hale, elle avait donc déjà dû venir. Mais était-elle aussi restée en relation avec Fleischer ? S'agissait-il entre eux d'une espèce de jeu pervers, qui aurait pu expliquer le suicide de Hale ? En tout cas, elle ne m'avait pas paru affectée par sa mort.

Perdu dans mes réflexions, je ne m'étais pas aperçu que Fleischer s'était levé. Quand je m'en suis rendu compte, il était à l'entrée de l'établissement, où il aidait sa compagne à enfiler son manteau. J'ai posé un billet de cinq dollars sur la table et je me suis précipité vers la porte, mais le serveur m'a retenu en me disant que le café coûtait cinq dollars quatre-vingt-dix-neuf. J'ai fouillé mes poches, fini par dénicher un dollar de plus que je lui ai donné, puis je me suis rué dehors, mais il était trop tard : Fleischer et ses compagnons avaient disparu.

Ce même jour, vers dix-sept heures, ma collègue Linda m'a appelé sur mon portable alors que, posté près de la fenêtre pour fumer une cigarette, je me demandais une fois de plus ce qui avait bien pu se passer cette nuit-là à Paris. Elle m'a dit que l'enquête de police était toujours en cours, et que son ami avait par conséquent refusé de lui communiquer la moindre information sur Abraham Hale. Elle voulait aussi savoir pourquoi je n'étais pas venu travailler. Je lui ai juste répondu, avant de raccrocher, que j'avais pris quelques jours de congé.

Dans ses cahiers, Hale avait fourni bon nombre de détails sur lui-même et sur Fleischer. Alors, pourquoi ne racontait-il pas ce qui s'était produit dans cet hôtel ? Il avait souligné à plusieurs reprises que toute son existence avait été gâchée par les événements de cette nuit particulière, et pourtant à aucun moment il ne donnait de précisions sur leur nature.

Muni d'une feuille de papier vierge et d'un stylo, j'ai tracé un schéma de la situation. J'ai écrit « Abraham Hale » dans une case, que j'ai reliée par une flèche à une autre, marquée « Joshua Fleischer ». Tout semblait tourner autour de cette fameuse nuit à Paris, alors j'ai indiqué dans une autre case : « Simone Duchamp, chambre d'hôtel, automne 1976 ».

L'un des deux hommes, ou les deux, avait fait quelque chose de terrible ce soir-là. Pour moi, c'était l'évidence même. Ensuite, ils étaient rentrés aux États-Unis. Et Simone ? À partir de cette date, Hale avait cessé de la mentionner dans ses notes ; il ne parlait plus que de lui et de Fleischer. Toutes les évocations de Simone n'apparaissaient que dans le cadre de ce séjour en France. Or, si c'était vraiment la femme que j'avais rencontrée chez lui, ils avaient dû se revoir après qu'elle se fut installée à New York dix ans auparavant, comme elle me l'avait dit.

Sous la case comportant le nom de Simone, j'en ai dessiné une autre, dans laquelle j'ai écrit : « Les faits ». Elle avait fréquenté un de ces hommes, puis l'avait laissé tomber pour entamer une liaison avec l'autre. Pourquoi ? Hale supposait que Fleischer savait comment manipuler les gens et obtenir d'eux ce qu'il voulait. Il s'était sans doute senti blessé et furieux quand Simone l'avait quitté pour son rival, d'autant qu'il soupçonnait ce dernier de ne pas être amoureux d'elle mais de chercher à lui faire du mal à lui. Et il avait réussi. Qu'était-il arrivé ensuite ?

Je savais cette question de pure forme. Il n'y avait que deux personnes au monde capables de me fournir des réponses : Simone, si c'était vraiment elle que j'avais rencontrée, et Fleischer, s'il acceptait de me parler.

Une heure plus tard, vers sept heures du soir, le téléphone de l'appartement a sonné et j'ai répondu. C'était la femme qui était déjà venue dans l'appartement. Sa voix rendait un son assourdi, comme si elle parlait du fond d'un puits.

« Désolée, mais je ne me sens pas bien, a-t-elle déclaré avant de soupirer. Pourriez-vous me retrouver ici ? J'ai quelque chose d'important à vous dire. »

J'étais surpris. Nous nous connaissions à peine, pourtant elle m'invitait chez elle de la façon la plus naturelle qui soit.

« Bien sûr. Il s'est passé quelque chose ?

— Comment ça ? Non, je vous le répète, il faut qu'on parle. Bon, vous venez ou pas ?

— Oh, euh, oui, naturellement. Puis-je avoir votre adresse et votre numéro de téléphone ?

— Hein ? Je vous les ai déjà donnés, vous ne vous rappelez pas ?

— Je crois que je les ai perdus. »

Après avoir noté les indications sur la feuille où j'avais dessiné mon schéma, j'ai raccroché. J'ai enfilé ma veste et je suis sorti en me demandant s'il serait plus poli de lui acheter des fleurs, avant de me dire que je ferais mieux de me rendre chez elle sans tarder, puisqu'elle était malade. Je suis monté dans la Celica et j'ai pris la direction de Woodhaven. Il faisait déjà nuit, et il m'a fallu quelques minutes pour m'apercevoir que je n'avais pas allumé les phares. Je me suis arrêté à Grand Central, où j'ai acheté un portable, un petit Ericsson avec une antenne rétractable qui ressemblait à un gros insecte noir. Le vendeur, un jeune à peine sorti de l'adolescence, arborant un dragon rouge tatoué sur l'avant-bras droit, m'a montré comment enregistrer le numéro de Simone dans la mémoire du téléphone.

Quand je me suis engagé dans Jackie Robinson Parkway, je savais déjà que je poussais les choses trop loin. Je vivais dans l'appartement de Hale, j'utilisais sa voiture, son téléphone, son électricité et même certains de ses vêtements. Ce n'était plus seulement mon travail qui était en jeu ; je pouvais me faire arrêter pour violation de propriété privée, effraction, vol, usurpation d'identité, et la liste était probablement encore longue. Tôt ou tard, les voisins ou le concierge remarqueraient ma présence et préviendraient les flics.

J'ai tourné à gauche dans la 87ᵉ Rue, et constaté que l'adresse correspondait à une vieille bâtisse de deux étages, en brique rouge, située au fond d'un terrain vague. Je me suis garé près d'un réverbère et j'ai traversé l'étendue jonchée de déjections canines jusqu'à l'entrée du bâtiment. Il y avait bien un interphone à droite de la porte, avec trois boutons d'appel, mais aucun nom ne figurait à côté des touches. Un journal gratuit et des brochures publicitaires aux pages cornées traînaient sur le paillasson. J'ai hésité un moment, avant de me résoudre à lui téléphoner pour dire que j'étais là. Quelques secondes plus tard, la porte s'est déverrouillée dans un bourdonnement, et je suis entré.

Une forte odeur de graillon imprégnait les lieux et les lattes du plancher craquaient. N'ayant pas pu localiser l'interrupteur, j'ai gravi l'escalier en tâtonnant comme un aveugle. Parvenu en haut des marches, j'ai frappé à la porte jaune qu'elle m'avait indiquée.

Elle était presque nue, seulement vêtue d'une chemise de nuit transparente révélant qu'elle ne portait ni soutien-gorge ni culotte. Ses cheveux étaient rassemblés en une queue-de-cheval courte et elle paraissait plus vieille que dans mon souvenir. Elle m'a invité à entrer et s'est dirigée vers le salon d'une démarche chaloupée. J'ai refermé la porte derrière moi et je lui ai emboîté le pas.

L'appartement, petit, sombre et délabré, empestait le tabac froid et le parfum bon marché. Quelques vêtements étaient abandonnés par terre. Le salon n'était éclairé que par une ampoule nue qui pendait du plafond comme une luciole géante.

« Vous permettez que je fume ? ai-je dit.

— Allez-y, il y a un cendrier dans la cuisine. Bon sang, je suis tellement crevée… Vous avez apporté quelque chose à boire ?

— Euh, non, désolé. Je peux aller acheter une bouteille, si vous voulez.

— Non, laissez tomber, il n'y a pas de supérette par ici. »

Elle s'est assise sur le canapé tandis que j'allais chercher un cendrier dans la cuisine. Elle m'a demandé une cigarette et nous avons fumé en silence. Le canapé était miteux, comme le reste du mobilier : deux fauteuils usés, deux étagères presque vides et une table avec quatre chaises près de la fenêtre. Le tapis était usé jusqu'à la trame et présentait même quelques trous.

« Merci de m'avoir invité, ai-je dit. J'aime bien votre appartement.

— Vous êtes gentil, mais ce n'est qu'un taudis. Malheureusement, je n'ai pas les moyens de m'offrir mieux pour le moment, a-t-elle ajouté d'un ton amer. Sinon, comment allez-vous ? Moi, je crois que j'ai la grippe, je me sens horriblement mal. Vous n'auriez peut-être pas dû venir.

— Ne vous inquiétez pas, ça ira. Je peux vous poser une question ?

— Allez-y.

— Vous êtes Simone, n'est-ce pas ? Simone Duchamp ? Excusez la prononciation, je n'ai que des rudiments de français. »

Elle a gardé le silence quelques secondes, avant de répondre :

« Bien sûr que je suis Simone. Je croyais que vous le saviez déjà. Pourquoi ?

— Votre ami, Abraham, m'a parlé de vous. De votre rencontre à Paris, de votre histoire d'amour et aussi de ce Fleischer qui a essayé de…

— Je ne me souviens pas très bien de cette période de ma vie, et de toute façon je n'ai aucune envie de discuter de mon passé ce soir. Pourquoi ne vous mettez-vous pas à l'aise ? »

Le bas de sa chemise de nuit avait glissé, dévoilant ses cuisses. Elle avait une grosse ecchymose verdâtre au-dessus du genou droit.

J'ai essayé de ne pas regarder ses jambes ni son pubis rasé. « Quand êtes-vous arrivée ici, à New York ? » ai-je demandé, et elle a bâillé. « Il y a environ dix ans, a-t-elle dit. Bon, vous voulez un café ?

— Non, ça va, merci. Pourquoi ne pas les avoir rejoints plus tôt ?

— Rejoints qui ?

— Ces deux garçons que vous aviez rencontrés en France, Hale et Fleischer. Ils étaient tous les deux amoureux de vous, d'après ce que j'ai compris, et…

— Je vous le répète, je n'ai pas envie de discuter de ça. Vous êtes psy ou quoi ? »

Elle s'est levée, puis s'est rendue dans la cuisine où je l'ai entendue faire couler de l'eau dans l'évier. J'en ai profité pour examiner de plus près le salon, notant le papier peint qui partait en lambeaux et quelques lattes de parquet ici et là rafistolées par quelqu'un qui avait salopé le boulot. Il y avait une pile de revues pornos près du canapé et les rideaux étaient crasseux.

Elle est revenue quelques minutes plus tard avec deux tasses de café et m'en a tendu une. Sa chemise de nuit laissait tout voir, mais elle ne paraissait pas s'en soucier.

« Vous ne devriez pas fumer, si vous êtes malade, ai-je dit, conscient de la platitude affligeante de cette remarque.

— Bah, on s'en fiche ! a-t-elle répliqué, avant de se laisser choir dans un fauteuil, les jambes repliées sous elle. Bon, vous attendez de moi quelque chose de particulier ou vous allez continuer à rester assis là, à me poser des questions bizarres ? Je vous ai dit qu'il fallait qu'on parle.

— Que faites-vous dans la vie, Simone ?

— Quoi ? Je suis musicienne, vous l'ignoriez ? Je joue de la clarinette. Non, mais franchement, ça ne se voit pas ? Qu'est-ce qui cloche chez vous ? »

Je tombais des nues. Je me rappelais encore la façon dont Abraham Hale l'avait décrite dans son journal : superbe, cultivée, raffinée, et élevée dans une famille française fortunée. J'avais également remarqué que mon interlocutrice avait perdu son accent, comme si le seul fait d'avouer sa profession l'avait privée de son masque, révélant une personne totalement dénuée d'élégance, de charme et même de beauté.

Je n'ai pu m'empêcher de lancer : « Comment en êtes-vous arrivée là ? Pourquoi ne vous ont-ils pas aidée ? »

Elle m'a jeté un coup d'œil dédaigneux par-dessus sa tasse, qu'elle serrait entre ses paumes comme pour la briser.

« Quand vous êtes à terre, tout le monde veut un morceau de vous. Et je n'aime pas demander de l'aide. Je ne suis pas infirme, que je sache ! Je suis tout à fait capable de gérer ma vie, pour le meilleur et même pour le pire. Oh, arrêtez de me regarder comme ça ! Vous n'avez pas la moindre idée de ce qu'on ressent lorsqu'on est quelqu'un et que soudain… Bon, vous allez vous décider, oui ou non ? Ou vous préférez rester assis et regarder ?

— Abraham m'a raconté beaucoup de choses sur vous. Et il tenait un journal. Je voulais vous parler de certaines choses qu'il a écrites…

— Quel genre de journal ? Sur moi ?

— Oui, il vous mentionne souvent. Je crois qu'il vous aimait vraiment. »

Ces mots ont paru la mettre hors d'elle.

« Là, franchement, ça n'a plus rien de drôle ! C'est quoi, cette histoire de journal ? Je peux le voir, d'abord ? Qu'est-ce qu'il dit sur moi ?

— Je vous en prie, détendez-vous. En fait, ce n'est pas exactement un journal, plutôt des notes, et je ne suis pas sûr que…

— Je veux voir ce truc, vous m'entendez ?

— D'accord, la prochaine fois que vous viendrez, je vous montrerai les cahiers. Ne vous inquiétez pas. »

Pour le coup, elle s'est un peu calmée. Elle s'est levée, a ôté sa chemise de nuit et a commencé à se caresser les seins.

« On va dans la chambre ? »

Pour être franc, je me sentais paralysé. Je me suis levé à mon tour et, après lui avoir donné tout le liquide que j'avais sur moi, ainsi que mon paquet de cigarettes, je suis parti. Au moment de refermer la porte derrière moi, je l'ai entendue éclater de rire.

13

Journal de Jack Bertrand (4)

J'ai suivi Fleischer toute la semaine. Chaque jour, il quittait son appartement de bonne heure le matin et rentrait tard le soir, passant presque tout son temps dans son bureau au cœur du quartier financier.

Il avait l'habitude de sortir déjeuner à treize heures précises, toujours au même endroit, un petit restaurant de la 1re Rue Est, près de Marble Cemetery. Un costaud d'une trentaine d'années, invariablement vêtu de noir – à la fois chauffeur, garde du corps et homme de confiance –, lui faisait ses courses et s'occupait de son linge. Tous les vendredis, vers vingt heures, Fleischer allait chercher la femme que j'avais vue avec lui au café et, après le dîner, il se rendait pour quelques heures chez elle, pas loin de son propre appartement, dans la 76e Rue Est.

Je m'efforçais de ne pas trop penser à Simone, mais je gardais une image saisissante d'elle, assise dans ce logement minable, nue, furieuse, probablement un peu éméchée, m'invitant à coucher avec elle. Abraham

Hale se doutait-il de ce qu'elle était devenue ? S'il le savait, pourquoi ne l'avait-il pas aidée ? Il n'était pas riche, mais il aurait peut-être pu trouver une solution pour la tirer d'affaire. Je n'avais réussi à percer un premier mystère que pour tomber sur un autre, me semblait-il. En repensant à toute cette histoire, j'avais la sensation qu'on a parfois dans un cauchemar : on a beau contracter ses muscles pour essayer d'avancer, on ne bouge pas d'un pouce.

Un soir, vers six heures, quelqu'un a sonné à l'interphone. C'était Linda, ma collègue. Je lui ai ouvert et je suis allé l'attendre au bout du couloir. Je me sentais profondément ébranlé car, pendant que j'étais occupé à suivre Fleischer, les cahiers avaient disparu de l'appartement. Je les avais laissés sur la table basse près du canapé, comme d'habitude, et à mon retour ils s'étaient volatilisés. Pour moi, ça ne faisait aucun doute : Simone était revenue pendant mon absence et les avait emportés. Autrement dit, Abraham Hale lui avait donné une clé.

« Je pensais bien que tu serais là, a déclaré Linda, hors d'haleine après avoir gravi l'escalier. Où est le fric, Lebowski ? Tu as vu ce film qui vient de sortir ? Non ? Eh bien, tu devrais, c'est génial. »

Après l'avoir invitée à entrer, je me suis dirigé vers la cuisine pour préparer du café.

« Tu vas te faire virer, Jack, a-t-elle dit en s'appuyant contre l'encadrement de la porte. Viens au bureau demain et parle à Larry. Il a bon fond. Dis-lui que t'as été malade, un truc comme ça. »

J'ai servi le café et apporté les tasses dans le salon. Seule une petite lampe dans un coin de la pièce était éclairée, laissant la pièce dans la pénombre, comme dans un film noir. J'ai ouvert la fenêtre et allumé une cigarette.

« Il était d'accord pour que je prenne quelques jours, ai-je dit. Je lui ai téléphoné il y a une semaine.

— D'après lui, tu ne l'as pas prévenu. Il t'a laissé des messages mais tu ne l'as pas rappelé.

— Il ment. »

Linda a posé sa tasse sur la table basse, s'est approchée de moi, m'a pris par les épaules et m'a regardé droit dans les yeux.

« Jack ? Qu'est-ce qui cloche, mon chou ? S'il te plaît, dis-le-moi. Tu commences à me flanquer les jetons. La vieille chouette que je suis s'inquiète pour toi et aimerait vraiment t'aider.

— Il n'y a rien qui cloche, Linda. Merci. J'avais seulement l'intention de… »

Je me suis interrompu au beau milieu de ma phrase. Quelle était mon intention au juste ? Incapable de formuler une réponse, j'ai fini ma cigarette et écrasé le mégot.

« Écoute, Linda, je ne voudrais pas être grossier, mais je crois que tu ferais mieux d'y aller. J'ai du travail.

— Quel genre de travail ? T'as décroché une autre place ?

— Ne le prends pas mal, mais ça ne te regarde pas.

— Pourquoi tu me parles comme ça ? Je ne cherche qu'à te donner un coup de main.

— Je sais. Et je vais bien, je t'assure. »

Elle s'est dirigée vers la porte. Je m'étais montré injuste avec elle et je le regrettais déjà. Je lui ai néanmoins demandé : « S'il te plaît, ne dis à personne que je suis ici. Dans cet appartement, je veux dire. »

Elle a ouvert la porte, avant de se retourner. « Prends soin de toi, Jack. Tu sais où me joindre si tu as besoin de moi. À ta place, j'irais voir Larry demain. Il n'est pas trop tard. Allez, salut. Et sois sage, hein ? »

Posté près de la fenêtre, je l'ai regardée traverser la rue. Elle a levé les yeux et m'a considéré un moment, puis elle est montée en voiture et a démarré. J'ai pris une douche, je me suis habillé et j'ai décidé d'aller trouver Fleischer. Il était sept heures moins vingt, et le temps pressait, j'en avais conscience. Si Linda laissait échapper qu'elle m'avait vu dans l'appartement de Hale, j'en serais chassé sous peu.

J'ai acheté un sandwich au thon dans une épicerie près du parking et je l'ai mangé en examinant mon environnement : un magasin J. Crew ; quelques personnes qui faisaient la queue devant un distributeur de billets ; un restaurant apparemment chic, appelé *The Living Room* ; un type déguisé en Cookie Monster qui distribuait des prospectus ; un bambin qui s'accrochait au bras de sa mère en essayant d'attirer son attention ; un vieillard coiffé d'un feutre ridicule, regardant droit devant lui comme s'il était hypnotisé par quelque chose d'invisible. De l'autre côté de la rue, les étages supérieurs de la tour où habitait Fleischer étaient enflammés par le coucher de soleil.

Je terminais mon sandwich lorsque j'ai vu approcher sa voiture. Je me suis posté près du passage piéton et, quand son chauffeur s'est arrêté au feu rouge, je me suis penché pour frapper à la vitre et j'ai crié assez fort pour qu'il puisse m'entendre à l'intérieur : « Monsieur Fleischer ? Accordez-moi un moment, s'il vous plaît ! »

Le chauffeur a entrouvert la vitre et demandé : « Qu'est-ce que vous voulez ?

— J'aimerais parler à M. Fleischer. Il est dans la voiture ? »

Une voix s'est élevée des profondeurs de la limousine : « Un problème, Walter ?

— Bonsoir, monsieur, ai-je crié. Il faut que je vous parle de Simone. Simone Duchamp ! »

Le feu est passé au vert et quelques automobilistes ont klaxonné. La voiture a avancé de dix mètres, puis s'est garée le long du trottoir. Fleischer en est descendu et m'a fait signe. Je lui ai fait signe en retour, tandis que la limousine redémarrait, tournait à droite et disparaissait dans le parking souterrain.

« Vous avez bien dit "Simone Duchamp" ? a lancé Fleischer en me rejoignant. Qui êtes-vous ?

— Je m'appelle Jack Bertrand. Nous ne nous sommes jamais rencontrés, mais je sais beaucoup de choses sur vous. »

Combien de fois, terré dans cet appartement minable, avais-je imaginé cette discussion avec lui ? Mais à présent, perdu au milieu de ce flot ininterrompu de piétons qui circulaient sur le trottoir, je ne voyais pas du tout par où commencer. Un homme m'a bousculé, puis s'est éloigné sans s'excuser. Immobile devant Fleischer, je le dévisageais en ayant l'impression d'avoir le cœur brisé et la tête vide.

« Ça va ? a-t-il demandé. Vous n'avez pas l'air dans votre assiette. Désolé d'insister, mais vous avez mentionné Simone Duchamp… ? »

Par-dessus son épaule, j'ai vu le chauffeur, Walter, se diriger vers nous, fendant la foule aussi souplement qu'un félin, le regard rivé sur moi. Portait-il une arme ?

« Oui, ai-je confirmé. En effet.

— Et ? Vous avez quelque chose à me dire à son sujet ? » Parvenu à notre hauteur, le chauffeur s'est adressé à Fleischer : « Tout va bien, monsieur ?

— Il semblerait, oui, a répondu ce dernier. Je vais bavarder un peu avec ce monsieur Jack… comment, déjà ?

— Bertrand.

— Monsieur Jack Bertrand, donc. Eh bien, monsieur Bertrand, je ne crois pas que ce soit le meilleur endroit pour discuter. Il y a un bar au coin de la rue où nous serons plus tranquilles.

— D'accord. »

Nous avons marché jusqu'au croisement, tandis que Walter nous suivait à une certaine distance. Le bar était un endroit agréable avec un parquet en bois massif et des murs lambrissés, ornés de quelques vieilles photos de paysages irlandais en noir et blanc. Le chauffeur est resté dehors et nous nous sommes installés à une table pour deux avant de commander des cafés.

« Je vous écoute, a déclaré Fleischer en versant du sucre dans sa minuscule tasse. Qu'avez-vous à me dire sur Simone Duchamp ? »

Je n'ai pu m'empêcher de demander : « Vous tenez à elle ? »

Il m'a regardé avec surprise.

« Quelle question ! Bien sûr que je tiens à elle, sinon je ne serais pas là en train de vous parler ! Venons-en au fait, monsieur Bertrand… Je suis un homme très occupé. C'est vous qui m'avez accosté. J'ai eu la gentillesse de vous inviter ici et de vous donner une chance de m'expliquer ce que vous attendez de moi, même si je ne sais toujours pas qui vous êtes. Alors, au cas où vous vous serviriez du nom de cette femme seulement pour…

— Je la connais, ai-je affirmé. Elle vit à Woodhaven. Vous l'ignorez peut-être, mais elle est arrivée de France il y a une dizaine d'années. »

Il en est resté bouche bée quelques instants. De toute évidence, cette annonce lui causait un choc.

« Vous voulez dire qu'elle est vivante ? Elle habite ici, à New York ?

— Pourquoi ? ai-je répliqué. Vous pensiez qu'elle était morte ? »

Fleischer a repoussé sa tasse de café et posé les coudes sur la table en se penchant vers moi.

« D'accord. Qui êtes-vous et que voulez-vous ? De l'argent ? Vous comptez me faire chanter ? Pourquoi devrais-je vous croire ? Sans vouloir vous vexer, vous ne semblez pas avoir toute votre tête. Comment l'avez-vous rencontrée ?

— Peu importe qui je suis et comment je l'ai rencontrée. Vous croyez vraiment que tout le monde en a après votre argent, hein ? Vous et votre foutu fric… »

Prenant visiblement sur lui pour garder son calme, il m'a interrompu : « Vous avez son adresse ? Je suis prêt à payer pour savoir où elle vit, mais seulement si j'ai la preuve que vous n'avez pas inventé cette histoire. »

J'ai avalé une gorgée de café et souri. Je me sentais soudain tout-puissant et sûr de moi. À en juger par son expression, Fleischer était prêt à tout pour obtenir les renseignements dont je disposais. Il avait perdu sa superbe, et j'éprouvais un plaisir quasi jouissif à le voir aussi déstabilisé.

« Comme je vous l'ai dit, j'ai appris des choses sur elle, ai-je dit en tripotant ma serviette en papier.

— Lesquelles ?

— Eh bien, par exemple, qu'elle se prostitue. »

Une grimace a déformé ses traits, et il a répété plusieurs fois à voix basse : « Quoi ?

— Oui, c'est une fille de joie. Ça vous en bouche un coin, hein ? Vous pouvez l'appeler pour vérifier, si vous voulez. J'ai ses coordonnées.

— Mais enfin, qui êtes-vous ? J'ai l'impression de vous avoir déjà vu. On s'est déjà rencontrés ? Vous m'avez suivi ?

— Je vous répète que ça n'a aucune importance. Alors, vous voulez que je vous donne ses coordonnées, oui ou non ? À moins que vous ne préfériez prévenir les flics ou lancer votre pitbull sur moi…

— À combien estimez-vous vos informations ?

— Gardez votre fric, connard ! »

J'ai sorti un stylo de ma poche, fait défiler les contacts enregistrés dans mon téléphone et noté les coordonnées de Simone sur une serviette en papier. Quand je la lui ai tendue, il l'a saisie sans me quitter des yeux.

« Je n'ai pas besoin de votre argent, ai-je poursuivi. J'ai découvert votre histoire fortuitement, parce qu'un homme est mort il y a deux semaines. Son corps est toujours à la morgue, il n'y a personne pour le réclamer. Il s'est probablement tué par overdose de médicaments. Il a péri seul, misérable et malheureux. Mais vous vous en fichez, n'est-ce pas ? Sinon, vous lui seriez venu en aide, espèce de salaud !

— Qu'est-ce que vous racontez, bon sang ?

— Ne faites pas semblant de l'ignorer ! Je vous parle d'Abraham Hale, dont vous avez détruit la vie ! »

Je tremblais de tous mes membres, comme si j'étais soudain transi. Je me suis levé et je suis sorti, manquant de percuter Walter, qui attendait toujours à l'entrée du bar. Au moment où je partais, j'ai aperçu le reflet de Fleischer dans la vitre de l'établissement. Il était toujours assis, le regard perdu dans le vague, les coudes appuyés sur la table, le menton posé sur ses mains jointes. Il paraissait aussi choqué que s'il venait de voir un fantôme.

Pour autant que je m'en souvienne, j'ai erré sans but tout le reste de la soirée. J'ai marché au hasard dans les rues, puis j'ai pris le métro à la station de la 77e Rue Est et je suis descendu à Times Square avant de me diriger vers le Lower East Side. Après, assis sur un banc, j'ai fumé des cigarettes à la chaîne en regardant les véhicules traverser le pont au loin. On aurait dit des voitures miniatures sur un circuit.

En repensant à ma conversation avec Fleischer, j'ai compris que je m'étais conduit comme un idiot. Au lieu de venger Abraham Hale, ainsi que je l'avais imaginé dans mes fantasmes, j'avais donné à son pire ennemi les coordonnées de Simone. Il avait eu l'air sincèrement surpris, ce qui signifiait qu'ils n'étaient pas restés en contact. Par conséquent, il ignorait qu'elle vivait désormais aux États-Unis, et de son côté elle devait avoir de bonnes raisons de vouloir l'éviter. Sinon, elle aurait pu le retrouver facilement ; après tout, j'y étais bien parvenu. Certes, c'était un homme dangereux ; Hale le suggérait dans ses cahiers. En même temps, si elle avait peur de lui, pourquoi était-elle venue à New York ? Elle aurait pu choisir n'importe quel autre endroit dans le monde. Et si elle n'avait pas fait le voyage pour lui ou pour Hale, pourquoi avait-elle quitté la France ? J'étais furieux contre moi-même : j'avais eu une occasion en or d'obtenir des réponses, et j'avais tout gâché.

Je n'avais aucune envie de retourner à Jackson Heights ni chez moi. Comme je n'avais plus de cigarettes, je suis parti en chercher dans la direction opposée, vers Midtown, et je me suis arrêté dans une supérette ouverte vingt-quatre heures sur vingt-quatre. J'ai acheté deux paquets et un sandwich. Il était presque minuit.

Et, brusquement, j'ai eu le pressentiment que Simone était peut-être en danger. Et si Fleischer l'appelait ou se rendait chez elle ? Ce n'était qu'une prostituée sur le retour, un minuscule élément perdu dans l'immensité de la face cachée de la ville. Pour un homme de son acabit, rien ne serait plus facile que de la faire disparaître.

D'autant que la police n'avait pas encore bouclé son enquête, et qu'il me paraissait logique de supposer qu'il était mêlé, directement ou indirectement, à la mort de Hale. Il avait dû vouloir se couvrir. Hale et Simone étaient en effet les seuls témoins de ce qu'il avait fait en France dans les années 1970 – quelque chose de mal, c'était évident. Aujourd'hui, Hale avait perdu la vie dans d'étranges circonstances, et je me disais que Simone pourrait bien être la prochaine cible de Fleischer, maintenant qu'il la savait vivante.

Avant de prendre la direction de Woodhaven, j'ai essayé de l'appeler à plusieurs reprises, mais elle avait coupé son téléphone portable. Pour finir, j'ai hélé un taxi afin de me rendre chez elle. J'ai dû débourser plus de quarante dollars pour la course – presque tout le liquide que j'avais sur moi – et je me suis demandé comment je rentrerais après. Je ne me rappelais plus où j'avais laissé la voiture : peut-être à Jackson Heights, ou alors dans le parking proche de l'immeuble où vivait Fleischer, dans l'Upper East Side.

À l'entrée de la bâtisse où habitait Simone, je me suis rendu compte que je ne me souvenais pas non plus du numéro de son appartement. J'ai songé à l'appeler encore une fois, mais mon téléphone était déchargé.

J'ai alors appuyé sur un bouton au hasard et entendu la voix endormie d'une vieille femme. Je me suis excusé et présenté, en disant que je cherchais Mlle Simone Duchamp.

« Je ne connais pas de Simon, a-t-elle déclaré.

— Pas Simon, Simone, avec un *e* à la fin. C'est un prénom de femme. Elle habite au premier.

— Oh, vous voulez parler de Maggie ? Jolie, avec des cheveux châtains ? »

Il m'est venu à l'esprit que Simone devait travailler sous un nom d'emprunt. « Oui, c'est ça. Simone était son surnom à l'école, et…

— Elle vous attend ?

— Bien sûr, elle m'a invité.

— D'accord. Entrez. »

Elle m'a ouvert et j'ai pénétré dans le hall. L'odeur de graillon y flottait toujours, comme si elle s'était imprégnée dans les murs. J'ai de nouveau tâtonné dans l'escalier. Une porte au deuxième étage s'est écartée, inondant de lumière la cage. La voix que je venais d'entendre à l'interphone s'est de nouveau manifestée : « Vous avez trouvé, monsieur ? » J'ai levé les yeux vers le palier du dessus et aperçu une vieille dame en chemise de nuit blanche penchée par-dessus la balustrade. « Oui, merci », ai-je lancé. Elle est rentrée chez elle, me plongeant encore une fois dans le noir. J'ai sorti mon Zippo, localisé la porte jaune et sonné. Au bout d'un moment, j'ai entendu des pas de l'autre côté, et elle a crié à travers le battant : « C'est qui ? »

Je me suis senti soulagé de savoir qu'il ne lui était rien arrivé. J'ai répondu que c'était moi et elle a ouvert.

« Qu'est-ce qui vous prend, bon sang ? a-t-elle marmonné, tout en s'effaçant pour me laisser entrer. Vous auriez dû m'appeler avant de venir. Quelle heure est-il ?

— Tard. Vous vous sentez mieux ? Vous étiez malade la dernière fois que je vous ai vue.

— Vous êtes venu ici au milieu de la nuit juste pour me demander comment je vais ? »

Elle était complètement nue, à l'exception d'une paire de pantoufles, et ses cheveux étaient en bataille. Mais, étrangement, elle paraissait plus naturelle et séduisante sans maquillage ni lingerie affriolante.

« Je suis navré, ai-je dit. J'ai voulu vous prévenir, mais votre téléphone était éteint et le mien s'est déchargé. Vous allez bien ? Est-ce que Fleischer a tenté d'entrer en contact avec vous ? »

Encore tout endormie, elle s'est frotté les yeux en lançant : « De qui parlez-vous ? Qui est Fleischer ?

— Comment ça, qui est Fleischer ? Je me suis fait un sang d'encre à cause de vous ! »

Nous sommes passés dans le salon et elle a enfilé un tee-shirt. Puis elle m'a invité à prendre place sur le canapé et s'est assise en tailleur devant moi. « Ah oui, Fleischer ! Le Français, c'est ça ? Vous avez des clopes ?

— Vous vous souvenez forcément de lui, voyons ! Il n'est pas français, mais américain, et vous l'avez rencontré en France. Qu'est-ce qui vous prend, ce soir ?

— Pourquoi je me souviendrais de lui, d'abord ? Et si je n'avais pas été seule, hein ? Vous ne pouvez pas débarquer chez moi comme ça, quand ça vous chante…

— D'accord, mais étant donné les circonstances…

— Quelles circonstances ?

— Il y a deux heures, j'ai donné votre numéro à Fleischer, et j'ai…

— Qu'est-ce que vous me chantez, à la fin ?

— Je regrette, je n'aurais pas dû, mais il a dit quelque chose et j'ai perdu mon calme…

— Vous avez fait quoi ? »

Et c'est là, tout en l'écoutant hurler et m'insulter, que j'ai enfin compris ce que j'attendais de cette histoire depuis le moment où le hasard me l'avait fait découvrir. Il n'était pas question de venger Hale, parce qu'il était mort de toute façon, et il ne s'agissait pas non plus de punir Fleischer, qui était beaucoup trop puissant pour quelqu'un comme moi. Si j'avais réellement voulu lui nuire, en tout cas physiquement, j'aurais pu l'attaquer dans ce bar, quand nous étions assis l'un en face de l'autre. Peut-être en avais-je eu l'intention dans un premier temps, mais ensuite ce désir initial avait pris une autre forme.

En vérité, tout tournait autour d'elle, Simone. Depuis le début, je cherchais à comprendre pourquoi elle avait choisi Fleischer, à Paris. D'accord, il était riche, mais elle-même n'avait rien de la petite fille aux allumettes, à moitié morte de faim, qui collait son nez contre une vitrine glacée. Alors pourquoi une femme pareille, belle, intelligente, instruite, avait-elle choisi un dangereux prédateur comme Fleischer plutôt qu'un jeune homme convenable comme Hale, qui était fou amoureux d'elle ? Pourquoi avait-elle jeté son dévolu sur le mauvais garçon ? Pourquoi les femmes laissent-elles toujours les méchants répandre leur semence partout, alors que les gentils meurent seuls, vaincus et misérables ? Sans compter qu'elle-même avait fini dans un trou à rats, pauvre et désespérée, contrainte de monnayer ses charmes pour survivre. Je me disais que je parviendrais peut-être à lui faire admettre qu'elle avait commis une énorme erreur à l'époque, et du même coup détruit l'homme qui l'avait tant aimée.

Mais elle était littéralement folle de rage. Après m'avoir insulté, elle m'a agressé, mordu et griffé telle une chatte déchaînée avant de se jeter sur moi avec un couteau qu'elle était allée prendre dans la cuisine. J'ai essayé de la calmer. À un certain moment, je crois l'avoir attrapée par les poignets pour lui immobiliser les mains. Elle a alors arrêté de crier et m'a ordonné de partir. J'aurais volontiers obéi, sauf que, si étrange que ça puisse paraître, je ne savais pas comment rentrer chez moi. J'étais à Woodhaven, un quartier que je ne connaissais pas du tout, et il m'aurait sans doute fallu au moins deux heures pour rentrer à pied. Je n'avais plus d'argent – même pas de quoi me payer un ticket de bus. Alors, quel mal pourrait-il y avoir à rester chez elle encore quelques heures, jusqu'au matin ?

Le problème, c'est que quand j'ai voulu lui expliquer la situation, elle s'est remise à brailler et m'a menacé d'appeler les flics si je ne sortais pas de chez elle. En désespoir de cause, je l'ai ligotée avec le fil du téléphone, en veillant à ne pas la blesser, et je l'ai allongée dans la baignoire le plus délicatement possible. Elle a cessé de lutter, se bornant à pleurer en silence. Avant que je la bâillonne, elle m'a supplié de ne pas la tuer. J'ai encore essayé de la calmer, en lui disant que je ne lui voulais pas de mal et que j'avais juste besoin de dormir un peu, parce que j'étais éreinté et dépassé par les événements. Je l'ai donc laissée dans la baignoire, et j'ai dormi comme une masse jusqu'au lever du jour.

Lorsque je me suis réveillé, vers six heures, elle était morte.

La première chose que j'ai remarquée, c'était le sang. J'en avais partout : sur le visage, sur les mains, sur ma veste et ma chemise – de grosses taches rouges et poisseuses. Tout mon corps était courbatu, comme si j'avais la grippe. Ayant besoin de me soulager, je suis entré dans la salle de bains, et là, je l'ai trouvée gisant dans la baignoire, au milieu d'une mare de sang coagulé. En voulant lui prendre le pouls, je me suis rendu compte qu'elle devait être morte depuis déjà un certain temps, parce que sa peau était froide.

Je l'ai d'abord rincée avec la douche, puis je l'ai portée jusqu'au salon et allongée sur le sol. J'ai ôté le bâillon, puis je l'ai débarrassée de ses liens et examinée. Sa poitrine présentait quatre ou cinq plaies profondes, semblables à des lèvres entrouvertes rouge vif. Je suis retourné dans la salle de bains, où j'ai découvert près des W.-C. un couteau abandonné dont la lame et le manche étaient couverts de sang. Quelqu'un avait dû s'introduire dans l'appartement pendant que je dormais, la tuer et ensuite s'enfuir. Comme elle était ligotée et bâillonnée, elle n'avait pu ni se défendre ni appeler à l'aide.

J'étais dans un sacré pétrin. La vieille dame du deuxième avait vu mon visage, et elle était certainement aussi capable de reconnaître ma voix. « Numéro quatre, un pas en avant ! — Oh, mon Dieu ! Oui, c'est lui, j'en suis sûre… — Merci, madame, votre témoignage nous est très utile. » Pour ne rien arranger, les autres voisins avaient dû nous entendre nous quereller.

La police n'aurait aucun mal à reconstituer l'enchaînement des événements. Un homme était arrivé chez elle tard dans la nuit, ils s'étaient disputés, probablement pour de l'argent, parce qu'il était fauché, et il avait fini par sortir de ses gonds et la poignarder. « Mais ce n'est pas moi, m'sieur… — Vous savez, Jack, c'est ce qu'ils affirment tous. Même quand on les arrête en flagrant délit, ils affirment toujours être innocents. Tous, sans exception. Vous avez les moyens de payer un avocat ? Je vois… Dans ce cas, vous en aurez un commis d'office. Bon, d'accord, ce ne sera peut-être pas Johnnie Cochran, la vedette du barreau, si vous voyez ce que je veux dire, mais au moins vous aurez quelqu'un pour assurer votre défense. Bon, écoutez, je ne crois pas que vous ayez agi avec préméditation, Jack. Laissez-moi deviner : vous vous êtes emporté, c'est ça ? Vous voulez une cigarette ? Tenez… Oui, elle a dû sortir un truc qui vous a énervé et vous avez vu rouge. Je peux comprendre, je suis un homme moi aussi, et parfois les femmes savent exactement quoi dire pour vous rendre dingue… »

Durant deux heures, j'ai tout nettoyé pour faire disparaître le sang, y compris mes vêtements, puis j'ai fouillé l'appartement, passant en revue sa lingerie sexy, ses cosmétiques, perruques, godemichés et autres accessoires divers et variés, à la recherche des cahiers. J'ai trouvé dans un sac à main un permis de conduire délivré par le Kentucky, au nom de Margaret Lucas, un mètre soixante-dix, yeux bruns. C'était bien son visage sur la photo, sans le moindre doute. Elle avait probablement changé d'identité après son arrivée aux États-Unis. Margaret Lucas, c'était d'ailleurs le nom qu'avait mentionné la vieille dame du dessus. Je n'ai pas mis la main sur les cahiers de Hale et je me suis dit qu'elle avait dû les détruire.

Je ne sais pas trop ce que j'ai fait ensuite, mais à un moment donné j'ai remarqué que le cendrier sur la table basse débordait de mégots et que mon second paquet de cigarettes était presque vide. Il faisait sombre et une pluie fine fouettait la fenêtre. J'étais resté toute la journée assis là, nu, à deux pas du corps.

Je suis allé décrocher mes vêtements, que j'avais suspendus à la corde à linge au-dessus de la baignoire, et je me suis rhabillé. J'avais le sentiment étrange que je voyais la scène d'en haut. Chaque détail m'apparaissait avec une extraordinaire netteté, comme si je le regardais à la loupe. J'ai découvert une tache sur le mur et dessous une rose japonaise dans un pot en céramique, le tatouage d'un cœur sur son pubis rasé, une brûlure de cigarette sur le dossier du canapé, une seule chaussure verte renversée près de la porte fermée du balcon, un bourdon perdu tournoyant au-dessus de la surface de cette planète étrange, qui agitait ses antennes.

Le type assis au milieu de la pièce n'était plus moi. Ce n'était qu'une silhouette vaguement familière, et la morte sur le sol n'était pas Simone mais une prostituée que je n'avais jamais rencontrée. Ce type avait des ennuis, et bientôt il serait le principal suspect dans une affaire de meurtre, mais ça ne me concernait pas. Même l'histoire du trio à Paris avait peu à peu déserté mon esprit, partie après partie, comme un décor de théâtre qu'on démonte et qu'on emporte une fois le spectacle terminé. J'étais ailleurs, très loin de tout ça, et plus rien ne comptait.

À présent le type qui a des ennuis entre dans la salle de bains, éclaire et se rase soigneusement, en utilisant le rasoir à deux lames qu'il a trouvé sur l'étagère en verre sous le miroir. Puis il prend le téléphone portable dans le sac de la morte, l'allume et appelle la police pour expliquer ce qui s'est passé. Il attend près de la fenêtre, pâle et concentré, en fumant sa dernière cigarette. Environ cinq minutes plus tard, il entend les sirènes au loin, et peu après il voit les gyrophares des voitures blanc et bleu se garer devant la bâtisse.

Il se dirige vers la porte, la déverrouille et sort dans le couloir. Quand les flics s'engouffrent dans l'escalier, il recule d'un pas en posant les mains sur sa tête. Le premier agent en uniforme est tout jeune, grand et maigre, avec une moustache blond-roux. Il pointe son arme sur le type en criant : « Police de New York, les mains en l'air, tout de suite ! Gardez les mains bien en vue et mettez-vous à genoux ! Allez, plus vite que ça ! Ne bougez pas ! Pas un geste ! »

Le type s'agenouille dans le couloir en disant : « Le corps est dans le salon », puis s'allonge à plat ventre. Je perçois son soulagement quand le jeune flic range son arme dans son étui et le menotte. Ses collègues – ils sont maintenant cinq ou six, plus deux ou trois urgentistes, qui investissent les lieux comme une nuée de fourmis géantes – allument toutes les lumières de l'appartement et commencent à faire leur travail, en marmonnant dans des micros fixés à leur épaule. Ils emmèneront bientôt le type dans une de leurs voitures, et ils mettront aussi la victime dans une housse mortuaire pour la conduire à la morgue, où elle sera enfin réunie avec Abraham Hale. Mais moi, je vais rester ici encore un moment, silencieux et immobile, à observer tous les détails incroyables que je n'avais jamais remarqués, comme ce bourdon, qui s'est maintenant posé au plafond et avance lentement vers l'ampoule nue, peut-être dans l'espoir de trouver un refuge.

14

Journal de Jack Bertrand (5)

Le Dr Larry Walker, chef du service psychiatrie de l'hôpital, avait l'air d'un gosse à l'école primaire qui, ayant résolu un problème particulièrement difficile, brûle d'annoncer la nouvelle à son maître. Il avait disposé toutes ses notes sur sa table de travail, en piles bien ordonnées, mais cette fois il n'avait pas sorti d'enregistreur vocal.

Appuyé contre l'encadrement de la fenêtre, je regardais dehors à travers la vitre grillagée. Il n'y avait pas grand-chose à voir : le bitume de la cour de l'hôpital, décoloré par le soleil matinal, les bâtiments en béton et les hauts remparts de grillage qui les encerclaient comme pour piéger un géant. J'avais contemplé ce même panorama bien des fois déjà au cours de mes nombreux entretiens avec le Dr Walker.

Son bureau, récemment rénové, sentait encore la Javel et la peinture. Il était meublé simplement : une table en face de la porte, où il s'asseyait pendant nos discussions, quelques étagères remplies d'épais ouvrages, et un canapé en cuir ainsi que deux fauteuils identiques, dont les pieds étaient boulonnés au sol. Les murs s'ornaient de toutes sortes de dessins et de peintures – sans doute les œuvres de ses patients. La plupart, réalisés dans des tons sombres, montraient des paysages dénués de toute présence humaine ; d'autres n'étaient que des taches de peinture abstraites, sans signification apparente.

« Docteur ? Je peux vous poser une question ?

— Je vous en prie, allez-y.

— J'ai entendu dire qu'une infirmière avait été attaquée par un patient ce matin, alors qu'elle essayait de le faire manger. Il lui a arraché l'oreille avec ses dents, c'est ça ?

— C'est malheureusement vrai, oui.

— Et vous pensez réellement que ma place est ici ? Dans un endroit pareil ? Je ne suis pas fou, à l'évidence.

— Nous n'employons pas ce mot.

— Peu importe.

— Jack, vous avez été envoyé dans cet établissement par décision d'un juge, après une évaluation réalisée par trois experts. Ce n'est ni mon devoir ni mon objectif de déterminer si cette peine est juste ou pas. Vous pouvez le concevoir, j'imagine.

— Alors pourquoi gaspiller votre temps à me parler, si ça ne doit rien changer ?

— Parce que je veux que vous m'expliquiez ce qui vous a poussé à agir ainsi. »

J'avais le sentiment que nous nous comprenions de moins en moins. Au cours des semaines précédentes, j'avais essayé en vain de le convaincre que si je ne savais pas grand-chose à mon sujet et que j'ignorais les véritables raisons de ma présence ici – peut-on jamais prétendre se connaître parfaitement ? –, au moins je m'étais montré totalement ouvert et sincère avec lui.

« S'il vous plaît, écoutez-moi bien, a-t-il dit.

— C'est ce que je fais toujours, doc.

— Jack, j'ai lu avec attention tout ce que vous m'avez donné depuis deux mois. Chaque mot, jusqu'au dernier. À présent, j'aimerais souligner deux ou trois points qui m'ont intrigué. Où êtes-vous né, Jack ? Et où avez-vous grandi ?

— À Long Branch, dans le comté de Monmouth. C'est dans le New Jersey, sur la côte. Je croyais que vous étiez au courant. L'information figure dans mon dossier, non ?

— En effet, mais vous n'avez jamais mentionné ni le nom de votre ville natale ni celui de vos parents dans vos notes ou pendant nos entretiens. Personne ne vous a appelé et vous n'avez appelé personne. Vous n'avez ni frères ni sœurs ?

— Non, je suis fils unique.

— Je vois. Et vos parents ?

— Quoi, mes parents ? Ils sont morts, tous les deux.

— Quand et de quoi ?

— Eh bien, maman est décédée lorsque j'avais huit ans ; je me souviens à peine d'elle. Et mon père a succombé à une crise cardiaque il y a dix ans, en août 1988. Je n'ai rien d'autre à dire, sinon que je n'ai pas assisté aux funérailles. Pour être franc, nous n'étions pas très proches. C'était un alcoolique qui avait l'habitude de me tabasser quand j'étais gosse. Pourquoi cette question ? »

J'avais envie d'une cigarette, mais après l'avoir supplié à plusieurs reprises de m'en apporter, j'avais fini par renoncer. Il était interdit de fumer dans l'enceinte de l'hôpital, et la règle s'appliquait à tous. Apparemment, certains gardiens introduisaient diverses choses en douce, mais je n'avais pas de quoi m'offrir leurs services.

« Un peu de patience… Comment s'appelaient-ils ?

— Cette conversation devient vraiment bizarre. John et Nancy Bertrand.

— Et vous n'avez pas d'autre famille ?

— Peut-être que si. Où voulez-vous en venir, doc ?

— Vous n'en avez pas parlé non plus. Maintenant, j'aimerais vous interroger de nouveau sur cette femme, Margaret Lucas.

— C'était un faux nom. Je préférerais que vous utilisiez le vrai, Simone Duchamp, si ça ne vous dérange pas.

— Vous m'avez dit que vous l'aviez rencontrée quand elle s'était présentée à l'appartement de Jackson Heights un vendredi soir, pour rendre visite à cet homme qui était mort, Abraham Hale. Vous l'avez décrite comme élégante, sophistiquée, avec des manières raffinées et un accent français charmant. Mais, à l'occasion de votre deuxième entrevue, lorsque vous êtes allé chez elle à Woodhaven, il semble qu'elle vous ait fait une impression complètement différente : celle d'une prostituée plus toute jeune, dont l'accent et les bonnes manières avaient disparu.

— Eh bien, elle était malade ce soir-là, alors peut-être que…

— Non, Jack, c'est comme si vous décriviez une autre personne.

— Je vous ai confié ce que j'ai vu et pensé sur le moment. Qu'attendez-vous de moi au juste ?

— Margaret Lucas était son vrai nom, Jack. Elle avait quarante et un ans et elle était originaire du comté de Rowan, dans le Kentucky. À la fin des années 1980, c'était une actrice de second plan, ici même, à New York. Vous l'avez connue il y a un an. »

Ses propos m'ont pris de court. S'agissait-il d'une sorte de test ? Parfois, j'avais l'impression qu'il m'embrouillait par plaisir.

« Mais non, doc, je l'ai rencontrée ce vendredi-là, comme je vous l'ai déjà dit. Je ne vous ai pas menti, pas une seule fois. Je n'ai rien à perdre. Pourquoi vous raconterais-je des histoires ? »

À cet instant, une infirmière est entrée dans le bureau et lui a tendu un dossier. Elle était grande, maigre et m'a regardé froidement. Ses yeux étaient d'un bleu clair, presque transparent, comme ceux d'un husky. Je me suis demandé si ce dossier me concernait. Mais le médecin s'est borné à signer une feuille et à lui rendre les papiers. Après son départ, il a reporté son attention sur moi.

« Je ne vous accuse pas d'avoir menti, Jack, c'est juste que… Eh bien, je suis certain que nous parviendrons à reconstituer ensemble les pièces du puzzle. Venons-en à cette altercation avec M. Fleischer… Votre récit ne correspond pas tout à fait à la réalité des événements.

— Il vous a donné une version différente ? Ça ne m'étonne pas. Vous le croyez ?

— J'aurais bien aimé le voir, mais il est parti dans le Maine pour quelques mois. J'ai néanmoins réussi à parler à Walter, son garde du corps, qui a été témoin de toute la scène, et il m'a répété ce qu'il avait dit à la police : ce soir-là, vous avez surgi devant la limousine en criant quelque chose à propos d'une Française nommée Simone. Vous avez ordonné à M. Fleischer de la laisser tranquille, et ensuite, quand il est descendu de voiture pour vous demander des explications, vous avez tenté de le poignarder. Si Walter avait réussi à vous maîtriser à ce moment-là, et s'il avait prévenu la police, il aurait pu sauver la vie de cette femme. Mais vous vous êtes enfui. Plus tard cette même nuit, vous êtes allé à Woodhaven, où vous vous êtes querellé avec Mlle Lucas, avant de la tuer. Vous lui avez porté cinq coups de couteau et vous l'avez regardée mourir. Oh, à propos, M. Fleischer vous a formellement identifié.

— Il ment et…

— Jack, je n'ai plus besoin d'entendre votre interprétation de cette histoire, parce que je connais son déroulement, du début à la fin. Ce que je voudrais maintenant, c'est vous amener à comprendre ce qui s'est réellement passé, comment et pourquoi c'est arrivé. Je suis médecin, pas policier. Pour moi, vous êtes un patient qui a besoin d'aide, pas un meurtrier sanguinaire.

— Merci, j'apprécie votre sollicitude, mais…

— Écoutez-moi, Jack ! Reprenons tout depuis le début, à savoir la découverte du corps d'Abraham Hale à Jackson Heights. Vous n'étiez pas présent, alors comment pourriez-vous connaître autant de détails ? L'homme nu sur le sol, les verres sur la table basse, dont l'un était maculé de traces de rouge à lèvres, suggérant qu'une femme était venue le voir avant sa mort… Vous me suivez ?

— De toute évidence, je n'étais pas là le matin en question, mais je suis allé dans cet appartement cinq jours plus tard. J'ai dû lire le rapport de police au bureau, ou alors quelqu'un m'a décrit la scène, je ne me rappelle plus. Pourquoi est-ce important ?

— Eh bien, je vais vous répondre, Jack : c'est important parce que personne n'a trouvé d'homme mort d'une overdose de somnifères dans cet appartement. Il n'y a aucun dossier en cours portant sur cette affaire au bureau de l'administrateur public du comté du Queens, et il n'y a jamais eu non plus de cadavre au nom d'Abraham Hale à la morgue de Jamaica Street. Ce matin-là, deux agents sont venus chez vous après qu'une voisine les eut appelés. Elle avait remarqué que vous n'aviez pas déplacé votre voiture comme l'exigent les règles de stationnement, ce qui ne s'était encore jamais produit, et vous ne lui aviez pas ouvert quand elle avait sonné chez vous. Vous avez dit à ces policiers que vous aviez la grippe et que vous alliez changer votre voiture de place, et ils sont partis. »

J'ai soudain senti ma bouche s'assécher, et j'ai dû m'éclaircir la gorge avant de reprendre la parole. Dans ce court intervalle, j'ai eu une sorte de flash-back : je parlais au concierge, un dénommé Mike, de repeindre l'appartement avant d'emménager. Il avait un mauvais rhume et n'arrêtait pas de se moucher dans des mouchoirs en papier. Puis un autre souvenir m'est revenu : le ferraillement quotidien du camion poubelles remontant la rue, à huit heures du matin tapantes.

J'ai encore une fois regardé par la fenêtre. Le soleil était désormais haut dans le ciel, lui-même strié de traînées rouge sang. Il avait plu pendant la nuit et quelques flaques brillaient dans la cour. Un merle a piqué vers le sol avant de s'élever de nouveau dans les airs.

« Donc, tout ça n'était qu'une comédie ? ai-je demandé.

— Non, pas une comédie, Jack. Une hallucination.

— Mais qu'en est-il de Hale, de Fleischer et de Simone ? De toutes ces personnes et de tous ces lieux dont je n'avais jamais entendu parler ? Et de ces cahiers que j'ai mentionnés ?

— Comment expliquez-vous qu'ils aient disparu ?

— Je ne suis sûr de rien, mais Simone a dû les détruire après que j'ai fait l'erreur de lui révéler leur existence. Elle a probablement fouillé l'appartement pendant mon absence, et elle les a trouvés. Je ne les avais pas cachés non plus : ils étaient posés sur la table basse dans le salon.

— Bien, Jack, je vais vous exposer les faits que nous avons réunis jusque-là. Vous habitiez cet appartement à Jackson Heights depuis 1994. Vous y avez emménagé il y a quatre ans, quand vous avez commencé à travailler pour l'administrateur public du comté du Queens. Avant, vous étiez employé par une société de vente au détail, et encore avant, vous avez vécu en Californie pendant cinq ans. Ce sont les seuls renseignements que la police a réussi à obtenir sur vous pour le moment.

— Je n'ai jamais mis les pieds en Californie, doc, je vous assure.

— Oh si, croyez-moi, vous y êtes allé. Pour le reste, vous êtes un fantôme. Il existait bien un James L. Bertrand, né dans le comté de Mercer, New Jersey, fils de John et Nancy Bertrand, mais il est décédé en 1968, à douze ans, d'une pneumonie. Il est enterré au cimetière de Greenwood. La police suppose que vous avez changé de nom dans les années 1980 ou même plus tôt. Celui qui vous a fourni vos papiers a dû choisir Jack Bertrand parce qu'il était mort jeune et n'avait pas de parents proches.

» La police tente toujours de confirmer ce que M. Fleischer nous a dit sur votre véritable identité. Aucune des informations qui vous concernent, que ce soient vos empreintes digitales, votre dossier dentaire ou médical, ne remonte à plus de dix ans, mais vous nous avez fourni des indices lors de nos discussions. Je les ai comparés au témoignage de M. Fleischer, et j'en ai conclu que vous vous appelez Abraham Hale et que vous vous êtes rencontrés tous les deux il y a longtemps, à l'université. »

Il a alors entrepris de me faire gober sa propre version de ma vie.

D'après lui, j'avais consulté le Dr Vincent Roth deux ans auparavant, en me plaignant de symptômes qui suggéraient une schizophrénie paranoïde. Le praticien m'avait prescrit un traitement et j'avais été hospitalisé pendant trois semaines au Bellevue, dans la 1re Avenue. Au terme de cette période, on m'avait autorisé à sortir, mais mon état avait empiré. J'avais peu à peu perdu mes repères et commencé à me prendre pour quelqu'un d'autre, un homme pauvre et profondément perturbé nommé Abraham Hale, dont la vie avait été détruite par un de ses amis, qu'il avait rencontré à la fac quand il avait une vingtaine d'années.

Les cahiers n'étaient pas réels. L'histoire qu'ils racontaient – si elle était vraie – s'inspirait plus ou moins de mes souvenirs fragmentés, que mon esprit perturbé avait refaçonnés à sa manière.

Un an plus tôt, j'avais fait la connaissance de Margaret Lucas et je l'avais payée pour venir chez moi une fois par semaine jouer le rôle d'une Française nommée Simone Duchamp. Nous avions ainsi entamé une étrange liaison. Quand je m'étais retrouvé à court d'argent, elle avait refusé de continuer. Un soir, je m'étais rendu chez elle, je l'avais poignardée et regardée mourir. Ce même jour, un peu plus tôt, j'avais également eu une altercation dans la rue avec Fleischer.

Par principe, le bureau du procureur s'était mis en relation avec les autorités françaises et leur avait demandé s'il y avait un dossier dans leurs archives concernant une Parisienne nommée Simone Duchamp, qui avait disparu au milieu des années 1970. La réponse avait été négative.

J'ai tant de questions à poser... Mais je ne veux me quereller avec personne, parce que je sais que ça ne mènerait nulle part. L'argent signifie le pouvoir : les riches peuvent faire et obtenir tout ce qu'ils veulent. Quant aux créatures insignifiantes dans mon genre, elles n'ont qu'un but fondamental, les satisfaire, et un devoir unique, rester en vie le plus longtemps possible afin de les servir. Il ne faut jamais oublier que, si un membre de la race supérieure se met en colère, il peut vous dévorer vivant, ne faire de vous qu'une bouchée. C'est ainsi que va le monde.

Je n'ai aucune idée de la somme qu'a dû débourser Fleischer pour cette mise en scène et j'ignore aussi combien de temps je vais rester enfermé dans cette drôle de ferme. Je m'en fiche, à vrai dire. Mais je ne laisserai jamais personne m'enlever mes souvenirs. Je sais qui je suis et ce que j'ai fait ou pas. Je me rappelle beaucoup de choses : des noms, des endroits, des visages… J'ai un passé, je gâche mon présent entre ces murs, et je m'efforce encore d'imaginer un avenir. J'ai parcouru des centaines de rues, rencontré des milliers de gens et prononcé des millions de mots. Or, aujourd'hui, on veut m'infliger le même sort qu'à Abraham Hale : m'effacer, m'anéantir, me dépouiller de tout ce que j'ai.

Je regrette d'avoir perdu les cahiers. Ils m'auraient aidé à prouver une bonne fois pour toutes à quel point Hale était intelligent et bienveillant, et quel monstre manipulateur était Joshua Fleischer. Alors, parfois, j'essaie de me remémorer tout ce que j'ai lu dans ces pages – chaque mot, chaque virgule. J'ai peut-être raté quelque chose, auquel cas les secrets de ce séjour à Paris, dissimulés quelque part entre les lignes, sont maintenant enfouis dans ma mémoire. Je me sens toujours dans l'obligation de révéler la véritable personnalité de cet homme, Abraham Hale, même s'il avait l'intention de brouiller les pistes en écrivant ses notes : il a caché un mystère à l'intérieur d'un autre, et d'un autre encore, à l'image des poupées russes. Mais un jour, je me souviendrai de tout, j'en suis sûr.

En attendant, rien ne presse, car ici, la vie elle-même a perdu toute forme et consistance ; elle n'est plus qu'une succession d'échos se répercutant dans les grottes du temps.

15

New York, 2016
Six mois plus tôt

Mallory m'appela deux jours plus tard pour me demander si j'avais lu le journal.

— Oui, je l'ai lu. Ce Bertrand, il est mort à l'hôpital ?

— C'est ça. Au centre psychiatrique pénitentiaire de Kirby, en mars 1999. Il s'est pendu dans les toilettes.

— Il n'y avait aucun doute sur son identité ? C'était bien Abraham Hale ?

— En tout cas, les médecins et les enquêteurs le pensaient, en se fondant sur le témoignage de Joshua Fleischer et sur le journal de Bertrand. Mais ils n'ont trouvé personne pour l'identifier avec certitude, parce que Fleischer ne voulait pas s'en mêler et qu'il n'y avait aucun moyen légal de l'obliger à coopérer. Les parents de Jack Bertrand étaient morts, et apparemment il n'avait pas de famille. Et, entre nous, je ne crois pas que la police ait passé trop de temps à essayer de savoir qui il était vraiment. Il avait tué une femme, avait été arrêté sur les lieux, reconnu irresponsable pour cause de troubles mentaux, et envoyé dans un hôpital psychiatrique. Affaire bouclée. Quelle importance que ce soit un quidam originaire de Louisiane ou un loser du New Jersey, du moment qu'il était enfermé chez les dingues ?

— Hum, t'as peut-être raison.

— En attendant, j'ai rappelé mon contact en France. Aucune Simone Duchamp n'a été signalée au service des personnes disparues. Tu pourrais vérifier s'il n'y a pas erreur sur le nom ? Si ça se trouve, Fleischer t'a raconté n'importe quoi et cette fille n'a jamais existé…

— Je ne crois pas qu'il m'ait menti. Pourquoi l'aurait-il fait ? Et il ne souffrait pas non plus d'hallucinations. Écoute, je sais que Simone a habité à Lyon avec ses parents pendant des années. Son père adoptif, Lucas Duchamp, était un héros de la Résistance. Ah oui, elle avait aussi une sœur cadette, Laura. Je l'ai mentionnée ?

— Non. OK, je vais encore creuser un peu, mais à mon avis, tu gaspilles ton fric.

— Tu as découvert quelque chose à propos de la période où Josh et Abraham vivaient à Paris ?

— Eh bien, je me suis renseigné sur leur appartement dans la rue de Rome. Dans les années 1980, l'immeuble a été complètement rénové et transformé en petit hôtel. Un certain Alain Bizerte y travaillait comme concierge à l'époque, mais il est mort il y a dix ans. Il n'existe pas de dossier recensant les locataires qui ont occupé les lieux avant leur reconversion. Quant à la fondation qui louait l'appartement, L'Étoile, elle a cessé toute activité en 1981 et personne ne sait où sont ses archives. Alors…

— J'ai absolument besoin de connaître la vérité sur cette histoire, Ken.

— Ah ! Si les désirs étaient des bagnoles, tous les clochards rouleraient en Jaguar ! Je suis plutôt bon dans ma partie, malheureusement je ne suis pas magicien. J'ai eu de la chance quand je suis tombé sur ce journal. Bon, rejoins-moi pour un café vendredi à quinze heures, au Starbucks, celui qui est au carrefour de la 80e et de York.

— Je connais un bon restaurant dans le coin.

— Impossible, ma femme m'a mis au régime.

Ce soir-là, je travaillai tard, puis dormis comme un sonneur jusqu'au matin. Quand je me réveillai, fatigué et embrumé, l'aube éclairait les fenêtres. Je pris une douche, me rasai et m'habillai en pensant à Josh.

Durant nos conversations, il avait souvent parlé de lui et de Simone comme les victimes des complexes et frustrations d'Abraham Hale. Mais, après la première séance d'hypnose, il m'avait également dit que les souvenirs remontés à la surface l'amenaient à croire que c'était lui le coupable.

Il avait aussi laissé entendre que Hale était profondément perturbé, voire gravement malade. Et il n'avait sûrement pas manqué de le reconnaître ce soir-là, lors de leur altercation en 1998, même si, pour une raison ou pour une autre, il n'avait pas jugé nécessaire de me confier cette information. Or, il avait beau savoir que Hale était psychotique et avait tué une femme dans des circonstances similaires, il semblait persuadé que c'était lui-même, et non son ancien ami, qui avait assassiné Simone. Pourquoi son esprit aurait-il inventé un monde dans lequel il était un meurtrier ? Les faux souvenirs ont généralement pour but de nous protéger, d'atténuer ou même d'effacer les réminiscences tragiques, et non l'inverse.

D'un autre côté, le journal de Jack Bertrand indiquait que Simone et Hale avaient été les victimes de Josh, dépeint comme un manipulateur sans scrupule, et que le meurtre de Margaret Lucas, vingt-deux ans plus tard, reproduisait de façon sordide le crime perpétré à Paris. En même temps, ces notes étaient manifestement celles d'un individu paranoïaque, dont le témoignage n'atteignait pas le niveau minimum de crédibilité requis. Selon toute vraisemblance, Hale avait dû causer aussi la mort de Simone. La schizophrénie se déclare souvent à la fin de l'adolescence. Abraham Hale avait une vingtaine d'années au moment de son séjour à Paris, et il souffrait probablement déjà de troubles hallucinatoires, même si son entourage n'avait pas mesuré alors la gravité de la situation. Par la suite, son comportement n'avait fait que confirmer le diagnostic.

Cela dit, j'étais bien obligé de me demander si Josh s'était montré complètement sincère pendant sa confession. Pourquoi, par exemple, ne m'avait-il pas parlé de cette algarade avec Abraham en 1998 ? Au cours de mes recherches cliniques, j'avais maintes fois eu la preuve qu'un psychotique le reste sous hypnose, et que, même dans un état modifié de conscience, il réagit en fonction de sa pathologie, à savoir, différemment d'un individu sain d'esprit.

Même la transe hypnotique la plus profonde, guidée par le praticien le plus doué, ne peut faire tomber le rempart de fausses perceptions, d'altérations hallucinatoires ou de certitudes aberrantes qu'une telle personne s'est laborieusement construit au fil des ans, parfois sur des décennies. Il arrive que les névrosés se montrent coopératifs, et parfois même réagissent positivement à la suggestion posthypnotique, mais les psychotiques, jamais. Ils demeurent captifs du labyrinthe complexe que leur esprit a élaboré, souvent pendant toute une vie.

Rien ne m'avait cependant laissé supposer que Josh présentait des troubles mentaux. Il avait fait une belle carrière, apparemment sans aucune des rechutes caractéristiques du comportement psychotique. Il n'avait jamais suivi de thérapie, et par conséquent sa pathologie – s'il en avait eu une – aurait dû s'aggraver, ses hallucinations et délires devenir systémiques et sa personnalité se désintégrer peu à peu, ce qui s'était produit avec Abraham Hale. Josh ne semblait pas souffrir d'hallucinations auditives ni visuelles, et il paraissait en pleine possession de ses moyens physiques, mentaux et émotionnels, dans les limites de la grave maladie qui le consumait.

Surtout, une question fondamentale m'obsédait : pourquoi m'aurait-il menti ? Pourquoi aurait-il passé le peu de temps précieux qu'il lui restait à me mener en bateau ?

Jack Bertrand avait mentionné dans ses notes un organisme de bienfaisance appelé The White Rose, fondé par Josh à la fin des années 1970. Je découvris sur Internet que cette association existait toujours, et qu'elle avait pour vocation d'aider les femmes victimes de violences domestiques. Le choix de ce domaine spécifique était-il la clé pour comprendre la situation ? Peut-être Josh se sentait-il coupable depuis le début, au moins d'avoir déclenché la série d'événements qui avaient conduit à la mort de Simone. Même si les circonstances et certains détails demeuraient flous, avait-il vraiment cru un jour l'avoir assassinée ?

De même, j'en arrivais à me demander s'il avait réellement été en transe, ou seulement feint de l'être. Un patient doit être extrêmement doué pour jouer la comédie pendant une séance d'hypnose, mais on ne peut pas exclure complètement cette possibilité. Et comme le dictaphone était resté en sa possession, je n'avais aucun moyen d'en réexaminer le déroulement. Mes notes manuscrites étaient à cet égard insuffisantes.

Je me souvins que Josh avait mentionné une dénommée Elisabeth Gregory. C'était grâce à elle que Hale avait obtenu son travail en France. Les deux hommes désormais disparus, elle constituait sans doute ma seule piste. J'envoyai un e-mail à Thomas Harley, un ancien collègue devenu professeur à l'université de Princeton.

Cher Tom,

J'espère que tu vas bien. Voilà, lors d'une séance de thérapie avec un de mes patients j'ai eu connaissance d'une histoire intéressante qui s'est déroulée à Princeton dans les années 1970. Je ne t'ennuierai pas avec les détails ; sache seulement qu'elle impliquait deux étudiants à l'époque : l'un, Joshua Fleischer, préparait une licence de lettres, et l'autre, Abraham Hale, une licence de philosophie. Je sais également qu'ils étaient colocataires durant leur dernière année, et que Hale était le protégé d'une certaine Elisabeth Gregory, qui dirigeait une petite société de traduction. Elle devait avoir environ trente-cinq ans. Pourrais-tu avoir l'obligeance de me mettre en relation avec une personne susceptible de me fournir des renseignements sur eux ?

Merci d'avance.

Amitiés,

James

Le soir même, j'avais une réponse dans ma boîte mail :

Cher James,

Il doit bien y avoir six mois que je n'avais pas eu de tes nouvelles, aussi ai-je été très heureux de recevoir ton message. Je devais partir donner une conférence à Zurich, mais Amy est tombée malade et je ne voulais pas la laisser seule. Elle est ici près de moi et te transmet ses amitiés. Je ne sais pas si tu es au courant, mais j'ai quitté mon poste à l'université il y a quatre mois. Je travaille maintenant chez Siemens, au service recherche et développement. J'ai toujours envié nos collègues scientifiques, qui ont une alternative à la carrière universitaire, et je me réjouis aujourd'hui d'avoir pu moi aussi saisir ma chance.

Promis, je vais me renseigner auprès du comité directeur à propos de Fleischer et de Hale. Peut-être certains de nos professeurs aujourd'hui les ont-ils eus comme étudiants.

Je me souviens bien d'Elisabeth Gregory. Elle est maintenant à la retraite et vit toujours dans le comté de Mercer, pour autant que je sache. Si tu veux, je peux me débrouiller pour avoir son adresse.

Amitiés,

Tom

Je le remerciai et lui demandai de m'envoyer les coordonnées de Mme Gregory dès qu'il les obtiendrait. Je reçus sa réponse le lendemain et rédigeai dans la foulée un e-mail à cette femme en lui expliquant en gros de quoi je voulais lui parler.

Le vendredi, avant mon rendez-vous avec Mallory, j'enchaînai les séances de thérapie dans mon cabinet. Après le départ du dernier patient, je dis à mon assistante de rentrer, puis me dirigeai à pied vers le café de la 80e Rue Est. Il ne neigeait plus, mais il gelait malgré le beau ciel bleu, et les bâtiments scintillaient dans la lumière froide du soleil.

J'entrai, commandai un café et allai m'asseoir à une table libre. Mallory arriva quelques minutes plus tard. Lui aussi prit un café, puis scruta mes traits.

— T'as l'air fatigué. Ça va ?

— J'ai eu pas mal de travail au cabinet. Alors, tu as trouvé quelque chose ?

— J'ai deux nouvelles pour toi. D'abord, j'ai enfin résolu un de nos problèmes au sujet de cette fille, Simone. Son véritable nom de famille n'était pas Duchamp, mais Maillot – M-a-i-l-l-o-t, avec deux *l* –, et son deuxième prénom était Louise. Simone Louise Maillot. Il semblerait que Lucas Duchamp ne les ait jamais adoptées légalement, ni elle ni sa sœur Laura. Elles avaient donc gardé le nom de leur père biologique, même si tout le monde les appelait Duchamp. Et, oui, une certaine Simone Louise Maillot a bel et bien été portée disparue. C'est dans les archives de la police française, datées d'octobre 1976. Mon contact à Paris m'enverra tous les éléments dans un jour ou deux. À ce que j'ai compris, la victime, qui avait dans les vingt ans à l'époque, s'est volatilisée un soir sans laisser de traces. C'était un inspecteur nommé Marc Oliveira qui était chargé de l'enquête. Malheureusement, il est mort en 1991.

— Ah.

— Laura Maillot a laissé tomber la fac après la disparition de sa sœur et elle est retournée à Lyon, chez ses parents. Elle s'occupe aujourd'hui de son beau-père, Lucas Duchamp, qui est toujours en vie. Il doit avoir plus de quatre-vingt-dix ans. Ils habitent à la même adresse. Il a eu une crise cardiaque il y a dix ans et il est maintenant en fauteuil roulant. J'ai essayé de la joindre sans succès. Ils vivent en reclus, apparemment, et je ne suis même pas sûr qu'ils aient le téléphone chez eux. Mon confrère français a toutefois retrouvé la trace d'une de ses amies, Claudette Morel, et lui a parlé. Elle semble toute disposée à raconter ce qu'elle sait, moyennant finance. Je ne suis pas sûr qu'elle soit fiable, car j'ai cru comprendre qu'elle avait un problème avec l'alcool, mais voilà son numéro. Bonne chance.

— Merci. Je lui téléphonerai demain.

Il avala une gorgée de café.

— Tu sais, je suis persuadé que le journal de Jack Bertrand répond à toutes tes questions. Ce type était déjà instable et violent à l'époque à Paris, et il a récidivé vingt ans plus tard en commettant un second meurtre avec un mode opératoire similaire. Il a probablement tué cette fille, Simone, avant de prendre la fuite, puis il est retourné rue de Rome le lendemain, a emporté le corps pendant que Fleischer dormait, et a réussi à s'en débarrasser quelque part et à couvrir ses traces. Une fois rentré aux États-Unis, il a changé de nom, mais peu à peu il a sombré dans la folie jusqu'à finir par massacrer cette prostituée.

Je me sentais si fatigué que j'ai fait signe au serveur de m'apporter un espresso.

— Je n'y crois pas, Ken, sans vouloir te vexer.

— Comment ça ?

— Pourquoi Josh ne m'a-t-il pas parlé de cette confrontation avec Abraham en 1998 ? Cette information était très importante, or il l'a omise. Et il devait forcément avoir été informé par la police qu'Abraham avait tué une femme plus tard cette même nuit, preuve qu'il avait été sans doute capable aussi d'assassiner Simone. Ah, encore une chose : pourquoi les autorités françaises n'ont-elles pas interrogé Josh et Abraham à l'époque ? Je ne suis pas policier, mais il me paraît évident qu'ils auraient tous les deux dû être considérés comme suspects au moment de la disparition de Simone. Mais, non, la police les a laissés partir, alors que tout le monde les savait proches de Simone et donc potentiellement détenteurs d'informations la concernant. Et pourquoi Lucas Duchamp n'a-t-il pas essayé de les contacter ?

Mallory secoua la tête.

— Il a peut-être voulu le faire, sans succès, parce qu'ils avaient déjà quitté la France.

— Allons, pour quelqu'un d'aussi important que lui…

— OK, les flics n'ont pas cuisiné ces deux lascars. Et alors ? Dans la réalité, les choses ne se passent pas comme dans les films. Si la personne disparue est majeure et s'il n'y a aucun signe évident d'acte criminel, la police se contentera de quelques coups de téléphone et d'une recherche dans une base de données – et encore, selon la disponibilité des effectifs et le nombre d'enquêtes en cours. Des gens disparaissent tout le temps. Plus de quatre-vingt-dix pour cent des adultes qui s'évanouissent dans la nature le font volontairement, et resurgissent parfois après des semaines, des mois ou même des années d'absence. De plus, à l'époque, il n'y avait pas de caméras de surveillance partout, ni de téléphones portables ou de cartes de crédit permettant de les localiser ou de suivre leurs déplacements.

— D'accord, mais la famille de Josh était connue, et il n'aurait pas été difficile de remonter jusqu'à lui. Et encore une chose : Josh a séjourné un certain temps au Mexique. Pourquoi ? Cherchait-il à éviter une possible extradition vers la France, qui aurait été possible des États-Unis mais pas du Mexique, si je ne me trompe pas ? Après tout, Lucas Duchamp était un avocat renommé, et il aurait pu faire jouer ses relations s'il l'avait voulu, afin de contraindre les autorités françaises à poursuivre leurs investigations.

— Où veux-tu en venir ?

— Je pense qu'on ne sait toujours pas ce qui s'est réellement passé cette nuit-là, ni si Simone est vivante ou morte. Cette autre histoire que Josh m'a racontée, par exemple, à propos de la valise qui se serait envolée le lendemain, n'a aucun sens pour moi, et je n'y crois pas une seconde. Bref, je me disais que je pourrais aller quelques jours en France pour rencontrer ces femmes, Claudette Morel et la sœur de Simone, Laura.

Un homme engoncé dans un épais pardessus entra dans l'établissement et vint s'asseoir à une table voisine. Quand nos regards se croisèrent, il me fit un clin d'œil assorti d'un sourire.

— Si j'étais toi, j'arrêterais de perdre mon temps et mon argent avec ça, déclara Mallory. Je ne suis même pas sûr que ces deux femmes puissent t'apprendre quelque chose.

Il posa un billet de vingt sur la table et se leva.

— C'est pour moi. Quoi qu'il en soit, je vais continuer à me renseigner, et si tu as besoin de quelque chose n'hésite pas à m'appeler. Je serai sur la côte Ouest pendant deux semaines.

— Merci et bonne chance pour ton régime !

16

Durant le week-end, je récapitulai sur un bloc-notes toutes les questions qui demeuraient sans réponse, alors même que j'avais lu deux fois le journal de Jack Bertrand/Abraham Hale et fait un résumé des rapports de Mallory. L'une d'elles me paraissait cruciale : Abraham Hale était-il déjà profondément instable à Paris, comme l'avait affirmé Josh, ou son état s'était-il sérieusement aggravé par la suite, durant toutes ces années où il avait vécu dans la misère et la peur, le cœur brisé par une tragédie dont il ne s'était jamais remis ? Et s'il n'avait pas menti ? S'il était vrai que, dans les années 1990, Josh avait utilisé son argent et son pouvoir pour le piéger et le faire interner ? Il se serait ainsi assuré que, quoi qu'il dise, Abraham ne serait pas pris au sérieux par la police.

J'invoquai l'esprit de Google afin d'en savoir plus sur la fondation The White Rose. Sur la page d'accueil du site, j'appris qu'elle fonctionnait grâce à un legs de M. Salem H. Fleischer, le père de Josh. Un détail attira mon attention : Josh m'avait raconté que ses parents étaient morts dans un accident de voiture en juin 1973 ;

or, l'organisme avait été créé quatre ans plus tard, en février 1977.

J'inscrivis le numéro de téléphone du président du conseil d'administration, un certain Lionel J. Carpenter. Après quelques tentatives infructueuses pour le joindre, je tombai sur un assistant renfrogné, qui finit par me le passer. Je me présentai et prétendis appeler pour le compte de feu Joshua Fleischer. Il se montra aussitôt intéressé.

— Lui avez-vous parlé récemment, docteur Cobb ? En personne, je veux dire…

— Oui, monsieur Carpenter, je l'ai rencontré en octobre dernier dans le Maine, où il m'avait invité à séjourner quelques jours.

— Pour ma part, je n'ai pas eu le plaisir de le revoir pendant plus de quarante ans, m'informa-t-il, à ma grande surprise. J'ai assumé les fonctions de directeur dès le début, à sa demande, mais par la suite nous ne sommes pas vraiment restés en contact… Son avocat m'a téléphoné il y a quelques semaines pour m'annoncer sa mort.

— Il a en effet été emporté par une leucémie. C'est dans ce contexte qu'il a fait appel à mes services. Je suis psychiatre, et M. Fleischer était l'un de mes patients.

— Je vous connais de réputation, docteur Cobb. Vous étiez invité dans une émission de télé il n'y a pas longtemps, il me semble. Vous venez de publier un livre, n'est-ce pas ?

— C'est exact. Écoutez, monsieur Carpenter, j'aimerais vous poser une question, si vous n'y voyez pas d'inconvénient : la White Rose a-t-elle été créée par Joshua ou par son père ?

Il resta silencieux un instant.

— Eh bien, c'était l'idée de Joshua, en un sens, répondit-il enfin avec circonspection. Mais je ne tiens pas à évoquer le sujet au téléphone. Si votre emploi du temps le permet, je pourrais vous recevoir cet après-midi. Je dois quitter la ville demain pour quelques jours. Pourquoi ne viendriez-vous pas me retrouver ici, à mon bureau, vers dix-sept heures ?

— Volontiers. Merci, j'y serai.

Carpenter, qui devait avoir dans les soixante-dix ans, était grand et maigre au point de paraître émacié. Il m'invita à m'asseoir, demanda à son assistant de nous apporter du café, puis déclara :

— J'ai intégré le cabinet de Salem Fleischer au milieu des années 1960, huit ans avant son tragique accident. Après sa mort, nous avons gardé la raison sociale, Fleischer & Associates, pendant cinq ans. Ensuite, à mesure que de nouveaux associés nous rejoignaient, nous avons dû la modifier. Sal était un homme extraordinaire, aimé de tous et extrêmement intelligent. Personne, dans la bonne société de Manhattan, n'aurait voulu manquer ses dîners à l'époque ; c'étaient des événements mondains. Il fréquentait les Kennedy et est resté en contact avec Jackie jusqu'à la fin.

— Quel genre de relation Josh entretenait-il avec ses parents, si vous me permettez cette question ?

Il ôta ses lunettes et entreprit de les essuyer avec un mouchoir.

— Pour être honnête, c'était un adolescent étrange. Brillant, sans aucun doute ; d'ailleurs, tous ses professeurs s'accordaient pour lui reconnaître une grande vivacité d'esprit. Mais parfois, il agissait… bizarrement. Je me souviens que Sal a dû exercer son influence à plusieurs reprises pour étouffer des scandales. Il est vrai qu'à la fin des années 1960 et au début des années 1970, de nombreux jeunes se targuaient d'être des rebelles et voulaient montrer à la génération de leurs aînés qu'ils étaient émancipés… Josh, néanmoins, n'était pas tombé dans les travers habituels comme la drogue, l'alcool, la vitesse au volant… Au contraire, il était même particulièrement raisonnable pour son âge. Il ne fumait même pas, si je me rappelle bien.

— Alors, où était le problème ?

Carpenter acheva de nettoyer ses lunettes, les chaussa de nouveau puis porta sa tasse à ses lèvres.

— Eh bien, Josh était beau garçon, riche et cultivé, alors autant vous dire qu'il avait du succès auprès des filles, reprit-il, l'air vaguement embarrassé. Pour autant que je sache, il accumulait les conquêtes. Sauf que… quelque chose clochait chez lui, apparemment, et certaines de ses petites amies se sont plaintes à leurs parents. Des bruits ont circulé à propos de… d'inclinations particulières. Une fille, par exemple, a affirmé qu'il avait des tendances sadiques. Mais bon, vous comprendrez aisément que Sal ne m'ait jamais donné de détails à ce sujet. Quoi qu'il en soit, il semblait convaincu que Josh cherchait juste à faire de la provocation en étalant ses fantasmes, sans se rendre compte que ses copines n'avaient pas autant d'imagination que lui et risquaient de prendre au sérieux des histoires qu'il avait inventées de toutes pièces pour les impressionner. N'empêche, si j'ai bien compris, c'est Sal qui a refusé de le laisser partir à Harvard, rompant ainsi la tradition familiale. Il avait trop peur des rumeurs sur un campus où son nom était connu…

J'avais le sentiment que mon interlocuteur attendait depuis longtemps une occasion de parler des Fleischer. Leur histoire l'avait de toute évidence fasciné bien plus qu'il ne voulait l'admettre. Peu à peu, il me révéla également comment s'était constituée la fondation.

— Après sa licence, Joshua est parti en Europe, poursuivit-il. En France, je crois. À son retour, deux ou trois mois plus tard, il m'a appelé d'un hôtel à New York. Je n'avais plus de nouvelles de lui depuis deux ans, ce qui n'avait rien d'étonnant vu qu'il avait atteint sa majorité et que, de mon côté, je m'étais déjà occupé du testament de Sal. En quelques mots, il m'a raconté qu'il n'avait pas besoin de l'argent de ses parents, qu'il voulait prendre sa vie en main et faire don de son héritage à une fondation qu'il m'a demandé de créer et d'administrer avec les personnes de mon choix. J'étais sous le choc, comme vous pouvez l'imaginer. J'ai essayé de le dissuader, ou du moins de l'inciter à se donner le temps de réfléchir. J'étais convaincu qu'il avait dû se passer quelque chose pendant son séjour en Europe, et je ne voulais pas qu'il agisse sur une impulsion et en vienne à regretter son choix plus tard.

— Cet héritage, il se montait à combien, à peu près ?

— Si on prend en compte tous les actifs, y compris la maison, je dirais plus de trente millions de dollars. Même encore aujourd'hui, ça représente une somme conséquente.

— En effet.

— Joshua m'a assuré que sa décision n'avait rien d'un caprice, qu'elle était au contraire le résultat d'une réflexion calme et lucide. Il m'a donné le numéro de téléphone d'un avocat avec qui il s'était entretenu et m'a dit que, dans l'éventualité où je refuserais de diriger la fondation, il ne manquerait pas de candidats au poste. J'ai pensé à Sal et à Sandra, à notre amitié, et aussi à la possibilité que leur legs puisse tomber entre de mauvaises mains, et j'ai accepté. Voilà comment est née la White Rose. J'ai pris ma retraite il y a deux ans, mais conservé ma position de président honoraire du conseil d'administration. Josh souhaitait que notre organisme se consacre uniquement à la protection des femmes battues, en leur apportant une aide matérielle et psychologique. Je me suis employé à respecter sa volonté durant toutes ces années – avec d'excellents résultats, je dirais. Mais, après l'élaboration des statuts, je n'ai plus entendu parler de lui pendant un bon moment. Il m'a juste informé qu'il devait quitter les États-Unis, et j'ai découvert, je ne sais plus comment, qu'il était parti au Mexique. Plus tard, j'ai lu dans le journal un article sur un homme d'affaires nommé Joshua Fleischer qui avait fait fortune à Wall Street. Alors, je l'ai appelé, et nous avons eu une longue conversation. Par la suite, nous avons continué à avoir des échanges par téléphone, mais nous ne nous sommes pas revus.

Je le remerciai de m'avoir reçu, et il me raccompagna à la porte. Au moment où j'allais sortir, il redressa soudain la tête et dit :

— Oh, il y a un détail important que j'ai oublié de mentionner : peu avant sa mort, Sal avait ajouté à son testament une clause fort curieuse, stipulant que Joshua perdrait l'intégralité de son héritage s'il était un jour mêlé à un incident impliquant la violence envers une femme, à moins qu'il ne s'agisse de légitime défense.

J'en restai quelques instants sans voix. Mon métier m'avait appris depuis bien longtemps déjà que, si l'on creuse suffisamment derrière le plus beau des portraits de famille, il arrive souvent qu'on découvre un monceau d'ordures. Manifestement, les Fleischer ne faisaient pas exception à la règle, sauf que, dans leur cas, ces ordures semblaient aussi receler quelques bombes à retardement.

— Mais pourquoi a-t-il pris cette disposition ? demandai-je. Avait-il une raison légitime de penser que son fils était capable d'un tel comportement ?

— Ah, ça, je l'ignore. Vous êtes peut-être trop jeune pour le savoir, mais dans les bonnes familles à l'époque, quand il se produisait ce qu'on considérait comme un « incident fâcheux », on veillait à l'enfouir dans un lieu sûr, et ensuite on n'en parlait plus. Si Sal et moi étions proches, il avait avant tout à cœur de protéger sa vie privée, et personne, y compris moi, ne se serait risqué à l'interroger sur ses choix. Pour être franc, je me suis toujours dit que la décision de Joshua concernant son héritage devait être liée à cette clause testamentaire particulière. Je n'ai cependant pas cherché plus loin, parce que ce n'étaient pas mes affaires. Bien. Je vous souhaite une bonne soirée, docteur Cobb.

J'appelai Claudette Morel le lendemain matin à la première heure. Après deux sonneries seulement, une voix éraillée de fumeuse me répondit. Je commençai par lui demander si nous pouvions avoir une conversation en anglais, et elle me répondit par l'affirmative. Je me présentai, et elle me confirma qu'elle connaissait bien les sœurs Maillot.

— Voilà, madame Morel, je sais qu'il y a quelques jours vous avez parlé à l'inspecteur Henri Solano, de la police française. Comme il vous l'a probablement dit, je fais des recherches sur les circonstances dans lesquelles Simone Maillot, ou Duchamp, a disparu en octobre 1976.

— Je vois… La police a-t-elle découvert ce qui lui était arrivé ? L'inspecteur Solano ne m'a pas donné de détails.

— Non, malheureusement, il n'y a rien de nouveau, mais…

— Ce policier a également mentionné votre employeur : Joshua Fleischer. C'est bien ça ? Je l'ai rencontré, il y a longtemps.

Elle s'exprimait d'un ton à la fois prudent et hostile.

— Pourquoi Fleischer s'intéresse-t-il de nouveau à cette histoire, après tout ce temps ? Il vous l'a expliqué ? Les autorités ont-elles rouvert l'enquête ?

— Non, il s'agit d'une affaire personnelle. Quant aux motivations de M. Fleischer, eh bien, c'est un peu compliqué. Il s'agissait d'un de mes patients, et…

— Eh bien, docteur… comment, déjà ?

— Docteur Cobb. James Cobb. Mais je vous en prie, appelez-moi James.

— Eh bien, docteur Cobb, répliqua-t-elle en ignorant ma suggestion, tout ça me paraît bien étrange. Pourquoi accepterais-je de répondre à vos questions ? J'ignore qui vous êtes et ce que vous attendez vraiment de moi. Vous avez un mandat ? À moins que Joshua Fleischer ne vous ait chargé de me transmettre un message ?

— Non, je vous appelle parce que j'ai besoin de votre aide, madame Morel. J'ai appris que vous aviez fait la connaissance de M. Fleischer et de son ami Abraham Hale en 1976. Ils étaient tous les deux amoureux de Simone, n'est-ce pas ?

Elle éclata d'un rire sans joie, teinté de mépris.

— Je ne pourrais pas vous dire qui était amoureux de qui à l'époque, docteur Cobb. C'est seulement des années plus tard, bien après la disparition de Simone et la décision de Laura de ne plus me parler, que j'ai additionné deux et deux. Laura et moi étions très proches dans notre jeunesse, mais elle avait ses secrets, comme nous tous. Nous étions étudiantes à la fac. Laura avait demandé à sa sœur de me recommander auprès de la fondation qui l'employait, et Simone m'avait aidée à obtenir un poste à mi-temps. Ensuite…

— Vous avez travaillé avec Simone ? Je ne savais pas. Abraham Hale aussi y avait été engagé, si je ne me trompe pas. Alors, vous avez dû le fréquenter.

— En effet, je le voyais souvent. De même que Fleischer.

Je l'entendis allumer une cigarette.

— Comment va-t-il, à propos ?

— Je crains d'avoir une mauvaise nouvelle à vous annoncer, madame Morel. M. Fleischer est mort il y a deux mois, d'une leucémie.

— Navrée de l'apprendre.

— Écoutez, j'aimerais vous demander quelque chose : après que M. Fleischer est allé rendre visite à Simone à Lyon, il…

— Désolée de vous interrompre, mais ils sont venus tous les deux à Lyon, je m'en souviens parfaitement. J'y étais moi aussi ce week-end-là. Abraham était très séduisant, timide, discret et poli… Tout l'opposé de Fleischer, qui avait un comportement des plus étranges. C'est pour ça, d'ailleurs, que j'ai arrêté de sortir avec eux. Quand il était ivre, il devenait insupportable. Et il buvait beaucoup.

— Je comprends. C'est peu après que Simone a disparu. Vous vous rappelez dans quelles circonstances ? Étiez-vous à Paris à ce moment-là ?

Dans le silence qui suivit, je l'entendis respirer bruyamment.

— Vous êtes bien informé, à ce que je constate…, reprit-elle. Je vous le répète, Laura et moi étions proches, et elle me faisait pas mal de confidences. Oui, j'étais à Paris quand Simone a disparu. Laura et moi partagions un appartement. Simone ne répondait pas au téléphone et elle n'allait plus au travail, alors ses parents ont alerté la police. C'était affreux. Elle s'était volatilisée… Pendant des années, j'ai pensé qu'elle était peut-être encore vivante, et qu'elle habitait dans un autre pays sous une fausse identité… Vous voyez ? Comme dans les films.

— Pourquoi aurait-elle agi ainsi ?

— Aucune idée. Quoi qu'il en soit, les Duchamp l'ont rapidement oubliée. Trop rapidement, à mon avis.

J'en ai déduit qu'ils savaient peut-être quelque chose. Cette famille avait de nombreux secrets, docteur Cobb.

— Et Laura ? Vous n'avez plus du tout de relations avec elle ? J'aimerais lui parler, si c'est possible…

— Après la disparition de Simone, elle a laissé tomber ses études du jour au lendemain, elle est retournée à Lyon et s'est complètement coupée du monde. Elle a rompu les liens avec moi, comme avec d'autres, d'ailleurs. J'ai entendu dire qu'elle avait fait une dépression nerveuse et qu'elle avait été hospitalisée dans une clinique psychiatrique en Suisse pendant plusieurs années. Ses parents ont dû dépenser une fortune… J'ai essayé de la joindre à d'innombrables reprises, jusqu'à ce que son père m'ordonne d'arrêter, et j'ai fini par m'y résoudre. Puis ma propre famille a vendu notre maison pour aller s'établir en Alsace, alors je ne suis jamais retournée à Lyon. Tout ce que je sais, c'est que son père est paralysé, et qu'elle s'occupe de lui. Alors non, je ne peux pas vous servir d'intermédiaire, désolée.

Brusquement, elle changea de sujet et me demanda des nouvelles d'Abraham.

— Là encore, je crains d'avoir une mauvaise nouvelle à vous annoncer. Il semble qu'il ait vécu en Californie un moment, puis à New York. À l'automne 1998, il a assassiné une femme. Il a été déclaré pénalement irresponsable et enfermé dans une clinique psychiatrique, où il est mort quelques mois plus tard.

Il y eut un long silence à l'autre bout de la ligne.

— Vous êtes sûr qu'on parle bien de la même personne ? finit-elle par demander. Ça doit être une erreur, ce n'est pas possible autrement.

— Pourquoi ?

— Parce que Abraham était l'homme le plus gentil que j'aie jamais rencontré. Jamais il n'aurait pu faire une chose pareille !

— C'est malheureusement la vérité, madame Morel. Il a été diagnostiqué paranoïaque dangereux.

— Abraham ? Oh, mon Dieu… ! Écoutez, je ne vous connais pas, mais je voudrais vous poser une question : vous est-il déjà venu à l'esprit que vous étiez peut-être en danger ? Que votre réputation, votre carrière et même votre vie pouvaient être menacées ?

— Pardon ?

— Je veux dire, cette histoire… Vous dites que vous êtes psychologue…

— Psychiatre.

— Eh bien, vous ne devez pas être très compétent, puisque vous avez eu l'imprudence de fourrer votre nez dans ce micmac… Je me souviens qu'après sa rencontre avec ces deux Américains, Laura était devenue de plus en plus renfermée et agitée. Il était clair pour moi qu'elle était angoissée par quelque chose, sans doute en rapport avec eux – quelque chose qui n'avait rien à voir avec l'amour. Je soupçonnais Abraham et Fleischer de tremper dans des activités glauques, mais je n'ai jamais su quoi. Et ensuite, Simone a disparu et Laura s'est retrouvée à l'hôpital.

— Justement, un autre point m'intrigue, madame Morel. Pourriez-vous me dire si M. Duchamp a parlé de Joshua et d'Abraham à la police française, à l'époque ? J'ai l'impression que vous les suspectiez d'avoir été impliqués dans la disparition de Simone, et à mon avis vous n'étiez sûrement pas la seule à le penser. Ce que je ne comprends pas, c'est pourquoi ils n'ont pas été interrogés par les autorités.

— Je n'ai aucune idée de ce que les Duchamp ont raconté à la police, désolée. Quant à moi, on ne m'a rien demandé.

Son humeur s'était assombrie, et je me rendis compte qu'elle était gagnée par la nervosité, au point d'avoir du mal à articuler.

— Écoutez, madame Morel, cette histoire me tient vraiment à cœur et vous me feriez une immense faveur si vous acceptiez de me rencontrer pour en discuter plus longuement. Il est possible que j'aille à Paris la semaine prochaine et…

— Mais vous êtes bien médecin, non ?

— Exact.

— Et vous n'avez pas des patients à voir ? Des impératifs ? Comment pouvez-vous partir ainsi, en abandonnant tout ?

— J'ai d'autres affaires à régler à Paris, prétendis-je, et j'aimerais en profiter pour vous voir.

— Votre nom s'écrit bien C-o-b-b ?

— C'est ça.

J'entendis des froissements de papier.

— Il est deux heures de l'après-midi, ici, dit-elle. Pourriez-vous me rappeler demain à la même heure ? Il faut que je consulte mon emploi du temps, ajouta-t-elle d'un ton suffisant, avant de raccrocher.

Le soir même, je trouvai un message d'Elisabeth Gregory dans ma boîte mail.

Cher docteur Cobb,

Votre message a réveillé en moi de douloureux souvenirs, que j'avais enfouis depuis des années au plus profond de mon esprit. J'ai beaucoup entendu parler de vous et de votre travail, alors j'en déduis que vous avez de bonnes raisons de vous intéresser à des choses qui se sont produites il y a si longtemps.

Comme je sors rarement de chez moi, je vous propose de me rendre visite à la date qui vous conviendra. Nous aurons ainsi tout le loisir de parler.

Cordialement,

Elisabeth

Je répondis que je pourrais me rendre chez elle le lendemain, et je lui donnai mon numéro de téléphone portable. Elle me renvoya aussitôt un SMS : elle m'attendait à onze heures.

17

Elisabeth Gregory habitait à Bradford Estates, une zone pavillonnaire proche de Princeton Junction, qui avait vu le jour au milieu des années 1980. Elle était constituée d'une trentaine de maisons familiales individuelles et de petits immeubles disséminés autour d'un terrain de golf comprenant un petit lac.

L'adresse correspondait à une demeure de deux étages, avec une façade blanche et une vaste véranda ouverte. Sur la droite, j'aperçus un étang, et sur la gauche un garage devant lequel j'arrêtai ma voiture. Je descendis et balayai du regard les alentours.

La propriété semblait avoir été mise sur le marché la veille, tant elle paraissait bien entretenue. La façade avait été récemment repeinte et, en dépit du temps maussade, l'eau de l'étang était d'une clarté cristalline. J'avais l'impression de me trouver devant une gigantesque maison de poupées, abandonnée en plein milieu d'un champ par un gosse géant blasé, qui se cachait désormais quelque part dans les parages.

À peine avais-je gravi les marches de la véranda que j'aperçus une silhouette derrière l'une des fenêtres du rez-de-chaussée. Mme Gregory vint m'ouvrir avant même que j'eus sonné.

Elle était très grande et, malgré son âge, il était évident qu'elle avait autrefois été une véritable beauté. Ses cheveux blancs étaient maintenus par un serre-tête noir. Elle portait un pull Fair Isle sur un jean délavé.

Je la saluai et elle m'invita à entrer.

— Vous avez l'air plus jeune et plus mince qu'à la télé, observa-t-elle avec un sourire.

Elle referma la porte et me précéda dans un couloir dont les murs s'ornaient de photos en noir et blanc encadrées. Nous entrâmes dans un salon spacieux. L'intérieur dégageait la même impression que l'extérieur : il était d'une propreté immaculée et la place de chaque objet semblait avoir été mûrement réfléchie. À l'odeur de café qui flottait dans l'air se mêlaient celles d'un désodorisant agréable et d'un parfum discret. Le pépiement des oiseaux et le faible bourdonnement d'une voiture passant de temps à autre dans Vincent Drive étaient les seuls sons qui nous parvenaient à travers les vitres.

— Si vous n'avez pas encore pris votre petit déjeuner, je peux vous proposer d'excellents croissants, dit-elle en esquissant un geste vers la cuisine. Ils sont tout frais de ce matin.

— Non, c'est gentil mais je n'ai pas faim. En tout cas, merci de me recevoir.

Un plateau était posé sur la table basse, contenant une cafetière et deux tasses et soucoupes en porcelaine. Mme Gregory servit le café et posa une des tasses devant moi. Ses gestes, calmes et mesurés, étaient ceux d'une personne parfaitement maîtresse d'elle-même.

— Comment avez-vous appris mon existence, docteur Cobb ? Pourquoi avez-vous demandé à Tom de vous communiquer mon adresse ?

— Comme je vous l'ai écrit dans mon e-mail, M. Fleischer a mentionné votre nom en rapport avec un certain Abraham Hale. Il m'a dit que, grâce à vous, M. Hale avait obtenu un poste dans une fondation en France l'année de sa licence. En fait, j'essaie d'en savoir plus sur la période où ils étaient étudiants, et je pensais que vous pourriez peut-être me renseigner.

— Je vois… M. Fleischer a-t-il ajouté quelque chose à mon sujet ?

— Non. Seulement que M. Hale était votre protégé.

— Je comprends. Votre curiosité est-elle strictement professionnelle ?

— Pour être franc, non. Mais ce serait très compliqué pour moi de vous répondre si vous me demandiez de préciser.

— Non, je n'avais pas l'intention de vous le demander. Je veux juste m'assurer que cette conversation restera entre nous. J'espère que vous ne comptiez pas rendre publiques mes déclarations.

— Pas du tout, madame Gregory. Je suis venu pour des motifs personnels, et je peux vous garantir que rien de ce que vous me direz ne figurera jamais dans un magazine ou un livre. Vous avez ma parole. Quoi qu'il en soit, M. Fleischer m'a imposé une clause de confidentialité semblable, préalablement à nos entretiens.

— Ça ne m'étonne pas. Pourriez-vous m'expliquer comment Joshua Fleischer est devenu votre patient ?

Tout en buvant mon café, je lui racontai comment Josh m'avait abordé, sans donner trop de détails, et lui parlai aussi du journal d'Abraham Hale, en m'abstenant toutefois de lui révéler que ce dernier avait commis un meurtre avant d'être interné dans un hôpital psychiatrique.

Elle m'écouta attentivement, sans me quitter des yeux. À la fin de mon récit, elle demanda :

— Abe et Josh sont aujourd'hui morts tous les deux, docteur Cobb. Alors, pourquoi est-ce si important pour vous de savoir ce qui s'est passé autrefois ?

— Vous avez tout à fait raison de me poser la question. Eh bien, ce que je ne vous ai pas encore dit, c'est que M. Fleischer pensait que lui ou M. Hale avait fait quelque chose de terrible à Paris à l'époque. Depuis, j'ai découvert que les événements ne se sont peut-être pas déroulés comme il se les rappelait, et j'aimerais comprendre pourquoi il s'est créé de faux souvenirs.

— C'est possible ?

— Bien sûr. Ce que nous appelons « la mémoire » ne fonctionne pas comme une caméra vidéo qui filmerait la réalité autour de nous et la préserverait en l'état, intacte. Des distorsions se produisent pendant l'enregistrement, et d'autres au fil du temps, à mesure que nos perceptions changent. Les recherches dans ce domaine montrent qu'environ quatre-vingts pour cent de nos souvenirs sont plus ou moins altérés.

— Cette « chose terrible » que vous avez évoquée a-t-elle un rapport avec une femme ?

— Oui, une jeune Française que M. Hale et M. Fleischer avaient rencontrée à Paris au cours de l'été 1976. Elle s'appelait Simone Duchamp et elle a disparu à l'automne de cette même année.

— Alors, j'ai peut-être une explication, docteur Cobb. J'ai de bonnes raisons de penser que, peu avant la fin de leurs études, Fleischer s'était rendu coupable d'un autre acte terrible et qu'Abraham l'avait couvert. C'était en rapport avec un héritage, me semble-t-il. Par conséquent, il est fort possible qu'Abe ait été amené à faire la même chose à Paris…

Elle se tenait le dos bien droit, sans s'appuyer contre le dossier du fauteuil dans lequel elle était assise. Son regard parut se perdre dans le vague quelques instants, puis elle se leva et se dirigea vers un buffet. Elle ouvrit le tiroir du haut, fouilla à l'intérieur et en sortit une photo, qu'elle m'apporta sans un mot.

Le cliché, manifestement pris avec un Polaroid bas de gamme, était assez flou, et les couleurs avaient pâli, mais je n'eus cependant aucun mal à reconnaître mon hôtesse sous les traits d'une jeune femme au corps de déesse, main dans la main avec un jeune homme svelte en jean et chemise noire. Un sourire aux lèvres, il brandissait vers l'objectif un symbole de la paix. Tous deux posaient devant un haut rosier et, au loin, j'apercevais ce qui semblait être un clocher. Je jetai un œil au dos de la photo. La date était indiquée dans le coin inférieur gauche : 14 juin 1976.

— L'année où M. Fleischer et M. Hale ont obtenu leur licence, observai-je.

Elle hocha la tête.

— C'est la seule photo de nous ensemble. Et vous êtes la première personne à qui je la montre.

— Veuillez pardonner mon indiscrétion, madame Gregory, mais aviez-vous une liaison avec M. Hale ?

M. Fleischer me l'a laissé entendre, même s'il ne paraissait pas très *au fait*[1] des détails.

— Oh si, il était au contraire très *au fait*[2] des détails, croyez-moi, affirma-t-elle. Suffisamment en tout cas pour essayer d'exercer un chantage sur nous. Laissez-moi vous expliquer…

Elle s'adossa au fauteuil, cette fois, et ferma les yeux, comme s'il était plus facile pour elle de raconter son histoire sans me regarder.

— J'ai rencontré Abe à la fin de sa deuxième année à Princeton, quand il a fait un stage dans ma société, raconta-t-elle. Il était d'une intelligence rare, timide et beau comme un dieu. Pour son âge, il avait énormément lu. Ses capacités intellectuelles le distinguaient des autres étudiants, alors il aurait été difficile de ne pas le remarquer… Vous m'avez dit tout à l'heure qu'il était fou. Avec tout le respect que je vous dois, docteur Cobb, j'en doute. L'homme que je connaissais était la personne la plus gentille du monde.

» Un jour, au cours d'une discussion en privé avec lui, je lui ai demandé s'il avait l'intention de se lancer dans une carrière universitaire. Il m'a avoué que c'était son plus grand désir. À partir de là, je suis devenue une sorte de mentor pour lui, si on peut dire, sans avoir d'autres intentions.

» Cette situation a duré jusqu'à la fin des cours cette année-là. Et puis, au début de l'été, il a perdu sa bourse. Il était déjà déprimé depuis des mois, il avait du mal

1. En français dans le texte.
2. Idem.

à se concentrer et il avait bien failli abandonner ses études. Il lui arrivait de ne pas sortir de chez lui pendant des jours.

— Vous ne pensez pas que ce que vous décrivez pourrait révéler le début de sa maladie ? demandai-je.

— Non, parce qu'il restait parfaitement rationnel, malgré sa tristesse chronique. Mais il ne s'entendait pas du tout avec son père – sa mère était morte quand il était encore très jeune –, et il était terrifié à l'idée de ne pas réussir à trouver un travail sur le campus et de devoir retourner dans sa ville natale, au sein d'une communauté dont il s'était toujours senti exclu. Ses résultats d'examens avaient été désastreux et, comme je vous l'ai dit, il avait perdu sa bourse.

» Je me suis arrangée pour lui permettre de faire un stage dans ma société pendant l'été. Je n'ai pas pris de vacances, si bien que nous nous sommes vus souvent. C'est à ce moment-là que nous avons entamé une liaison. Je ne ressentais pas de pitié pour lui, ne vous y trompez pas. J'étais simplement tombée amoureuse. J'étais toujours mariée, parce que je ne croyais pas au divorce ; pour autant, mon mari, Matt, vivait à New York et ne revenait pratiquement jamais à la maison. C'était un cavaleur notoire qui, dans sa jeunesse, avait rêvé de devenir le nouveau Arthur Miller, mais semblait bien parti pour finir en pilier de bar assommant, comme la plupart des alcooliques…

Elle se leva et alla ouvrir en grand une des fenêtres. Un courant d'air froid s'engouffra dans la pièce.

— Chaque printemps depuis mon arrivée ici, je me dis que je vais faire creuser une piscine et apporter toutes sortes d'améliorations, dit-elle avant de revenir s'asseoir. Et chaque automne je me rends compte que je n'ai rien entrepris. Le temps prend une tout autre dimension quand on vieillit… Vous en savez sûrement long sur la relativité de ce qu'on appelle les heures, les jours et les années, n'est-ce pas, docteur ?

» Bref, je ne vous donnerai pas de détails sur ma liaison avec Abe, parce que ce n'est pas pertinent. Je dirai seulement que j'ai découvert un jeune homme merveilleux, comme je n'imaginais pas qu'il puisse en exister. Toutes les personnes que nous haïssons paraissent se ressembler, contrairement à celles que nous aimons…

» Avant de me marier, je n'avais même jamais eu de petit ami. Pour moi, tous les hommes étaient comme mon père, que j'adorais et qui est mort quand j'avais vingt et un ans, ou comme Matt, à savoir un hypocrite arrogant et sans cœur, dont j'étais néanmoins tombée amoureuse pendant quelques années. Or, Abe était différent des deux. Il n'avait ni la force que j'avais toujours perçue chez mon père ni le talent que mon mari a fini par noyer dans l'alcool. Il possédait néanmoins d'autres qualités : des ressources de tendresse quasi illimitées, une douceur angélique, et une délicatesse dont je pensais jusque-là que seules les femmes étaient capables.

» Mais ensuite, deux événements se sont produits : Abe a rencontré Fleischer, qui a emménagé avec lui. Et mon mari nous a surpris un soir. Notre relation a été détruite.

Elle ne faisait aucun geste en parlant, et son intonation était neutre, presque monotone. J'avais remarqué ses pupilles dilatées quand elle m'avait ouvert, et je m'étais demandé quel médicament elle prenait.

— Ce soir-là, poursuivit-elle, c'était la première fois que j'avais invité Abe à rester coucher. Nous avions fait un saut chez moi pour que je puisse me changer avant de nous rendre au motel, et soudain je me suis dit que rien ne nous obligeait à y aller, puisque nous disposions d'une maison – la mienne. Les voisins d'en face étaient partis pour le week-end, si bien que personne ne pouvait nous voir. J'habitais Port Hertford à l'époque. Hélas, cette idée n'aurait pas pu être plus malencontreuse…

» Matt avait sa propre clé, bien sûr, et nous ne l'avons même pas entendu entrer. Il a gravi l'escalier jusqu'à la chambre et nous a découverts au lit. Nous dormions, et il ne nous a même pas réveillés. Il m'a laissé un mot dans le salon pour me dire qu'il avait pris une chambre dans un hôtel proche et m'a téléphoné le lendemain pour m'enjoindre de venir le retrouver.

» Là, il m'a demandé qui était Abe et comment je l'avais rencontré. Il m'a insultée, accusée de tous les maux de la terre, et m'a même menacée de m'anéantir si je ne rompais pas sur-le-champ. Je n'avais pas peur de lui – de sa violence physique, je veux dire. Je savais que c'était un lâche et une grande gueule, mais j'avais peur du scandale. Alors Abe et moi avons décidé de ne plus nous montrer en public pendant un moment, jusqu'à ce que Matt se lasse de jouer les maris honteusement cocufiés et reparte à New York.

» C'est à ce moment-là que Fleischer est entré en scène. Abe, qui venait de faire sa connaissance, m'a présenté à lui avec enthousiasme.

» Jusque-là, il ne m'avait jamais parlé d'aucun ami proche, juste de vagues connaissances. En l'occurrence, il semblait fasciné par son nouveau colocataire. Je pouvais plus ou moins le comprendre : Fleischer était séduisant, bien habillé et très cultivé – un vrai salonnard, comme on disait à l'époque, sûr de lui et de son charme. J'avais déjà eu l'occasion de fréquenter ce genre d'homme, parce que j'étais née et avais été élevée à New York. Je savais en particulier que, derrière cette belle façade brillante, se cachaient souvent une âme pervertie et un esprit encombré par les stéréotypes de l'époque. Mais pour Abe, c'était tout à fait inédit et excitant d'être accepté dans l'entourage d'un tel roi de la jungle.

» D'autant que Fleischer avait hérité d'une immense fortune et avait des relations bien placées dans tous les domaines. S'il avait le même âge qu'Abe, il le traitait néanmoins comme un petit frère, avec une condescendance que j'aurais personnellement trouvée insultante. En même temps, il était évident à mes yeux qu'il avait beaucoup d'affection pour lui.

» Ne vous méprenez pas, Fleischer faisait bonne impression, d'autant qu'il était presque toujours joyeux et détendu. Pourtant, derrière cette apparence, on percevait quelque chose de sombre et de dangereux en lui, même s'il était impossible de définir précisément quoi. Peut-être avais-je l'intuition que, dans certaines circonstances, il pourrait se montrer impitoyable ? Il y a des gens qui sont incapables de faire du mal à une mouche, même si leur vie est menacée, et d'autres qui en arrivent aux pires extrémités quand ils sont acculés dans leurs retranchements. Joshua était comme une magnifique maison qu'on visitait avec plaisir, jusqu'au moment où on atteignait une pièce verrouillée, dont on sentait bien qu'il valait mieux ne pas forcer l'accès.

» À mon avis, Abe était trop jeune et avait trop souffert de la solitude pour s'en rendre compte. Et là-dessus, il y a eu le scandale.

» Abe et moi avions passé la soirée ensemble, au motel que j'ai mentionné ; après l'épisode avec mon mari, nous évitions de dormir chez moi. Je venais de rentrer et je me préparais une fois de plus à avoir une longue conversation absurde avec Matt, qui avait l'habitude de m'appeler tous les soirs, en général très tard. Si je débranchais le téléphone ou si je ne décrochais pas, je savais qu'il se précipiterait dans le New Jersey en cherchant la bagarre, alors je préférais répondre et supporter ses jérémiades éthyliques.

» Il commençait toujours par les mêmes mots : "Il faut qu'on parle sérieusement." Comme si, durant toutes nos précédentes discussions, qui avaient duré des heures, nous nous étions contentés d'échanger des considérations sur la pluie et le beau temps.

» Chaque fois qu'il appelait, il était ivre, mais les premières minutes se déroulaient à peu près normalement. Ensuite, quoi que je dise, il m'accablait de reproches. D'après lui, notre vie commune aurait été idéale si je n'avais pas fait toutes ces erreurs, commis toutes ces fautes émanant de ma malveillance innée. Il était sûr que je l'avais trompé depuis le début, avec tous les hommes qui avaient croisé mon chemin. Et, dernièrement, j'étais descendue si bas que je "me farcissais" – il adorait ce genre d'expressions – de jeunes étudiants, comme une garce en chaleur. Il passait aussi en revue les quelques amis masculins que nous avions fréquentés en tant que couple et m'interrogeait sur mes prétendues relations adultères avec chacun d'eux.

» Ce soir-là, il devait être plus de minuit quand j'ai entendu la sonnette, alors que je tentais de mettre un terme à notre "conversation", à savoir un des monologues répétitifs de Matt, encore plus incohérent que d'habitude.

» Il m'a fallu quelques minutes pour me débarrasser de lui, puis je suis allée ouvrir. C'était Abe. À peine entré, il m'a raconté qu'une certaine Lucy accusait Fleischer de l'avoir violée. Entre-temps, le téléphone s'était remis à sonner. J'étais certaine que c'était Matt qui rappelait. J'ai demandé à Abe d'attendre pendant que je répondais. Cette seconde discussion avec mon mari a également duré une bonne heure, pendant laquelle Abe n'a pas cessé d'arpenter la pièce en m'adressant des signes de plus en plus désespérés.

» Pour finir, il m'a exposé le problème : il voulait que je fournisse un alibi à Fleischer, en disant à la police qu'il était avec nous au moment du soi-disant viol. J'ai refusé, naturellement.

» Abe m'a cependant affirmé qu'il savait avec certitude où se trouvait son ami dans la soirée – pas du tout chez lui, où la supposée victime prétendait avoir été violée –, mais qu'il ne pouvait le dire à personne, même pas à moi. Il était par conséquent persuadé que Fleischer était innocent, et qu'il s'agissait d'un piège ou d'un malentendu.

» Nous avons parlementé toute la nuit. Il avait beau insister, je n'étais toujours pas d'accord. Je lui ai posé mille questions, auxquelles il ne m'apportait que de vagues réponses, et je me suis bien rendu compte qu'il me cachait une partie de l'histoire. Pour lui, la supposée victime avait probablement tout planifié, motivée par la cupidité. Mais qui pouvait vouloir du mal à Fleischer ? Qui aurait pu la payer pour faire ça ? Oh, je sais qui, docteur Cobb, il me l'a dit, mais je ne peux pas vous le répéter, sinon vous me prendriez pour une folle ; de plus, il pourrait y avoir des conséquences terribles pour nous deux. Je lui ai demandé si Fleischer était capable de chantage. Il a encore évité de me répondre directement, mais j'étais convaincue que c'était la seule explication au comportement d'Abe.

» Je pense que l'épuisement m'a poussée à céder. Après deux heures de querelle téléphonique avec Matt et encore deux heures de discussion tendue avec Abe, je ne parvenais plus à réfléchir. J'ai fini par m'habiller, et nous nous sommes rendus au poste de police où Fleischer était détenu. Nous avons parlé à un inspecteur qui nous a dit que la présumée victime, Mlle Lucy Sandler, était dans un hôtel proche avec un psychologue. Fleischer serait convoqué devant le juge le lendemain matin et avait besoin d'un avocat…

» Je garde le souvenir de plusieurs heures cauchemardesques, dans une pièce enfumée, grouillant de délinquants et de policiers. J'ai témoigné que Fleischer était chez moi, où il préparait une dissertation. L'agent qui a pris ma déposition n'arrêtait pas de sourire et de me poser des questions ambiguës, comme s'il ne croyait pas un mot de ce que je disais. J'ai ensuite engagé un avocat que je connaissais et il a regardé le dossier. D'après lui, Mlle Sandler affirmait que, la veille, vers midi, elle avait eu un rapport sexuel avec l'accusé, qu'elle avait rencontré l'avant-veille dans une soirée. Ça s'était passé chez lui. Ensuite, Fleischer était parti en disant qu'il avait des choses à faire, et elle s'était endormie. Il était revenu dans la soirée, ivre, l'avait frappée et violée, puis s'était enfui.

» Cette version ne tenait pas la route, m'a dit l'avocat, dans la mesure où Mlle Sandler ne présentait aucune trace de violence. Il en a conclu qu'il s'agissait probablement d'une histoire de chantage.

» De son côté, Abe a admis que c'était lui qui avait présenté Mlle Sandler à Fleischer lors de cette fête. Il paraissait choqué par la tournure des événements. À un moment, il m'a chuchoté que si Fleischer était reconnu coupable, il perdrait son héritage. Il ne m'a cependant pas expliqué pourquoi.

» Le lendemain matin, j'ai accompagné Fleischer au tribunal, avec l'impression de nager encore en plein cauchemar. Le juge a accepté de le libérer sous caution, mais lui a interdit de quitter la ville. Ce même jour, à midi, nous avons appris que Mlle Sandler avait retiré sa plainte et était retournée à New York. Avant que nous nous séparions, Fleischer m'a glissé : "Je te revaudrai ça." Je lui ai dit que je n'attendais aucune récompense : c'était la pire chose que j'aie jamais faite et je voulais avant tout l'oublier. Or, par une étrange coïncidence, le drame s'est produit peu après…

Elle s'interrompit soudain, comme si elle avait perdu le fil de ses pensées. Je lui demandai où étaient les toilettes et, une fois dans la salle de bains, j'en profitai pour jeter un coup d'œil au contenu de l'armoire à pharmacie. Elle débordait de médicaments. Je retournai au salon sans trop savoir quel crédit accorder aux propos d'une femme sous l'influence de substances chimiques. Elle poursuivit aussitôt son récit.

— J'ai dormi quatorze heures d'affilée, cette nuit-là. Pour le coup, j'avais débranché le téléphone, et mon mari avait essayé en vain de me joindre toute la nuit. Vers six heures du matin, il a pris le train pour le New Jersey. À son arrivée, il était dans tous ses états.

» Il a fouillé la maison à la recherche de mon "amant", convaincu qu'il devait se dissimuler quelque part. Pour finir, alerté par les éclats de voix, un voisin a appelé la police. Une patrouille s'est présentée, qui a embarqué Matt au poste, même si je leur avais dit que je ne voulais pas porter plainte contre lui.

» J'ai appelé Abe, qui n'a pas répondu.

» Il fallait que j'aille au bureau. J'avais beaucoup de travail, et je ne pouvais pas me permettre de prendre du retard. Une fois sur place, j'ai eu le sentiment que tout le monde me regardait et que mes employés chuchotaient derrière mon dos. Dans la journée, j'ai téléphoné au poste de police, pour apprendre que Matt avait été libéré quelques heures plus tôt, après avoir reçu un avertissement. J'ai tenté de joindre Abe une nouvelle fois, en vain.

» Le lendemain matin, c'est la sonnette qui m'a réveillée. Deux policiers étaient venus m'informer que Matt avait été assassiné. Poignardé, plus précisément.

» Ils m'ont expliqué que son corps avait été découvert par un passant vers quatre heures du matin dans une petite ruelle près de la gare à Princeton Junction. Il était déjà mort à l'arrivée des urgentistes. Le meurtrier était sans doute un professionnel : Matt avait reçu un seul coup de couteau, en plein cœur. On n'avait retrouvé ni argent ni aucun objet de valeur sur lui, alors la police a conclu que le mobile du crime était le vol. Je vous ressers du café ?

Son intonation n'avait pas changé quand elle avait posé la question, si bien que, déconcerté, je la regardai sans comprendre pendant quelques secondes.

— Euh, non, ça va, je vous remercie, répondis-je enfin. Quelle histoire terrible… Comment M. Hale a-t-il réagi lorsque vous lui avez annoncé la nouvelle ?

— Il paraissait terrifié. Il ne m'a pas donné de précisions sur son emploi du temps de la veille. Il m'a seulement dit qu'il avait aidé Fleischer à faire une dissertation à la bibliothèque. Mais c'était un mensonge, parce que j'ai vérifié plus tard s'il avait signé le registre. Ils n'y figuraient ni l'un ni l'autre.

— Vous les soupçonnez d'avoir été impliqués dans la mort de Matt ? Est-ce que la police a fini par arrêter l'assassin ?

— Non, il n'a jamais été retrouvé. Les enquêteurs ont supposé que c'était un vagabond qui avait quitté la ville aussitôt après le meurtre.

» Vous savez, docteur Cobb, quand on croit avoir aperçu quelque chose du coin de l'œil et qu'on se demande si c'était réel ou juste une illusion d'optique ? Eh bien, je n'ai jamais oublié l'expression de Fleischer au moment où il me disait qu'il me revaudrait le service que je lui avais rendu…

» Plus tard, je me suis rendu compte que j'avais envisagé dès le début la possibilité que lui ou Abe, voire les deux, soit responsable de la mort de Matt. Mais, sur le coup, j'étais trop effrayée et bouleversée par la façon dont ma vie avait brusquement déraillé pour être certaine de quoi que ce soit. Mon univers avait volé en éclats et s'était transformé en un tourbillon qui menaçait de m'engloutir à tout instant.

» Quoi qu'il en soit, j'ai jugé préférable de prévenir Abe qu'on ne devait plus se voir pendant un certain temps.

» Dans l'intervalle, les parents de Matt étaient venus chercher le corps à la morgue et l'avaient emmené à New York. Ils ne voulaient pas de moi à l'enterrement. Ils se comportaient comme si je n'existais pas.

» Les quelques mois qui ont suivi demeurent flous pour moi ; je ne me souviens pas de grand-chose. Abe a tenu sa promesse et n'a pas cherché à me relancer. Il n'était plus mon stagiaire et nous ne nous sommes même pas croisés par hasard. Il m'a appelée fin décembre pour me souhaiter joyeux Noël et je lui ai dit que j'irai chez mes parents, en Floride, pour les fêtes. En réalité, je suis restée chez moi, seule, mais je voulais m'assurer qu'il ne débarquerait pas à l'improviste. Il m'a affirmé que ses cours se passaient bien. Nous avons gardé nos distances pendant tout l'hiver. Et c'est moi qui lui ai téléphoné, à la mi-mars.

» En le revoyant, j'ai su que l'homme que j'avais aimé avait disparu. Quand on a vingt ans, deux ou trois mois, c'est presque une éternité… Non, il ne m'avait pas oubliée et je comptais encore pour lui, mais j'ai bien senti qu'il ne me considérait plus que comme une simple amie, une bonne copine avec qui il partageait des souvenirs.

» Fleischer semblait différent lui aussi. Son humour s'était envolé, ses réponses aux questions étaient laconiques et, la plupart du temps, il paraissait absorbé dans ses pensées. Je ne comprenais pas pourquoi Abe insistait pour l'amener chaque fois qu'on avait rendez-vous tous les deux.

» De son côté, il avait désormais des raisons de s'inquiéter. Contrairement à ce qu'il m'avait dit, ses résultats d'examens avaient été médiocres, lui ôtant ses illusions au sujet d'une éventuelle carrière universitaire. Il avait peur de finir comme enseignant dans un lycée au fin fond de nulle part, entouré d'autres ratés dans la salle des profs et d'étudiants hostiles en classe. Ainsi que je vous l'ai dit, sa relation avec son père était mauvaise et il ne voulait pas retourner en Louisiane. Je lui ai promis d'essayer de lui trouver une place quelque part, mais il m'a demandé de ne pas m'en mêler. À partir de là, nous ne nous sommes plus vus que rarement.

» Ce devait être en mai, peu avant la remise des diplômes, qu'il est venu me parler du Mexique. C'était une idée de Fleischer, à ce que j'ai compris. Ils voulaient partir ensemble là-bas, je ne me rappelle plus où exactement, pour acheter un petit hôtel sur la plage. Il m'a même montré une brochure avec des photos du bien en question, une espèce de demeure délabrée, avec une façade blanche à colombages…

» Quand j'ai voulu savoir avec quels fonds il comptait financer l'achat, il m'a rappelé que Fleischer était l'héritier d'une grosse fortune.

» J'ai alors décidé de tout mettre en œuvre pour l'empêcher de s'embarquer dans cette aventure. Il ne connaissait rien à la gestion hôtelière, et je l'ai imaginé bouffi par l'alcool, vieux avant l'heure, affalé dans la véranda d'une maison en ruine, en compagnie de minables – devenu la risée de tous.

» Par une heureuse coïncidence, un ami français m'a demandé à cette même période de lui recommander quelqu'un pour un emploi temporaire dans une fondation culturelle, à Paris, appelée L'Étoile. Le salaire n'était pas mirobolant, mais pour un jeune homme en début de carrière, c'était une occasion inespérée de travailler en Europe. Sans compter qu'Abe parlait couramment français.

» Au début, il a refusé catégoriquement, et je crois que c'est Fleischer qui a fini par le convaincre d'accepter. J'ignorais que ce dernier avait prévu de le rejoindre en France.

» En juillet, j'ai emmené Abe à l'aéroport. Quand je l'ai regardé s'éloigner, j'ai eu le pressentiment que je ne le reverrais jamais.

Le soleil, qui avait percé les nuages, était désormais éclatant. Mon interlocutrice se leva et me fit signe de la suivre. Elle attrapa un manteau accroché à une patère dans l'entrée, le jeta sur ses épaules et me précéda dehors.

Une table et un banc en bois étaient disposés dans la véranda. Mme Gregory m'invita à m'asseoir. Un moineau se posa sur la table, nous observa de ses petits yeux noirs et ronds, puis s'envola.

— Après son arrivée en France, Abe m'a appelée presque tous les jours pendant les deux premières semaines, reprit Elisabeth Gregory. Il semblait heureux, et même enthousiaste. Puis il a cessé de me téléphoner.

C'est en voulant joindre Fleischer que j'ai découvert qu'il était parti à Paris lui aussi. J'avais l'adresse et le numéro d'Abe, qu'il m'avait donnés dès son installation à Paris, alors je lui ai écrit à plusieurs reprises, j'ai tenté d'avoir des nouvelles, mais sans succès.

» En fin de compte, j'ai décidé de faire le voyage. J'étais déjà allée à Paris une quinzaine d'années plus tôt, l'été après mon bac. À l'époque, les voyages en Europe étaient devenus un passage obligé pour la classe moyenne, au même titre qu'une maison avec trois chambres en banlieue, deux voitures dans le garage et un téléviseur couleur.

— Et vous avez rencontré Simone, madame Gregory ?

Elle hocha la tête.

— Pas directement… Dans une de ses rares lettres, Abe m'avait en effet dit qu'il avait rencontré une dénommée Simone, qui l'avait impressionné par sa beauté et sa culture, et l'avait aidé à s'acclimater à la vie parisienne. Il m'avait parlé d'elle comme il se serait confié à une amie, et ça m'avait mise en colère. Il pensait probablement bien agir en me tenant au courant, mais cette nouvelle m'avait fait l'effet d'une gifle. C'est la présence de cette femme dans sa vie qui m'a incitée à tout laisser tomber pour aller le retrouver. Avez-vous déjà abandonné une femme amoureuse de vous, docteur Cobb ?

— Oui, je le crains…

— Eh bien, je ne sais pas comment elle a réagi mais, à mon avis, elle n'a pas fait le quart de ce qu'elle imaginait au départ… Moi, j'ai échafaudé toutes sortes de vengeances plus terribles les unes que les autres.

J'ai songé à détruire sa réputation, à l'accuser de la mort de mon mari, à avertir la fondation que je retirais ma recommandation, ou même à essayer de rencontrer cette Simone pour lui raconter qu'Abe était un fou dangereux et qu'il y avait plus entre Fleischer et lui qu'une simple amitié, si vous voyez ce que je veux dire…

» Sauf que, en débarquant à Paris, je ne savais plus ce que je voulais. Je me sentais comme une maîtresse vieillissante négligée par son jeune amant, capable de faire une scène ou de s'humilier dans le vain espoir de le reconquérir. Pourtant, c'était plus fort que moi, il fallait que je le voie.

» Alors j'ai pris une chambre dans un hôtel proche de la rue où il vivait. Le lendemain matin, je suis entrée chez la première esthéticienne venue, pour essayer de me rendre le plus présentable possible. Puis je suis partie pour la fondation en m'efforçant de paraître heureuse et sûre de moi. Abe était absent, alors je suis allée chez lui, en priant pour qu'il ne soit pas avec cette femme.

» Le concierge l'a appelé pour le prévenir qu'une femme voulait le voir, sans toutefois donner mon nom. Quand il est descendu et m'a découverte dans le hall, il s'est figé. Il m'a dit que Fleischer était dans l'appartement, alors nous sommes allés dans un café proche.

» Toute mon assurance m'avait désertée, et je l'ai supplié. Il avait l'air terriblement embarrassé. Il n'arrêtait pas de me demander d'essayer de comprendre, affirmant qu'il pensait que notre histoire s'était terminée avant son départ pour l'Europe.

» Bref, je lui ai bel et bien fait une scène. Au bout d'un moment, je suis parvenue à me calmer, et je me suis de nouveau rendu compte à quel point je me sentais heureuse quand j'étais avec lui, même dans ces circonstances. J'ai voulu savoir s'il était amoureux de cette fille, et s'ils couchaient ensemble. Il a éludé mes questions, sans rien me révéler sur la nature de leur relation.

» Je ne vois pas l'utilité de vous ennuyer avec les détails… Il a multiplié les explications et les excuses, tandis que je m'obstinais à répéter que notre séparation serait une énorme erreur. J'ai prétendu avoir des affaires à régler à Paris, et je suis restée quelques jours de plus. Je l'ai suivi discrètement une fois où il avait rendez-vous avec Simone, et je me suis persuadée qu'ils étaient fous amoureux l'un de l'autre. J'avais terriblement honte de ce que je faisais, mais comme je vous l'ai dit, c'était plus fort que moi.

» C'est ainsi que je me suis retrouvée à errer dans cette grande ville comme une âme en peine, en me demandant constamment ce que je fabriquais là. Je ne pourrais même pas dire si j'ai déduit certaines choses après coup ou si je les ai simplement imaginées. Toute ma vie, j'avais été une cérébrale, guidée par la raison, et soudain je n'étais plus qu'un être complètement perdu, égaré, au comportement méprisable, indigne de son statut.

J'éprouvais pour ma part un étrange sentiment de *déjà-vu*[1]. J'avais l'impression d'avoir remonté le temps et d'être transporté dans le Maine, chez Joshua Fleischer, où j'écoutais la même vieille histoire, mais

1. En français dans le texte.

racontée sous un angle différent, par un autre protagoniste.

— C'était un certain Pierre Zolner qui m'avait demandé de lui recommander quelqu'un pour la fondation, reprit-elle. Il enseignait à l'École polytechnique. Je me suis convaincue que, si Abe perdait son travail, il reviendrait aux États-Unis. Alors j'ai écrit une lettre anonyme à Zolner, dans laquelle je calomniais Abe et Fleischer. Plus tard, Zolner m'a appelée pour m'informer que, en dépit de son respect et de son amitié pour moi, la fondation avait été obligée d'annuler sa proposition.

» Ensuite, je suis rentrée en Amérique et j'ai repris ma vie. Je refusais de penser à Abe. Il ne m'a pas recontactée, et je n'ai pas essayé de le joindre. Par hasard, à la fin des années 1980, j'ai rencontré un homme originaire de Baton Rouge qui connaissait bien les Hale. Il m'a raconté que le père d'Abraham avait été submergé de chagrin lorsque, à l'occasion d'un voyage en Californie, il avait aperçu son fils dans une rue à Los Angeles et l'avait appelé en vain. Abe avait fait semblant de ne pas l'entendre. Je savais qu'il n'avait jamais aimé son père, alors je n'ai pas été surprise qu'il ait coupé les ponts avec lui.

» Ce que vous m'avez raconté aujourd'hui est très triste, docteur Cobb. Je m'aperçois maintenant que, par pure méchanceté, j'ai sans doute tout gâché et détruit la vie d'Abe. Si je n'avais pas envoyé cette lettre, peut-être aurait-il vécu heureux avec cette femme, au lieu de revenir ici et de mourir seul dans un hôpital psychiatrique…

Je compris qu'elle avait terminé son récit. Durant quelques instants, nous nous bornâmes à rester assis en silence. Elle paraissait éreintée, et j'avais le sentiment désagréable de m'être immiscé dans l'intimité d'une vieille dame, comme si j'avais fourragé dans son tiroir à lingerie. Au bout d'un moment, elle me demanda :

— Eh bien, docteur, vous ai-je fourni les réponses que vous attendiez ?

— Pour être franc, non. Je ne sais toujours pas quelle était la nature exacte de la relation entre ces deux hommes et Mlle Duchamp, parce que M. Fleischer m'a raconté une histoire entièrement différente. De même, j'ignore encore ce qui est arrivé après que M. Hale eut perdu son travail. M. Fleischer affirmait ne pas se souvenir d'une nuit en particulier, raison pour laquelle il avait sollicité mon aide. Et les circonstances entourant la disparition de Mlle Simone Duchamp demeurent pour le moins floues.

— Fleischer a certainement menti, déclara-t-elle d'un ton posé. Après tout, ça n'aurait rien de surprenant. C'était un meurtrier. Avec le temps, j'ai acquis la conviction que c'était lui, l'assassin de mon mari.

— Mais pourquoi m'aurait-il engagé, au risque de tout révéler sous hypnose ?

— Pour se donner une crédibilité, docteur. Il a probablement feint l'état de transe. Je ne sais pas quelle conclusion vous avez tirée de vos séances avec lui, mais je suppose qu'elle tendait à le disculper complètement… Ou alors, peut-être qu'il cherchait un moyen de confesser ses péchés et de soulager sa conscience avant de mourir ? Avec le recul, tout paraît si prévisible, si inévitable… Le riche s'est encore enrichi et est devenu un membre respecté de la bonne société, en dépit de ses fautes passées. Et le pauvre a fini dans l'anonymat, oublié de tous et même fou.

» Abe avait un esprit ouvert, brillant, qu'il ne savait pas comment utiliser parce qu'il était entravé par ses préjugés et ses frustrations. Malgré ses capacités qui frisaient le génie, il manquait de confiance en lui, contrairement à Fleischer, sans doute à cause du comportement destructeur de son père. Lui et cette fille, Simone, ont payé le prix fort, alors que Fleischer a pu mener sa vie comme il l'entendait. Mais bon, ce sont toujours les plus faibles et les plus gentils qui chutent, non ? J'aurais sincèrement aimé qu'Abraham trouve le bonheur… Au lieu de quoi, je me suis montrée aussi cruelle envers lui que tous ceux qu'il a croisés sur son chemin.

Nous nous levâmes.

Le soleil avait de nouveau disparu derrière de gros nuages couleur basalte. J'ai imaginé la femme devant moi minée au fil des ans par les questions, les obsessions et les regrets, prisonnière d'un moment et d'un lieu particuliers.

— Je ne suis pas sûre de savoir pourquoi j'ai accepté de vous parler, docteur Cobb, dit-elle sans me regarder. Comme quelqu'un l'a dit un jour, le passé est un autre pays. Mais, pour être honnête, je n'ai jamais trop compris ce qui était arrivé à l'époque. En principe, toutes les histoires ont un début, un milieu et une fin. Concernant celle-ci, je parviens à saisir et à accepter le début et même le milieu, mais la fin n'a jamais eu de sens pour moi. Alors, je devais espérer que vous me fourniriez les éléments qui m'ont toujours manqué.

— Je suis navré, madame Gregory, je ne peux pas vous éclairer. Pas encore, du moins. En attendant, je suis presque sûr que M. Fleischer n'était pas impliqué dans la mort de votre mari. S'il avait déjà commis un meurtre de sang-froid dans sa jeunesse, il n'aurait pas été rongé par une telle incertitude au sujet de cette nuit fatidique à Paris. Peut-être s'était-il livré à des actes répréhensibles autrefois, mais à mon avis rien d'aussi grave. Je ne serais en revanche pas aussi affirmatif au sujet de M. Hale. Malheureusement, je doute qu'il ait été capable de faire la distinction entre la réalité et le fantasme, et entre le bien et le mal.

— Excusez-moi de vous contredire, mais moi j'en suis certaine, parce que je le connaissais intimement. Voulez-vous rester déjeuner ? me proposa-t-elle d'un ton poli.

Il n'y avait cependant aucune trace de chaleur dans sa voix.

— Non, merci, il faut que je rentre à New York. Désolé d'avoir abusé de votre temps.

— Alors, au revoir, docteur, dit-elle en me tendant une main ferme et froide. Merci de votre visite et prenez soin de vous. Vous me donnez l'impression de tâtonner à l'aveuglette dans une crypte.

Après notre poignée de main, je montai en voiture. Elle demeura debout près du banc, en resserrant les pans de son manteau autour d'elle. J'allais démarrer quand elle me rappela, et j'entrouvris ma vitre.

— Vous allez peut-être pouvoir répondre à une question qui me hante : pourquoi les gens mentent-ils, docteur ?

— Principalement par peur. Le plus souvent, le mensonge est un mécanisme de défense, madame Gregory. Parfois aussi, certains le font dans l'espoir d'une récompense.

— Vous avez raison. N'oubliez jamais ce que vous venez de me dire.

Je mis le contact et fis marche arrière pour repartir. Elle était toujours au même endroit, ses cheveux blancs voltigeant au vent.

18

Cet après-midi-là, je bataillai pour terminer un article que j'avais promis d'envoyer à une revue de Chicago. J'avais toutes les peines du monde à me concentrer, tant j'avais l'esprit occupé par le mystère du drame de Paris et par la lettre d'adieu de Julie que Josh m'avait adressée.

Mon travail achevé, je fis une recherche dans les vieux fichiers de mon ordinateur et rassemblai toutes les informations que j'avais recueillies au sujet de Julie au cours de nos séances. Je relus les notes que j'avais prises à l'époque et écoutai quelques fichiers audio. L'un d'eux me mit mal à l'aise sans que je comprenne pourquoi. J'eus beau le réécouter, je ne parvins pas à mettre le doigt sur ce qui me chiffonnait, et je finis par renoncer.

Alors que j'épluchais mes dossiers, je tombai sur les coordonnées d'une amie de Julie. Tous les patients sont censés donner le nom d'une personne à contacter en cas d'urgence, et elle avait choisi Susan Dressman plutôt que ses parents. Il me fallut un bon moment pour trouver le courage de lui téléphoner ; j'espérais que son numéro de portable était toujours valide, et en même temps je redoutais cette possibilité.

Elle répondit à la première sonnerie et parut surprise par mon appel. Elle se rappelait néanmoins qui j'étais et accepta de me retrouver au *Gino*, un café de la 38e Rue Est.

Quand j'arrivai dans l'établissement, deux heures plus tard, seules deux tables étaient occupées : l'une par Susan, qui avait déjà commandé une salade, et l'autre par un couple âgé. Je la reconnus tout de suite, même si je ne l'avais vue qu'une fois, un soir où je les avais accompagnées à l'opéra, Julie et elle. Elle avait perdu du poids et changé de coiffure, mais elle avait toujours le même regard assuré, teinté d'ironie, et arborait cette même expression désabusée laissant supposer que, pour elle, la vie n'était qu'une longue succession d'événements sans intérêt. Elle me reconnut également et me fit signe de la rejoindre.

Je n'avais pas faim, aussi me bornai-je à commander un espresso. Alors que la machine à café faisait entendre son bourdonnement sonore et monotone derrière le comptoir, Susan déclara :

— En vous voyant entrer, je me suis dit que vous n'aviez pas du tout changé. Mais je m'aperçois maintenant que vous avez quelques cheveux blancs, et je suis prête à parier que vous n'en aviez pas lorsque nous nous sommes rencontrés. Ça fait combien de temps, déjà ?

— Trois ans, répondis-je. C'était l'année où Julie…

— Je n'arrive toujours pas à croire qu'elle soit partie, m'avoua-t-elle.

Elle parlait vite, en évitant de me regarder.

— Certains jours, je me demande encore ce qu'elle devient et pourquoi elle ne m'a pas donné de nouvelles. Pour moi, elle était tellement vivante et débordante d'énergie ! Je n'ai jamais pu l'imaginer comme une personne ayant… des problèmes.

Le serveur m'apporta mon café. J'y versai du sucre, que je remuai à la petite cuillère. Susan, qui avait terminé sa salade, repoussa son assiette.

— Qu'attendez-vous de moi, James ? demanda-t-elle en cherchant quelque chose dans son sac, placé sur la chaise à côté d'elle. Je suppose que vous ne m'avez pas téléphoné juste pour parler de la pluie et du beau temps ?

— Eh bien, ces derniers jours, j'ai parcouru le dossier de Julie et…

— Mauvais début, me coupa-t-elle.

Elle referma son sac et me regarda droit dans les yeux pour la première fois.

— Julie n'était pas un « dossier ». C'était l'une des personnes les plus merveilleuses que j'aie jamais rencontrées, et aussi l'une de mes meilleures amies.

— Je n'avais pas l'intention d'être blessant, m'excusai-je. Elle comptait beaucoup pour moi aussi. Ce n'était pas une patiente parmi tant d'autres…

Deux taches rouges étaient apparues sur ses pommettes.

— Je me demandais si vous alliez y venir, répliqua-t-elle en articulant lentement. Julie m'a raconté ce qui se passait entre vous. Ça m'a paru étrange, même si vous étiez tous les deux adultes et célibataires. Un psy est censé respecter la déontologie de sa profession et garder ses distances, non ? Et certainement pas fréquenter ses patientes entre les séances… Alors, je me suis posé une question : quel genre d'homme est capable d'exploiter le pouvoir qu'il détient sur une personne vulnérable pour l'amener à enlever sa culotte, hein ?

Je fus sidéré par son langage et l'hostilité que je percevais soudain en elle.

— La réponse s'est imposée d'elle-même, poursuivit-elle. Un homme pareil ne pouvait être qu'un minable, qu'il fallait absolument empêcher de nuire à d'autres femmes ! Cliff, son père, m'a appelée cette nuit-là. Il m'a montré la lettre qu'elle avait laissée. Il voulait savoir si je connaissais l'homme à qui elle était adressée, parce que Julie ne mentionnait pas de nom. Comme j'étais au courant de votre liaison, je lui ai dit qui vous étiez et lui ai conseillé de porter plainte contre vous. C'était mon idée, James !

En cet instant, j'aurais donné cher pour être ailleurs.

— J'ai découvert par hasard, il n'y a pas longtemps, cette lettre qu'elle m'avait écrite, me défendis-je. Je pensais que vous pourriez peut-être m'éclairer sur deux ou trois points… Voilà pourquoi je voulais vous voir.

Elle fit signe au serveur.

— Un cappuccino, s'il vous plaît.

Et d'ajouter à mon adresse :

— Ne vous montez pas la tête, je ne suis même pas sûre qu'elle ait été amoureuse de vous. Mais si j'ai bien une certitude, c'est que vous vous êtes conduit comme un salaud.

Elle saisit la tasse que le serveur venait de poser devant elle, puis avala une gorgée de café en m'observant.

— Je n'ai aucune envie d'être là, avec vous, à parler de Julie, reprit-elle. J'ai accepté ce rendez-vous parce que j'étais curieuse d'entendre ce que vous aviez à me dire. Je comprends maintenant que c'était une erreur, et j'éprouve le besoin quasi irrépressible de vous faire du mal. Peut-être que, dans votre métier, vous avez un terme pour décrire ce que je ressens ? Peu importe, ça ne m'intéresse pas. Adieu. Il me paraît absolument lamentable que vous ayez toujours le droit d'exercer et de jouer avec l'esprit des autres. Mais bon, c'est comme ça…

Dans sa rage, elle en bafouillait presque.

— Je n'ai fait que mon travail, Susan. Et, oui, il consiste à fouiller dans l'esprit de mes patients, quels que soient les secrets qu'ils y ont enfouis, même si ce que je dois découvrir est redoutable, sale ou tragique. J'essaie de leur venir en aide.

— Mais ce travail ne consiste pas à séduire les patientes, bon Dieu ! s'exclama-t-elle en élevant la voix.

La cuillère de l'homme à la table voisine s'immobilisa entre sa bouche et son bol de soupe.

— Je sais, et je regretterai toute ma vie ce qui s'est passé. Mais à propos de cette lettre, il y a quelque chose qui…

Elle me foudroya du regard.

— Qu'est-ce que vous croyez ? De quel droit vous permettez-vous de m'interroger ? Vous me prenez pour une de vos patientes ? Vous voulez que je retrousse ma jupe, c'est ça ?

Je posai un billet de vingt dollars sur la table et me levai.

— Au revoir, Susan. Désolé de vous avoir bouleversée.

— Ne vous avisez plus jamais de m'appeler.

— J'ai compris, ne vous inquiétez pas.

Lorsque je rappelai Claudette Morel, elle répondit cette fois d'un ton plus calme et chaleureux et me demanda de la prévenir dès que j'arriverai en France. Renonçant à ses histoires de planning surchargé, elle ajouta qu'elle était à la retraite et disposait de tout son temps.

J'achetai un billet d'avion pour la semaine suivante, puis fis une recherche pour savoir si l'hôtel *Le Méridien* existait encore. Il était toujours en activité et avait été récemment rénové. Je réservai une chambre pour trois nuits. À l'idée de séjourner là-bas, j'éprouvais un sentiment étrange, l'impression que j'allais dormir dans une maison hantée.

Ce soir-là, je pris un stylo et un bloc-notes et m'assis à mon bureau chez moi, tandis que le crépuscule descendait sur la ville telle une vague glacée.

Je m'efforçai de récapituler les faits dont j'avais connaissance. Simone avait été assassinée cette nuit-là, en 1976, et tout de suite après Josh avait renoncé à la fortune que ses parents lui avaient léguée et était parti vivre au Mexique quelque temps. Abraham avait disparu des écrans radars pendant un moment, puis était rentré aux États-Unis sous un faux nom. Lui aussi avait renoncé à tout, y compris à son identité. Dans le testament de Fleischer senior, il y avait une clause stipulant que si Josh était impliqué dans des actes de violence envers une femme, il serait obligé d'abandonner son héritage. Il me paraissait par conséquent logique de supposer qu'il avait fait don de son argent à la fondation The White Rose parce qu'il se sentait coupable et voulait respecter les dernières volontés de son père.

J'écrivis « ABRAHAM HALE » en majuscules, soulignai le nom et me concentrai sur lui.

Il avait entamé une liaison avec Simone Duchamp juste après son installation à Paris. Selon toute vraisemblance, sa psychose devait déjà s'être déclarée à cette époque. L'arrivée de Josh en France avait créé un problème majeur dans la relation. Version de Josh : Simone et lui avaient eu le coup de foudre l'un pour l'autre. Version suggérée par Abraham dans le journal de Jack Bertrand et plus ou moins confirmée par Elisabeth Gregory : Abraham et Simone étaient profondément amoureux l'un de l'autre, et Josh avait essayé de détruire leur idylle par pure malveillance. Il n'avait jamais vraiment eu de sentiments pour Simone, mais il était jaloux de leur bonheur.

Alors, pourquoi m'avait-il raconté une histoire différente ? Et pourquoi Abraham avait-il changé de nom et tiré un trait sur sa vie précédente ? Ils n'avaient ni l'un ni l'autre été considérés comme suspects par les autorités françaises, ils n'avaient donc aucune raison de redouter les conséquences du drame de Paris.

À vrai dire, il me semblait bizarre que les parents de Simone n'aient pas orienté la police sur eux après la disparition de leur fille. S'ils l'avaient fait, les deux Américains auraient au moins été traités comme témoins et interrogés, voire placés en garde à vue quelques jours… Ou alors, ils en avaient peut-être parlé aux enquêteurs mais, pour Dieu sait quelle raison, ceux-ci n'avaient pas suivi cette piste.

Alors que je ressassais toutes ces questions, j'eus de nouveau la nette impression de fouiller les recoins d'un vieux manoir peuplé de fantômes, dont les murs risquaient de s'écrouler sur moi à tout moment.

Cette image me ramena des années en arrière. Quand j'étais petit, il y avait une maison abandonnée à la sortie de la ville, près du cimetière. Elle était envahie par la végétation, qui montait presque jusqu'au toit défoncé, noirci par la pluie et le soleil. La cour était une jungle miniature, derrière les planches pourries d'une clôture délabrée.

À la fin des années 1980, les adolescents racontaient qu'ils en avaient fait leur repaire, l'endroit où ils se retrouvaient pour fumer de l'herbe, se peloter ou juste boire de la bière et échapper aux adultes. Tom, un rouquin qui avait deux ans de plus que moi, affirmait qu'il y avait emmené May LaSalle, et qu'ils étaient allés JUSQU'AU BOUT. Sauf que personne ne croyait le plus grand menteur de tout le comté, parce que personne n'était entré dans la maison des Hogarth depuis 1974.

D'après la légende locale, des phénomènes aussi inexplicables qu'effrayants s'y étaient produits, peu après que la famille qui l'avait fait construire eut quitté la ville. À la fin des années 1960, Caleb Hogarth, sa femme et leurs trois enfants avaient brusquement quitté leur domicile une nuit en laissant une lettre à l'attention du shérif. Elle disait qu'ils allaient en Californie et lui demandaient de garder un œil sur la propriété. On n'avait plus jamais entendu parler d'eux par la suite, mais à cause de cette lettre, la bâtisse ainsi que le terrain ne pouvaient être vendus.

C'était devenu une demeure hantée, un endroit où les ivrognes et les clochards trouvaient refuge de temps à autre. Ils n'y restaient cependant jamais longtemps, même si le shérif et ses adjoints ne venaient pas les en chasser. Les vieux soiffards, les jeunes rebelles, les voleurs en quête de meubles anciens ou de luminaires en cuivre, tous ressortaient effrayés, en affirmant avoir vu des fantômes, des taches de sang sur les murs, des corps pendus aux poutres pourries. Ils entendaient des sons étranges et sentaient des mains glacées leur effleurer le visage.

Mais l'événement le plus terrifiant avait eu lieu à l'automne 1974.

Mme Wilbur, une comptable qui travaillait chez Rubin & Associates à l'époque, avait l'habitude de promener son chien dans le coin. Elle habitait Crackly Meadow, non loin de chez les Hogarth. Elle se rendait aussi régulièrement au cimetière voisin, pour bavarder avec feu M. Wilbur, mort cinq ans plus tôt.

Un soir où elle avait sorti son chien comme de coutume, celui-ci – un caniche dont l'histoire ne devait pas retenir le nom – se libéra de son collier, se faufila dans la cour de la propriété abandonnée par un trou dans la clôture et disparut. Sa maîtresse s'aventura dans la cour à son tour et l'appela, mais il n'était nulle part en vue. Croyant l'entendre gémir à l'intérieur de la bâtisse, elle y pénétra.

Elle fut retrouvée une demi-heure plus tard par un passant. Avant qu'elle puisse raconter ce qu'elle avait vu et vécu, les médecins durent d'abord recoudre les quinze plaies disséminées sur tout son corps, lui faire une transfusion, plâtrer sa jambe droite, fracturée en trois endroits, et soigner ses lèvres fendues ainsi que ses yeux pochés.

Mme Wilbur jurait que son assaillant n'était autre que son défunt mari, Sylvester. Quand elle était entrée dans la maison, il était assis sur une chaise à la table de la salle à manger, les coudes appuyés sur le plateau. Il portait la chemise bleue dans laquelle il avait été enterré, et durant quelques secondes n'avait pas paru remarquer l'intruse à la porte, qui était au bord de la crise cardiaque.

Lorsqu'il s'était enfin aperçu de sa présence, il avait souri, s'était levé et l'avait battue comme plâtre. Elle se rappelait avoir rampé dans la cour, puis dans la rue, où elle avait perdu connaissance.

Les médecins avaient dit que les entailles lui avaient été infligées par un objet particulièrement tranchant et que c'était un miracle qu'aucune artère n'ait été sectionnée.

Cette agression avait donné lieu à de longs débats à propos du choc post-traumatique, des vagabonds qui traînaient dans notre paisible comté, et du shérif qui négligeait son travail. Le journal local avait publié un article sur le sujet, ainsi qu'une page entière de messages de lecteurs. Certains exigeaient que le défunt M. Wilbur soit exhumé pour voir s'il était devenu un zombie ou s'il s'était transformé en vampire.

Ce fut dans cette même maison que je me rendis un soir d'août, quand j'avais quatorze ans et le béguin pour Marsha Johnson. Elle mourait d'envie de jeter un coup d'œil à la demeure hantée, je ne voulais pas manquer cette occasion de lui prouver ma bravoure.

Ce soir-là, donc, vers neuf heures, nous nous tenions devant chez les Hogarth, et franchement, j'étais à deux doigts de faire dans mon pantalon. J'avais toujours eu peur du noir, et les histoires de fantômes me donnaient la chair de poule. Une fois, après avoir lu des nouvelles d'Edgar Allan Poe, j'avais eu des cauchemars pendant des semaines. Si Marsha m'avait demandé de sauter d'un immeuble de trois étages, j'aurais eu moins de mal à relever le défi.

Nous nous glissâmes à travers les planches de la clôture pourrie et traversâmes la cour sur la pointe des pieds jusqu'à la porte d'entrée fendillée, qui n'était pas fermée à clé. J'étais en nage, j'avais la gorge desséchée…

La suite des événements devait à jamais rester confuse dans ma tête. Nous entrâmes dans un salon sombre et j'allumai la torche électrique que j'avais apportée, mais elle s'éteignit presque aussitôt. Je la dévissai pour remettre les piles en place, puis vérifiai que l'ampoule n'était pas grillée. Rien ne clochait, pourtant la lampe ne fonctionnait plus. Durant ces quelques instants où nous avions eu un peu de lumière, nous avions réussi à apercevoir quelques meubles recouverts de ce qui ressemblait à des linceuls, et de larges trous dans le plancher.

Nous avançâmes à tâtons jusqu'à une porte donnant sur un escalier qui évoquait la colonne vertébrale d'un de ces énormes squelettes de dinosaure dans les musées d'histoire naturelle. La seule chose positive, c'était que Marsha me tenait par la main pour la première fois, tant elle craignait d'être séparée de moi. Les lattes grinçaient sous nos pas, et les lambeaux d'un rideau voltigeaient devant une fenêtre cassée, privée de volets. Au milieu du salon trônait une table en bois, dont les pieds s'enfonçaient dans le parquet pourri. L'odeur qui régnait à l'intérieur me faisait penser à des rats et à du salpêtre, à de vieux vêtements et à des condiments laissés trop longtemps dans le vinaigre. À un moment, mon pied heurta une bouteille vide, qui roula jusqu'au mur proche. Nous écrasions des éclats de verre, des bouts de carton, des morceaux de bois et des canettes vides.

Nous étions devant l'escalier principal et je m'apprêtais à poser le pied sur la première marche, en me demandant si elle serait assez solide pour supporter mon poids, quand soudain j'aperçus quelque chose. Pas dans l'escalier lui-même, mais quelque part sur la gauche, à l'entrée d'un couloir obscur…

Je suis incapable, encore aujourd'hui, de décrire ce que j'ai vu en cet instant. Ce ne sont pas les mots qui me manquent, non ; il se trouve juste que le souvenir s'est effacé de ma mémoire dans la seconde suivante, car mon cerveau n'a pas pu traiter l'information que lui transmettaient mes yeux.

On a l'habitude de diviser le temps en secondes, minutes, heures, jours, semaines, mois, années, siècles et millénaires. Mais il existe d'autres intervalles, si infimes qu'on n'en a même pas conscience. De telles « particules » temporelles ne sont pas perceptibles par nos sens ni saisissables par notre esprit.

Il me serait facile de vous dire que j'ai vu un fantôme faisant s'entrechoquer ses chaînes, ou un zombie avec une hache plantée dans le crâne, ou encore un géant hirsute et borgne. Mais l'apparition était un million de fois plus horrible et effrayante que toutes ces choses réunies. Voilà pourquoi je ne peux la nommer ni l'évoquer. Même pas dans mes cauchemars.

Je sais seulement que je me suis pétrifié. J'ai essayé en vain de hurler, puis je me suis enfui à toutes jambes, sans plus me préoccuper de Marsha. Je me souviens d'avoir trébuché sur une marche et de m'être étalé par terre. J'ai ensuite fait la culbute dans la cour et déchiré le bas de mon pantalon dans les broussailles. Je ne me suis arrêté qu'en atteignant le parc, devant l'hôtel de ville. Il m'a fallu une bonne heure avant de pouvoir quitter le banc sur lequel je m'étais laissé tomber et rentrer chez moi. J'ai marmonné une excuse à l'intention de mes parents, puis je suis monté dans ma chambre. Pendant des semaines, j'ai dormi avec la lumière allumée et un canif sous l'oreiller.

J'ignore si Marsha avait aperçu quelque chose elle aussi, parce que nous ne nous sommes pas revus. Et, certain que mes tentatives seraient vaines, je n'ai jamais fait trop d'efforts pour essayer de me remémorer précisément ce que j'avais eu sous les yeux. Je me suis néanmoins demandé pendant des années pourquoi, au-delà de mon grand amour pour la fille de Dan Johnson, j'avais tant voulu entrer dans cette maison, et quel genre de curiosité malsaine m'y avait poussé. Ou, plus exactement, pourquoi, une fois à l'intérieur, j'avais pris conscience de cette présence qui rôdait dans le noir, comme si elle n'attendait que moi. Quoi qu'il en soit, même si je ne me rappelle pas ce que j'ai vu, j'ai compris ce soir-là qu'il y a des choses bien pires que la mort, et que chacun de nous est hanté par son propre cauchemar, unique et personnel.

Une fois, Julie m'avait dit : « Tu as choisi le métier le plus dangereux du monde. Un jour, pendant que tu explores tous ces recoins sombres, tu tomberas sur un monstre qui, avant même que tu saches ce qui t'arrive, ne fera qu'une bouchée de toi. Si je chassais moi aussi les fantômes, je serais plus prudente. »

J'entrai dans la salle de bains, pris une douche puis m'endormis très vite, en laissant ma lampe de chevet allumée.

Le lendemain matin, en consultant mes e-mails, je trouvai un message de Mallory. L'un de ses enquêteurs était tombé sur de nouvelles informations à propos d'Abraham Hale, et il m'envoyait en pièce jointe la copie d'un article publié dans un journal local en Louisiane, le *Mirror*, en date du 4 septembre 1962.

Un crime récent peut-être lié à l'enlèvement d'un enfant de cinq ans

Par Randal Cormier et Olima Landry

D'après une source proche de la police, le meurtre qui a récemment bouleversé la petite ville tranquille de Credence Creek serait peut-être en rapport avec une ancienne affaire de kidnapping. Il y a trois ans, un petit garçon de la région nommé Abraham Hale, âgé de cinq ans à l'époque, avait en effet été enlevé et séquestré pendant plus de deux semaines dans un lieu inconnu.

Le jeune Abraham était né à Credence Creek, une petite ville à environ trente kilomètres de Baton Rouge. Son père était représentant de commerce et, durant la saison de pêche en automne, travaillait sur un crevettier. Sa mère était femme au foyer. C'était le seul enfant du couple.

Vers sept heures du soir, le 14 août 1959, Mme Hale s'était rendu compte que son fils avait disparu de la véranda où il jouait quelques minutes plus tôt. Son mari était en déplacement hors de la ville et, après avoir en vain cherché l'enfant aux alentours de la maison, elle avait appelé la police. Le petit garçon semblait s'être littéralement volatilisé.

Les autorités avaient lancé de vastes opérations de recherches pendant plusieurs jours et plusieurs nuits, rassemblant les effectifs du bureau du shérif du comté d'Albert, la police d'État et même des agents fédéraux, sans découvrir la moindre trace de l'enfant. Le kidnapping avec demande de rançon avait été dès le départ jugé improbable, compte tenu des ressources modestes du couple, et les enquêteurs avaient conclu que le garçonnet avait dû s'aventurer dans les marais, à environ trois cents mètres de la maison familiale, et se noyer ou être dévoré par les alligators. Au bout d'une semaine, les recherches avaient été abandonnées. Des photos du petit Abraham étaient néanmoins restées placardées partout dans la ville. Les voisins et amis décrivaient les Hale comme une famille discrète, repliée sur elle-même, sans problèmes connus.

Deux semaines plus tard, le 4 septembre, Abraham avait été retrouvé errant dans le parc Mulberry par des passants qui avaient aussitôt alerté la police.

Le petit garçon portait des vêtements neufs dont les étiquettes avaient été soigneusement découpées. Un examen médical avait établi qu'il ne présentait aucune trace de violences physiques ni d'abus sexuel. Il avait été bien nourri. D'après les autorités, quelqu'un avait veillé sur lui au cours de cette période.

Pendant longtemps, la police, ses parents et un psychologue de l'hôpital général du comté avaient tout mis en œuvre pour faire parler l'enfant, mais celui-ci ne pouvait répéter qu'une chose : il se souvenait que quelqu'un s'était approché de lui devant la maison pendant qu'il jouait, et ensuite, il ne se rappelait plus rien.

Or, il y a quatre jours, le corps d'un homme blanc a été découvert dans les marais à proximité du domicile des Hale. Il portait un blouson de cuir noir et un jean, et s'était noyé quarante-huit heures plus tôt, un décès jugé suspect dans la mesure où, le comté connaissant une sévère période de sécheresse, le niveau d'eau est très bas. « C'est comme s'il s'était noyé dans une flaque », a déclaré le shérif Donoghue.

Lors de l'autopsie, le légiste a établi que l'homme avait reçu un coup à l'arrière de la tête, porté par un objet contondant. Les enquêteurs pensent qu'il s'était aventuré en bordure du marécage pour se soulager, avant d'être agressé par-derrière. Sous le choc, il a perdu connaissance, est tombé et s'est noyé dans quelques centimètres d'eau. Il avait cinquante-cinq dollars sur lui, ce qui semble exclure le vol comme mobile.

Une enquête a été ouverte pour homicide. La victime a été identifiée : il s'agit d'un certain Eloi Lafarge, un marginal qui avait passé presque toute sa vie à enchaîner les séjours en prison, après avoir été reconnu coupable de divers chefs d'accusation, dont des agressions sexuelles sur mineurs. Il était arrivé depuis peu de La Nouvelle-Orléans et vivait dans une caravane de l'autre côté de la ville.

La police pense qu'il existe peut-être un rapport entre la disparition d'Abraham il y a trois ans et la mort de cet homme près de chez les Hale. Une source a confirmé que M. Hale avait été convoqué au poste de police. « Il s'agissait avant tout pour nous de recueillir son témoignage plutôt que de le soumettre à un interrogatoire en règle, a souligné notre source. M. Hale s'est montré coopératif et a répondu à toutes nos questions. Il n'a pas d'alibi pour le soir du meurtre. »

Nous ne manquerons pas de vous tenir informés des avancées de l'enquête.

Mallory avait ajouté un post-scriptum :

Je ne sais pas si c'est important ou non, mais apparemment Hale senior ne croyait pas à l'amnésie de son fils. Il pensait qu'Abraham mentait et se souvenait au contraire de tout. Or cet homme était un alcoolique violent, qui frappait ses proches. Il a mis la pression sur l'enfant pour le forcer à dire la vérité, jusqu'au moment où Mme Hale a porté plainte contre lui. La police lui a donné un avertissement. Les enquêteurs n'ont jamais identifié le meurtrier de Lafarge, ils n'ont jamais su non plus s'il était impliqué dans le kidnapping.

J'ai également appris quelque chose d'intéressant au sujet du vieux Lucas Duchamp. J'essaierai de t'appeler plus tard dans la journée.

Mallory

Il me téléphona vers dix heures pour me faire part de ce qu'il avait découvert et me donner le numéro de téléphone d'un dénommé François Garnier qui, dans les années 1970, avait travaillé pour la DGSE, les services secrets français.

J'appelai ce Garnier en fin de journée, et j'eus une longue conversation avec lui. Au terme d'une introduction bavarde, il accepta de me confier ce qu'il savait sur Lucas Duchamp, en insistant bien sur le fait que je ne devais rien divulguer. Je lui assurai que je n'en avais pas l'intention.

Après avoir raccroché, je passai le reste de la soirée à vérifier sur Internet certaines des informations que Garnier m'avait livrées. Le lendemain, je m'envolai pour la France.

19

J'atterris à Paris à huit heures trente-cinq du matin, après avoir terminé les cinquante dernières pages d'un roman policier à la fin totalement prévisible, regardé deux films et avalé un repas horrible. Le temps était épouvantable : une pluie froide et un vent mordant balayaient la ville. Quand j'eus franchi le contrôle des passeports et récupéré mes bagages, je dus patienter quinze bonnes minutes dans une longue file d'attente avant de pouvoir prendre un taxi.

Je m'étais déjà rendu à plusieurs reprises dans la capitale française, ma dernière visite remontant à un an et demi seulement. Rares étaient les endroits qui m'avaient autant séduit, et je conservais un souvenir ému de la forte impression qu'avaient produite sur moi les ponts le long de la Seine, les vastes places et les monuments historiques. Sur le trajet depuis l'aéroport, je regardai par la vitre du Renault Scenic vert métallisé en essayant de me remémorer les sensations que j'avais éprouvées lors de cette découverte initiale.

Mais je ne voyais que des trombes d'eau qui s'abattaient sur les grands boulevards, sous lesquelles piétons et voitures filaient tels des fugitifs. Perdu dans ma contemplation, je ne m'aperçus pas tout de suite que nous étions arrivés à l'hôtel, jusqu'au moment où le chauffeur, qui s'était garé devant un haut bâtiment, se retourna pour m'annoncer :

— *Le Méridien*, monsieur.

Il y avait du monde à la réception, à gauche de l'entrée, et je fus contraint d'attendre mon tour dix minutes. Je montai ensuite dans ma chambre et commençai à ranger mes affaires dans le placard près du lit. Puis je pris une douche, me changeai et redescendis au bar du rez-de-chaussée, qui venait d'ouvrir. La salle du petit déjeuner, en face, était bondée. Bien qu'immense, l'établissement paraissait plein.

Dans mon imagination, l'hôtel de l'histoire d'Abraham et de Josh ressemblait à un vieux manoir couvert de lierre et abritant quantité de secrets, situé au fond d'une ruelle obscure. Au lieu de quoi, je me retrouvais dans un bâtiment moderne, tout de marbre sombre et d'inox, et j'en arrivais à me demander si je ne m'étais pas trompé d'endroit.

Je commandai un café que je bus sans me presser, en bavardant avec un jeune barman qui arborait un anneau en or à l'oreille droite. L'hôtel avait ouvert au début des années 1970 et avait été plusieurs fois rénové, m'apprit-il. Sa proximité avec le palais des Congrès, où des séminaires avaient lieu presque tous les jours, lui garantissait une clientèle nombreuse et régulière. Quand je lui demandai s'il était au courant de sombres mystères concernant le passé du *Méridien*, il voulut savoir si j'étais journaliste.

— Non, psychiatre, répondis-je.

— Oh, je vois… Vous les Américains, vous avez un drôle de mot pour parler des psys – *shrimp*, c'est ça ?

— Non, *shrimp*, c'est la crevette. Vous voulez dire *shrink*, j'imagine…

— Voilà, oui. *Shrink*. Eh bien, j'exerce ce métier depuis maintenant huit ans, et j'ai travaillé dans un certain nombre d'hôtels. Il y a deux ans, une femme s'est suicidée ici. Son amant, un chanteur espagnol célèbre, l'avait plaquée, alors elle a sauté par la fenêtre de sa chambre. La direction a tout fait pour ne pas ébruiter l'affaire, afin de ne pas effrayer les clients. Bon, il est vrai qu'on a tendance à vite oublier les trucs déplaisants, hein ? On a tous la mémoire courte… Oh, et puis bien sûr, il y a aussi l'histoire de ces jumelles qui ont été tuées à la hache par leur père…

J'ouvris des yeux ronds.

— Quelles jumelles ?

Il éclata de rire.

— Mais non, je rigole ! Vous ne vous rappelez pas ce film avec Jack Nicholson, *Shining*, qui se passait dans un immense hôtel en montagne ?

— Ah oui, je l'ai vu. C'est un excellent film, répliquai-je en signant la note. Bon, à plus tard.

Lorsque j'appelai Claudette Morel pour l'informer que je venais d'arriver à Paris, elle m'indiqua l'adresse d'un café où la rejoindre à midi.

Il me restait deux heures à tuer avant mon rendez-vous, aussi décidai-je d'aller me promener. Je tournai à droite, longeai un pub appelé *Le James Joyce*, encore fermé à cette heure, et arrivai sur une petite place où des cafés avaient aménagé des terrasses chauffées, abritées par des auvents. La pluie s'était muée en averse de neige fondue. En me dirigeant vers l'avenue des Champs-Élysées, je remarquai un autre café, *Le George V*. Là aussi, la terrasse était chauffée, et je m'installai à une table.

La plupart, autour de moi, étaient occupées par des personnes avec des sacs de courses, dont bon nombre arboraient cette expression béate typique des touristes en vacances. Sur le trottoir se pressaient des passants plus ou moins intéressés par les vitrines. Non loin, la silhouette de l'Arc de triomphe me faisait penser à celle d'un gros chien gris tapi sur lui-même, prêt à bondir.

Je commandai un café en songeant de nouveau à Simone, à Josh et à Abraham.

Je les imaginai au moment de leur rencontre, et tentai de concevoir la réaction d'Abraham en lisant pour la première fois dans les yeux de Josh plus qu'un intérêt amical pour la femme dont lui-même était tombé amoureux. Caïn avait tué Abel par jalousie, parce que le Seigneur avait préféré les offrandes de son frère aux siennes. Mais, dans le cas de mon trio, qui était tombé amoureux de qui, et qui était jaloux de qui ? Quelque part, dans cette grande ville scintillant comme un diamant, trois destinées s'étaient croisées et entrelacées à jamais. Qu'ils aient été réunis par la douleur ou par l'amour importait peu, les deux termes désignant bien souvent une même réalité.

Une jeune blonde en uniforme scolaire bordeaux et bleu se pencha, ramassa quelque chose sur le trottoir puis s'éloigna, concentrée sur son téléphone portable.

Je terminai mon café, me levai et me dirigeai vers la station de taxis de l'autre côté de l'avenue.

Je repérai vite Mme Morel. Assise seule à une table en terrasse, elle n'avait pas enlevé son imperméable vert. Ses cheveux frisés, tirés en arrière et retenus par des barrettes, dégageaient son visage et, malgré son épaisse couche de maquillage, il était évident que le passage des années ne l'avait pas épargnée.

— Bonjour, vous êtes madame Morel ? demandai-je.

Elle confirma d'un signe de tête.

— Je suis le Dr James Cobb. Ravi de vous rencontrer.

Je pris place en face d'elle, sur une chaise à l'assise en skaï rouge, tandis qu'elle me jaugeait attentivement de ses yeux noisette.

— Tout le plaisir est pour moi, dit-elle. Vous devez vraiment vous intéresser beaucoup à cette histoire pour avoir fait le voyage depuis les États-Unis. C'est la première fois que vous venez en France ?

— Non, j'y ai déjà séjourné. Merci encore d'avoir accepté ce rendez-vous, madame Morel.

— Je vous en prie, appelez-moi Claudette. Puis-je vous appeler James ?

— Merci, Claudette. Oui, bien sûr.

— Vous êtes marié, James ? Vous avez des enfants ?

— Non, je suis célibataire.

Il y avait déjà devant elle un verre rempli d'un liquide ambré. Je lui demandai ce qu'elle buvait, et elle répondit :

— Du calvados, une sorte de cognac à la pomme. C'est un alcool assez prisé en France… Vous savez, si j'avais dix ans de moins, je vous montrerais le Paris que seuls les vrais Parisiens connaissent, et nous finirions la nuit dans un café à Montmartre. Hélas, pour moi, ce temps-là est révolu…

Je commandai à mon tour un calvados, en remerciant Dieu qu'elle n'ait pas dix ans de moins.

— *Santé*[1] *!* lança-t-elle d'un ton théâtral, avant de vider d'un trait la moitié de son verre.

Je trempai les lèvres dans le mien. L'alcool se révéla aussi fort que du whiskey, quoique peut-être plus parfumé. Dans le silence qui suivit, un merle vint se poser près de notre table, nous observa de ses petits yeux ronds, puis reprit son essor. Une sirène d'ambulance hululait au loin, comme un mauvais présage.

— Alors, James, expliquez-moi donc ce qui vous amène.

— Cette affaire m'intrigue au plus haut point, je l'admets. Dites-moi, Laura et ses parents ont dû faire tout leur possible à l'époque pour découvrir ce qui était arrivé à Simone, n'est-ce pas ?

Son visage s'assombrit brusquement, trahissant un changement d'humeur inattendu, comme souvent avec les alcooliques. Elle finit son calvados, puis fourragea dans son sac à main, posé sur la chaise à côté d'elle. Après en avoir tiré un paquet de cigarettes, elle en alluma une, maculant le filtre de traces de rouge à lèvres.

— Laura et moi étions les meilleures amies du monde, reprit-elle, et pas seulement des camarades de classe.

---

1. En français dans le texte.

Elle accrocha le regard du serveur et lui montra son verre vide.

— Nous nous tenions chaud, voyez-vous, parce que dans nos vies, c'était toujours l'hiver…

Elle s'interrompit, comme si elle avait oublié ce qu'elle voulait dire, avala son second verre cul sec et regarda autour d'elle d'un air guindé. Notre table était proche d'un radiateur, aussi ne faisait-il pas froid, pourtant elle restait engoncée dans son imperméable miteux.

— Je suis dans une situation désespérée, James. Il y a deux ans, un ami m'a convaincue d'hypothéquer mon appartement et d'investir dans une société qui n'a jamais vu le jour. Il a ensuite disparu de la circulation, et aujourd'hui il me reste à peine de quoi vivre. Mon mari est mort il y a quinze ans, je n'ai ni enfants ni frères et sœurs, et je dois subvenir seule à mes besoins. Je tire le diable par la queue, et je risque à tout moment d'être jetée à la rue. Je ne pourrai pas le supporter. Je ne mérite pas de finir ma vie dans une maison de retraite minable, parce que j'ai eu la bêtise de faire confiance à un ami…

Sa voix était devenue pâteuse et j'avais de plus en plus de mal à la comprendre. Quand elle commanda encore un verre, je compris que je devais agir vite : au train où elle éclusait le calvados, d'ici une demi-heure elle serait complètement ivre. Je remarquai qu'elle portait une vieille montre en or au poignet gauche, probablement un bijou de famille.

— Vous savez ce qui est arrivé à Mme Claudia Duchamp, la mère de Simone ? demandai-je.

— Elle est morte à la fin des années 1980, d'une péritonite. Je l'ai appris plus tard par ma propre mère, qui était restée en relation avec une voisine des Duchamp. Nous n'avons même pas été conviés aux funérailles. Apparemment, elle ne se sentait pas bien depuis déjà un moment, mais elle refusait de voir un médecin. Quand elle a enfin accepté, il était trop tard, elle avait une septicémie. Je ne sais pas pourquoi Laura a refusé de me parler durant toutes ces années. Nous étions comme des sœurs…

Elle alluma une autre cigarette.

— Bon, dites-moi, James : seriez-vous prêt à me verser quelque chose en contrepartie des informations dont je dispose ? Êtes-vous riche vous aussi, comme Fleischer ? Vous l'ignorez peut-être, mais il y a quelques mois, je l'ai appelé et je lui ai envoyé une lettre. Je l'avoue, je lui réclamais de l'argent. Après tout, il n'en manquait pas. Et il n'avait sûrement aucune envie que j'aille raconter à quelqu'un d'autre tout ce que je savais.

Je me dis qu'elle avait dû envoyer ce courrier peu avant que Josh m'engage. L'initiative de Claudette Morel avait dû agir comme un déclencheur, le poussant à faire une ultime tentative pour se remémorer les événements de cette nuit-là.

— À quel moment exactement l'avez-vous contacté, Claudette ? Vous vous en souvenez ?

— C'était il y a quatre ou cinq mois, à l'automne… En septembre, il me semble. Il a dû penser que je n'étais qu'une vieille femme indigne de son attention : nous nous sommes parlé au téléphone une fois, et ensuite il ne m'a plus répondu. Un certain Walter, très grossier, m'a ordonné de ne plus appeler.

— M. Fleischer était très malade, soulignai-je.

— Oui, vous me l'avez dit. N'empêche, il aurait pu m'aider, il en avait les moyens… Si je n'avais pas été au fond du trou, je ne l'aurais pas sollicité. Oh non, pas lui, jamais, parce que… Alors, qu'en pensez-vous ? Vous acceptez de me rémunérer ?

— J'aimerais d'abord entendre ce que vous avez à dire.

Elle sourit et m'adressa un clin d'œil.

— Vous croyez que c'est comme ça que ça marche ? Vous me prenez pour une vieille chouette qu'on peut amadouer avec quelques verres jusqu'à ce qu'elle crache le morceau ?

— Non, pas du tout, répondis-je d'un ton apaisant. Mais je tiens d'abord à m'assurer de l'importance et de la fiabilité de vos informations.

— Vous vous imaginez que j'ai peur de vous, peut-être ? m'attaqua-t-elle. Vous ne ressemblez pas à un médecin, en fait. Vous avez plutôt une tête de tueur à gages. Vous êtes venu pour m'intimider, c'est ça ? Pour me faire jurer le silence ?

— Absolument pas. Dites-moi d'abord ce que vous savez, ensuite nous aviserons.

Durant quelques secondes, elle parut fournir un effort pour se ressaisir. Un rayon de soleil illumina son visage, révélant sous son maquillage des entrelacs de minuscules veines violacées, qui évoquaient une reproduction miniature et maladroite d'un tableau de Jackson Pollock.

Elle coula de nouveau un bref regard autour d'elle, comme si elle avait peur d'être entendue, agita sa cigarette vers moi, puis déclara :

— Eh bien, au sujet de ces deux hommes, Abraham Hale et Joshua Fleischer…

— Oui ?

— Vous pensez que l'un d'eux était impliqué dans la disparition de Simone, je suppose ? Voire, qu'ils ont agi ensemble ?

— Je ne sais pas, Claudette. Je suis ici pour le découvrir, justement.

— Abraham n'aurait pas fait de mal à une mouche, mais Joshua… Vous a-t-il avoué quelque chose avant de mourir ?

— Il a affirmé avoir perdu le souvenir de cette nuit-là.

— Il a menti !

Elle avait élevé la voix et, encore une fois, observa rapidement les tables alentour.

— Il ne peut pas avoir oublié. C'est…

— Avant de vous laisser poursuivre, j'aimerais vous poser une question : lequel des deux était l'amant de Simone ?

— Comment ça ? Aucun, ils étaient amis, rien de plus. Oh, ils avaient tous les deux le béguin pour elle, c'est vrai, parce qu'elle était très belle, mais elle ne répondait pas à leurs avances.

— M. Fleischer m'a raconté que Simone et lui étaient amants.

— Sûrement pas, James. Pour Simone, tout ça n'était qu'un jeu. Deux beaux Américains fous d'elle, qui lui envoyaient des fleurs et la courtisaient… Si elle y prenait plaisir, il s'agissait seulement d'un flirt à ses yeux.

— M. Fleischer m'a dit aussi qu'Abraham buvait beaucoup.

— Encore un mensonge. Je n'ai jamais vu Abraham ne serait-ce qu'éméché. En revanche, j'ai souvent vu Fleischer planer.

— Pourquoi la fondation a-t-elle décidé de congédier Abraham ? Vous vous souvenez de cet épisode ?

— Oui, bien sûr. J'y travaillais moi-même, comme je vous l'ai dit… En fait, la direction avait reçu une lettre anonyme le calomniant. Simone était aux cent coups, et elle m'a confié qu'Abraham savait qui était l'expéditeur : son ex-petite amie américaine. Elle a ajouté qu'il envisageait de partir au Mexique.

— La lettre ne concernait donc que lui ?

— Ou les deux, peut-être. Je ne suis pas certaine que Simone en connaissait le contenu exact, parce qu'elle refusait de m'en parler. Ce que j'ai appris, je le tiens de Laura. Elle aimait bien Fleischer et elle m'a raconté que, quand il était venu à Lyon, il lui avait offert un cadeau. Un bijou, je crois. Puis tout a basculé : Simone a disparu et Laura a été hospitalisée en Suisse.

Soudain, elle gémit comme un animal malade, me donnant la chair de poule.

— Je savais bien qu'ils étaient louches, ces deux-là ! Je me doutais qu'ils n'apporteraient que du malheur ! Je peux avoir un autre verre, s'il vous plaît, James ? Vous n'avez pas fini le vôtre. Vous n'aimez pas ?

Je terminai mon calvados et appelai le serveur. Entre-temps, l'humeur de Claudette Morel changea de nouveau, et elle me sourit.

— Maintenant, laissez-moi vous raconter quelques petites choses sur sa famille…

Claudia Duchamp, la mère de Simone et de Laura, était née à Paris et avait épousé très jeune un séduisant beau parleur du nom d'Antonio Maillot. Cela se passait au début des années 1950, quand la vie était encore difficile dans une France marquée par les conséquences de la guerre. Claudia avait de nombreux frères et sœurs, et sa famille ne roulait pas sur l'or. Antonio lui avait promis la lune et lui avait demandé d'aller vivre avec lui à Marseille. Une fois là-bas, il avait dilapidé le peu d'argent qu'elle avait reçu de ses parents et s'était évanoui dans la nature quatre ans plus tard, en les abandonnant, elle et leurs deux petites filles. N'ayant nulle part où aller, Claudia était rentrée chez ses parents, où elle avait reçu un accueil glacial. D'après ce que je compris, la grand-mère de Simone, qui souffrait d'une névrose sévère, n'était pas facile à vivre.

Puis le prince charmant de Claudia était arrivé, sous les traits de Lucas Duchamp, avocat.

Son aîné de onze ans, il était à la tête d'une immense fortune, qu'il avait réussi à préserver pendant la guerre. Alors qu'il était encore à la fac, il avait intégré la Résistance. Peu après, il avait été capturé et torturé par Klaus Barbie lui-même, le boucher de Lyon.

Malgré son jeune âge, il avait tenu bon et refusé de parler. Et c'était plus mort que vif qu'il avait ensuite été remis aux autorités locales, qui devaient le juger pour trahison. Il avait été condamné à mort, mais avait réussi à s'enfuir avec l'aide d'un policier français qui avait senti le vent tourner. Il était resté caché jusqu'à ce que les Alliés approchent de Paris et que les nazis battent en retraite. Ses parents avaient été déportés dans un camp de concentration en Pologne, où ils étaient morts avant la fin du conflit. Durant l'été 1944, après la Libération, il avait été élevé au rang de héros national. Pour l'opinion publique, impressionnée par son courage, les hommes de sa trempe permettaient de restaurer l'honneur de la France mis à mal par l'occupation allemande, et toutes les portes leur étaient ouvertes.

Lucas Duchamp était grand, séduisant et toujours tiré à quatre épingles. Après avoir terminé ses études, il avait exercé en tant qu'avocat à Paris. Un de ses proches s'occupait de sa propriété à Lyon, où il se rendait environ une fois par mois.

Pour la malheureuse Claudia, l'arrivée de ce nouveau venu dans sa vie représentait la solution à tous ses problèmes. Il était gentil, riche et sûr de lui. De plus, il était fou amoureux d'elle et lui faisait une cour assidue, à l'ancienne, avec fleurs, dîners romantiques et petits cadeaux. Claudia, qui avait épousé son premier mari deux mois seulement après l'avoir rencontré, n'avait jamais rien connu de tel.

Lucas Duchamp avait proposé de payer le loyer de l'appartement où elle avait fini par emménager avec ses deux filles, et également d'engager une nounou pour s'occuper des petites, afin qu'elle puisse reprendre son métier d'infirmière.

Quelques mois plus tard, il lui avait demandé sa main, et elle avait accepté.

Il tenait également à adopter les deux enfants.

Après le mariage, il y avait eu un épisode embarrassant avec Antonio Maillot, digne d'une scène tirée des *Misérables*. Duchamp avait besoin du consentement légal du père biologique pour pouvoir adopter les petites. Il avait fait jouer ses relations, et la police avait retrouvé Antonio en Provence, où il s'employait à ruiner une autre femme. Lorsqu'il avait compris ce qui était en jeu, il avait essayé d'exploiter la situation à son avantage. Il prétendait vouloir prendre en charge Claudia que, bien entendu, il aimait toujours, et élever leurs enfants. Il affirma posséder la preuve qu'il avait entretenu une correspondance avec la mère de ses filles et qu'il lui envoyait souvent de l'argent.

Ce n'étaient que des mensonges éhontés, mais Maillot les maniait habilement et aurait pu faire ainsi traîner la procédure d'adoption pendant des mois, ou même des années. En désespoir de cause, Duchamp avait accepté de lui verser une grosse somme en contrepartie de sa signature sur les papiers d'adoption. Après avoir empoché l'argent, le père aimant s'était une fois de plus volatilisé.

Les fillettes vivaient dans une magnifique demeure et bénéficiaient de tout ce dont elles avaient besoin, parce que Duchamp était la générosité même. Elles avaient fréquenté une école privée élitiste et plus tard une université prestigieuse.

Mais, après la disparition de Simone, tout était allé à vau-l'eau. Claudia Duchamp était morte et, cinq ans plus tard, Lucas avait eu une attaque qui l'avait laissé impotent, condamné au fauteuil roulant pour le restant de ses jours.

Le serveur nous apporta nos boissons et Claudette alluma une autre cigarette. À ce stade, elle paraissait sérieusement éméchée et avait le plus grand mal à articuler.

— Je ne sais plus trop quand les rumeurs ont commencé à se répandre, poursuivit-elle néanmoins, je me souviens juste que les filles étaient au lycée. Nous étions voisines à cette époque, et sans arrêt fourrées ensemble. Mais bon, je ne vous apprendrai rien en disant à quel point les gens peuvent se montrer méchants et envieux… Pour faire court, certains affirmaient que l'amour de Lucas Duchamp pour ses filles adoptives allait plus loin qu'un attachement normal, si vous voyez ce que je veux dire… Ils allaient même jusqu'à insinuer que Claudia était au courant, et qu'elle n'osait pas intervenir parce qu'elle avait trop peur de son mari.

» Au début, les deux sœurs s'en fichaient, sauf que les allégations ont continué à aller bon train, planant sur elles comme un nuage noir. Des bruits ont circulé, selon lesquels Laura aurait tenté de se suicider. Plus tard, elle m'a affirmé que c'était faux. Elle était timide et renfermée, méfiante, et elle n'avait pas de vrais amis à part moi.

» Le problème, c'était que Lucas Duchamp nourrissait une véritable obsession pour ses filles adoptives, et surtout pour Simone. Il l'emmenait personnellement au lycée tous les jours. Si elle voulait sortir avec des amies, celles-ci devaient venir la chercher chez eux, pour qu'il puisse les soumettre à un interrogatoire serré. Parfois, il partait en voiture voir si elle était vraiment là où elle était censée se trouver. Or, vous imaginez bien qu'il y avait des fois où elle ne pouvait pas entrer dans tel bistrot parce qu'il était plein, ni s'installer en terrasse parce qu'il pleuvait, et du coup elle allait ailleurs. Comme me l'a raconté Laura, de tels incidents prenaient vite les proportions de véritables catastrophes, et s'ensuivaient alors des discussions interminables sur la loyauté et la confiance.

» Vous savez comment raisonnent le plus souvent les enfants, et même les jeunes adolescents : les adultes ont sûrement raison d'agir comme ils le font, parce qu'ils ne peuvent pas avoir tort… Alors, Simone et Laura pensaient que leur beau-père les aimait, et que, s'il veillait sur elles de manière un peu excessive parfois, c'était avec les meilleures intentions du monde.

Mais la situation s'était aggravée quand elles étaient entrées à l'université et étaient allées vivre à Paris, souligna Claudette.

Chaque vendredi, Lucas Duchamp les attendait à la sortie de l'amphi pour les ramener à la maison. Elles n'avaient pas le droit de passer le week-end dans la capitale, sous aucun prétexte. Et elles obéissaient. Leur mère ne s'en mêlait pas.

Durant sa dernière année, Laura avait pris un travail à temps partiel et emménagé avec Claudette. Simone, qui avait obtenu sa licence un an plus tôt, entamait déjà sa carrière professionnelle.

— Lorsque Abraham et Fleischer sont arrivés à Paris, tout a changé, reprit Claudette. Ils sont tous les deux tombés amoureux de Simone et se querellaient sans arrêt à cause d'elle. De son côté, si elle n'était attirée ni par l'un ni par l'autre, elle se sentait flattée et amusée par leur intérêt, c'est tout. Elle et Laura les ont même invités à passer un week-end à Lyon. Malheureusement, Fleischer a tout fait pour transformer ce séjour en enfer. Il s'est plaint de sa chambre et de ce qu'il mangeait, il a quitté la propriété en pleine nuit pour aller dans un hôtel en ville, et s'est saoulé tous les soirs. Simone en était malade, mais bizarrement Laura lui a trouvé toutes sortes d'excuses pour justifier sa grossièreté. Pour finir, Abraham s'est disputé avec lui et est remonté à Paris. Fleischer, lui, est resté encore plusieurs jours à Lyon avec les filles.

Elle s'interrompit pour avaler quelques gorgées de calvados. Comme son silence se prolongeait, je crus qu'elle s'était endormie, sa cigarette entre les doigts.

— Vous ne comprenez toujours pas, hein ? me demanda-t-elle soudain en haussant les sourcils.

— Euh, non, avouai-je.

— Simone se fichait pas mal de ces deux garçons, James. Elle avait d'autres chats à fouetter, comme on dit ici. Pour elle, seule comptait sa carrière. C'était Laura qui essayait de séduire Fleischer, Dieu sait pourquoi. Elle et Simone étaient très différentes l'une de l'autre, voyez-vous… Simone avait pris des cours de danse classique et de piano, elle était sûre d'elle, adorait s'acheter des vêtements et toutes sortes de babioles. Laura était tout aussi belle, mais elle était timide, solitaire, empruntée et toujours mal fagotée…

» Et là-dessus, il lui est arrivé quelque chose au printemps. C'était en rapport avec son père, je pense, parce qu'elle a complètement changé d'attitude à son égard. Chaque fois qu'il venait lui rendre visite ou la chercher pour le week-end, elle l'évitait ou se contentait de l'ignorer. Elle n'allait plus que rarement à Lyon, avant tout pour voir sa mère. Quand je lui ai demandé des explications, elle s'est contentée de hausser les épaules en disant que certaines personnes se font passer pour ce qu'elles ne sont pas. Je la revois aussi lire des tas de bouquins sur la Résistance empruntés à la bibliothèque. Bref, je me suis dit que ça devait être une phase, et que de toute façon ce n'étaient pas mes affaires. Ah oui, et je me souviens qu'un dimanche soir, elle a amené chez nous un vieil homme unijambiste, et qu'ils ont chuchoté toute la soirée dans la cuisine. Quand Laura l'a raccompagné à la porte, elle avait les larmes aux yeux. Ça m'a paru étrange, parce que jusque-là nous n'avions jamais eu de secrets l'une pour l'autre. Je n'ai cependant pas eu le temps de creuser la question, car peu après, elle est rentrée un soir dans tous ses états, et elle m'a demandé de l'aider. J'avais un mauvais pressentiment, mais c'était ma meilleure amie et je ne voulais pas la laisser tomber, alors j'ai accepté.

— Quel genre d'aide ?

— J'étais là moi aussi cette fameuse nuit, James. À l'hôtel…

Elle me raconta qu'Abraham et Fleischer faisaient tous les deux pression sur Simone. Abraham, qui avait perdu son travail à la fondation, prévoyait de partir pour le Mexique et insistait pour qu'elle l'accompagne. Fleischer, lui, avait l'intention d'acheter un appartement à Paris afin de pouvoir vivre avec elle. Le jeu que Simone avait joué jusque-là, en flirtant avec les deux, prenait une tout autre tournure. Alors, Laura l'avait espionnée pour essayer de savoir ce qu'elle avait en tête, et avait recruté Claudette pour l'assister. Cette dernière avait accepté, même si elle n'avait pas une idée bien précise de ce qui se tramait, parce qu'elle avait l'impression de vivre une aventure excitante en endossant le rôle de détective avec sa meilleure amie.

Quand Laura avait découvert que sa sœur avait réservé une suite au *Méridien*, elle en avait déduit que Simone complotait en secret avec Joshua Fleischer. Mais elle était sûre qu'Abraham, dont le comportement était de plus en plus bizarre, n'allait pas accepter une telle situation et que les choses risquaient de dégénérer. Par chance, une des suites voisines de celle de Simone était vacante, aussi Laura avait-elle demandé à Claudette de la prendre à son nom. Une porte communicante, verrouillée, reliait les deux, et Laura avait soudoyé une femme de chambre pour qu'elle lui donne une clé au cas où un problème surviendrait.

Les deux amies étaient arrivées vers cinq heures de l'après-midi et l'attente avait commencé. Au bout d'un moment, Claudette en avait eu assez et avait voulu partir, mais Laura l'avait suppliée de rester. Elles avaient bu du vin pris dans le minibar et fumé des cigarettes. Trois heures plus tard, elles avaient entendu des éclats de voix dans la pièce voisine et collé l'oreille contre la porte communicante. Fleischer était en colère et Simone tentait de le calmer. Peu après, Abraham les avait rejoints ; Laura et Claudette avaient reconnu sa voix, sans toutefois pouvoir distinguer ses paroles. Dix minutes plus tard, le room service avait sonné à la porte de la suite voisine. Durant les deux heures suivantes, elles n'avaient perçu que des bribes de conversation. Abraham et Joshua avaient dû se saouler : ils parlaient de plus en plus fort, comme s'ils se disputaient.

Claudette n'avait plus du tout l'air ivre, mais seulement épuisée et malade, comme si elle regrettait de m'avoir donné accès – à moi, un parfait inconnu – aux secrets les plus sombres de sa vie.

— Ils avaient dû s'asseoir près de la porte, parce qu'on a soudain entendu la voix de Simone résonner distinctement, poursuivit-elle. Elle riait, et elle faisait toutes sortes de commentaires sarcastiques sur son éventuel départ pour le Mexique. Fleischer a ensuite traité Abraham de loser, incapable de se prendre en charge. Alors, de là à subvenir aux besoins de Simone…

» Je ne sais pas… J'ai regardé autour de moi, et la situation m'a soudain paru complètement grotesque. Laura et moi étions là comme deux idiotes dans cette chambre, à les espionner… Laura était furieuse et m'a ordonné de déverrouiller la porte communicante pour qu'elle puisse parler à sa sœur. Mais là, j'ai dit stop et je suis partie. Une fois arrivée chez moi, je me suis couchée. Laura n'est pas rentrée le lendemain, elle n'est pas venue en cours non plus. J'ai téléphoné à sa mère, qui m'a raconté qu'elle était revenue chez eux, à Lyon, dans tous ses états. Elle a refusé de me la passer. Quelques jours plus tard, quand j'ai rappelé, elle m'a annoncé que Simone avait disparu et que Laura était hospitalisée en Suisse.

— Donc, vous ignorez ce qui est arrivé après votre départ de l'hôtel ?

— Oui, mais je n'ai jamais oublié cette soirée, et par la suite, j'ai commencé à me renseigner sur Abraham et Fleischer. Je n'ai rien trouvé sur Abraham, mais j'ai découvert beaucoup de choses sur Fleischer. C'est pour ça que je lui ai dit dans ma lettre que j'étais présente au *Méridien* et que je savais ce qu'il avait fait. En un sens, je m'en suis toujours voulu d'avoir laissé tomber Laura. Elle ne m'a sans doute jamais pardonné, vu qu'elle a coupé les ponts avec moi tout de suite après. Si j'étais restée avec elle, j'aurais peut-être pu empêcher le drame.

— Quand vous avez appris la disparition de Simone, avez-vous contacté la police ?

— Non, et personne ne m'a rien demandé.

— Laura a-t-elle été interrogée par les enquêteurs ? Elle n'est même pas mentionnée dans le dossier.

— Elle devait déjà avoir quitté le pays quand la disparition de Simone a été signalée. Je ne sais pas…

— Combien avez-vous réclamé à M. Fleischer ?

— Cent mille dollars. Pour lui, ce n'était rien… Vous pensez peut-être que c'est méprisable d'avoir voulu exploiter une tragédie, mais ne me jugez pas trop durement, s'il vous plaît. Tant de gens l'ont déjà fait avant vous… Je ne suis pas mauvaise, je vous assure, et je me suis montrée totalement sincère avec vous aujourd'hui.

— Je vous promets de vous envoyer de l'argent à mon retour aux États-Unis, dis-je en faisant signe au serveur d'apporter l'addition.

Elle me regarda d'un air stupéfait.

— C'est tout ? Vous partez maintenant, sans qu'on se soit mis d'accord sur un montant ?

Elle avait de nouveau élevé la voix, et des têtes se tournaient vers nous.

— Vous m'avez bien eue, hein ?

Le serveur me tendit la note. Je payai avec ma carte, puis posai quelques pièces près du reçu. Il me remercia avant de s'éloigner, tandis que Claudette me dévisageait toujours.

— Rien ne prouve que vous m'ayez dit la vérité, déclarai-je en me levant.

Je posai une carte de visite sur la table.

— Mon adresse mail et mes numéros de téléphone sont dessus.

Elle prit la carte, l'examina de ses yeux larmoyants et la fourra dans son sac.

— Je ne vous reverrai jamais, n'est-ce pas ?

— Qui sait ?

— Vous ne pouvez pas me laisser un petit quelque chose, James ? J'aimerais rester encore un peu. J'ai si peu l'occasion de sortir…

Je tirai de mon portefeuille tous les billets en euros que j'avais changés à l'hôtel et les lui tendis.

— Je suis désolée de ce que je suis devenue, murmura-t-elle, avant de baisser les yeux. Je ne sais pas ce qui a mal tourné. J'étais bien partie dans la vie, et puis tout s'est écroulé. Vous n'allez pas avoir une trop mauvaise opinion de moi, au moins ?

— Non, ne vous inquiétez pas. Prenez soin de vous, Claudette.

— Je ne vous ai pas menti. Tout ce que je vous ai dit aujourd'hui est vrai. Je vous en prie, vous devez me croire. Peut-être que d'autres souvenirs me reviendront…

— Je vous crois.

Je m'éloignai, conscient de son regard rivé sur ma nuque. Il y avait une station de taxis à proximité, et je dus patienter quelques minutes avant de pouvoir en héler un. Avant de monter dans la voiture, je regardai en direction de la terrasse, mais Claudette était déjà partie.

Je rentrai à l'hôtel et restai toute la soirée dans ma chambre, sans même descendre dîner. Allongé sur mon lit, les yeux fermés, j'écoutais les bruits qui ne m'étaient pas familiers, en repensant à tout ce qui s'était passé ici quarante ans plus tôt. J'avais presque l'impression de distinguer les silhouettes des trois protagonistes, alors tout jeunes.

À l'évidence, Josh m'avait donné sa version de l'histoire, qui n'était ni vraie ni fausse, tout comme les notes d'Abraham constituaient moins un journal intime qu'une série de divagations nées de ses propres délires. Mais, au-delà de ces aspects, au-delà de la distorsion inhérente des souvenirs due au passage du temps, au-delà des mensonges, du flou, des erreurs, des perceptions subjectives et des hallucinations, il y avait au moins un fait incontestable : Simone avait disparu sans laisser de traces cette nuit-là.

Josh avait sans doute cédé à des crises de violence à la fin de son adolescence, raison pour laquelle il s'était puni en faisant don de son héritage. Quant à Abraham, il luttait peut-être déjà à Paris contre la maladie qui devait plus tard détruire son esprit et faire de lui un meurtrier. Et Mme Gregory avait-elle vraiment quitté la capitale française, comme elle le prétendait, après avoir compris qu'il était amoureux d'une autre ? Ou avait-elle décidé, submergée par la jalousie et le désespoir, d'aller plus loin dans la vengeance que l'envoi d'une lettre calomnieuse ? Lucas Duchamp avait-il eu peur que Simone, sa préférée, ne quitte le pays avec un des Américains qui la courtisaient, même si, d'après Claudette, il ne s'agissait pour elle que d'un flirt anodin ?

Se posait aussi une autre question cruciale : pourquoi Lucas Duchamp n'avait-il pas usé de son influence pour retrouver Josh et Abraham ? S'il était autant obsédé par Simone, il aurait dû tout mettre en œuvre pour découvrir ce qui lui était arrivé… Avait-il eu connaissance d'éléments qui l'avaient dissuadé d'agir ? Laura avait-elle été témoin de quelque chose cette nuit-là ? Quelque chose de suffisamment horrible pour la contraindre à abandonner ses études et à aller se réfugier pendant des années dans une clinique psychiatrique ?

Peu à peu, l'obscurité avait envahi la chambre et les bruits à l'extérieur s'étaient tus. Seul mon souffle troublait le silence, désormais. Le temps et l'espace n'existaient plus. Alors que je cherchais toujours des réponses qui s'obstinaient à m'échapper, je me remémorai soudain une scène de mon enfance.

Un jour, en rentrant du travail, mon père me dit de monter dans la voiture parce qu'il avait l'intention de me montrer un chenil à la sortie de la ville, à côté de la Kansas Turnpike. Il m'annonça fièrement que j'allais voir la méthode secrète que les éleveurs de chiens utilisaient quand ils voulaient sélectionner le meilleur chiot d'une portée. Nous étions dans le Kansas au début des années 1980 ; je ne suis pas certain qu'un tel procédé ait encore cours aujourd'hui. J'espère que non.

Lorsque mon père eut garé la voiture sous un chêne, nous entrâmes dans un vaste enclos herbeux, entouré de barrières en bois. Il alluma une cigarette et échangea quelques mots avec un vieil homme – lequel n'était peut-être pas si vieux que ça, mais le paraissait à mes yeux. J'attendais près d'une grange en examinant les alentours. Une odeur âcre, puissante, flottait dans l'air, et à l'intérieur du bâtiment j'entendais des chiens aboyer et gémir. Au loin, j'apercevais une petite mare dont la surface miroitait au couchant. À environ vingt mètres de moi, un vieux camping-car privé de roues reposait sur des rondins.

Au moment où l'homme disparaissait dans la grange, mon père m'appela :

— Viens, J., il va nous amener les chiots.

Je m'apprêtais à le rejoindre, quand je me retournai brusquement : un des chiens à l'intérieur de la grange hurlait, produisant un son déchirant que je n'avais jamais entendu. C'était la mère, à qui on enlevait ses petits.

Il y en avait quatre, gros comme le poing, les yeux fermés, tout tremblants. L'ami de mon père s'avança jusqu'au centre de l'enclos et les posa sur l'herbe. Puis je le vis aller chercher un bidon d'essence, et je me pétrifiai.

Il versa le liquide autour des chiots, en décrivant un large cercle d'environ cinq ou six mètres de diamètre. Il retourna ensuite dans la grange, d'où il ramena cette fois la chienne en la tenant par le collier. C'était un berger allemand, qui se contorsionnait pour lui échapper.

— Vas-y, Don ! cria le vieil homme, et aussitôt mon père craqua une allumette qu'il lança sur la traînée d'essence.

En un instant, deux choses se produisirent simultanément : des flammes s'élevèrent autour des chiots, et l'éleveur lâcha la mère.

Sans la moindre hésitation, elle bondit à l'intérieur du cercle de feu. Après avoir fureté quelques secondes, elle saisit l'un des petits dans sa gueule, par le cou, et franchit de nouveau la barrière de feu.

L'éleveur eut tôt fait d'éteindre le brasier avec un extincteur. Puis il récupéra les chiots et les posa à côté de la chienne, qui s'empressa de les lécher, les étouffant presque dans son affolement. L'homme tira ensuite de sa poche une petite bombe de peinture avec laquelle il traça une marque rouge sur le premier chiot.

— C'est elle, notre championne, déclara mon père. Si tu la veux, je te l'achète. On pourra l'emmener à la maison dans quelques semaines, quand elle sera sevrée et vaccinée.

Je n'avais jamais eu de chien et je n'étais même pas sûr d'en vouloir un. Pourtant, je dis « D'accord », en pensant que je pourrais ainsi protéger l'animal d'éventuelles autres expériences aussi cruelles, voire plus, que celle à laquelle je venais d'assister.

Nous allâmes chercher la jeune chienne un mois plus tard. Maman la baptisa Erin – sa façon à elle de rendre hommage à Erin Brockovich, la militante pour l'environnement originaire de Lawrence. C'était une bête loyale et intelligente, qui mourut bien après que j'eus quitté la maison pour aller à l'université.

Et soudain, alors que, allongé dans l'une des chambres de ce même hôtel où une jeune femme était morte autrefois, je repensais à tous les détails de cette histoire de ma jeunesse, j'eus une révélation : la dernière pièce du puzzle venait de se mettre en place, et je comprenais enfin ce qui s'était réellement passé cette nuit-là, quarante ans plus tôt.

Houdini a dit un jour que le meilleur magicien n'est pas celui qui est capable de faire sortir un éléphant d'un chapeau – personne ne le pourrait –, mais celui qui sait comment distraire l'attention des spectateurs au moment où l'éléphant entre en scène.

Depuis le début, je regardais l'éléphant plutôt que le magicien.

20

Je partis pour Lyon le lendemain matin. Le voyage en train dura deux heures et me fit traverser un paysage monotone, tout en nuances de gris. Il pleuvait déjà depuis un bon moment, mais à mon arrivée à la gare le ciel s'était quelque peu éclairci. Le pâle soleil qui perçait à travers la couche de nuages ne faisait rien pour alléger l'atmosphère étouffante et triste. Je pris un taxi pour me rendre chez les Duchamp.

La vue de leur demeure me rappela ce que j'avais ressenti devant la maison hantée des Hogarth. Peinte en jaune pâle, elle se dressait au fond d'une impasse en bordure d'une pinède. Elle se composait d'un corps central de deux étages, flanqué de deux bâtiments identiques plus petits, de la même couleur. Un vaste porche en haut des marches du perron abritait la porte d'entrée imposante, au milieu de laquelle était fixée une boîte aux lettres en laiton.

Sur la façade en partie couverte de lierre, les fenêtres aux encadrements blancs évoquaient de grands yeux fixant le visiteur à travers les tiges brunes sinueuses. À droite de la bâtisse s'élevait une vieille grange, et à gauche j'aperçus un jardin où poussaient des rosiers et quelques pommiers. Il émanait de la propriété tout entière une impression lugubre, encore renforcée par le ciel plombé qui pesait sur les lieux telle une chape. Le silence absolu était oppressant.

Je gravis les marches puis appuyai sur la sonnette, mais personne ne répondit. Au moment où je m'apprêtais à sonner de nouveau, j'avisai une petite Clio bleue qui approchait sur la piste de terre battue. Elle vira avant d'atteindre la maison et s'arrêta près de la grange. Une femme âgée en descendit, alla ouvrir les portes et rentra la voiture à l'intérieur. Elle ressortit quelques instants plus tard, tenant de la main gauche un sac en plastique transparent rempli de provisions.

Ce fut seulement en arrivant devant le perron qu'elle me remarqua sous le porche. Elle s'arrêta au bas des marches en me regardant d'un air interrogateur. Si elle paraissait à peu près du même âge que Claudette Morel, elle était néanmoins beaucoup plus séduisante.

— Bonjour ! lançai-je. Désolé de vous déranger. Vous êtes Mme Maillot ? Je m'appelle James Cobb et je suis venu des États-Unis vous apporter un message de la part de M. Joshua Fleischer.

Elle ne dit rien pendant quelques secondes, comme si elle n'avait pas saisi mes propos, puis elle finit par demander :

— Suis-je censée connaître ce monsieur ?

— Eh bien, je sais que votre sœur Simone et vous l'avez rencontré, ainsi que son ami Abraham Hale, à Paris dans les années 1970. D'après mes informations, Simone et Abraham ont travaillé ensemble pendant quelques mois pour une fondation appelée L'Étoile.

Sans un mot, elle posa le pied sur la première marche. Je descendis aussitôt la délester de son sac de courses. Quand nous atteignîmes la porte, elle le récupéra en déclarant :

— Navrée, monsieur Cobb, mais je n'ai pas le temps de vous parler. Mon père est malade et je dois m'occuper de lui. Le moment est mal choisi, je suis sûre que vous pouvez le comprendre.

Elle tira de la poche de son imperméable une grande clé en laiton, puis déverrouilla le battant.

— Joshua Fleischer est mort d'une leucémie, madame Maillot, dis-je. Et M. Hale est décédé lui aussi, dans un hôpital psychiatrique où il avait été enfermé après avoir tué une prostituée qu'il payait pour jouer le rôle de votre sœur.

Elle blêmit mais garda le silence, et après un moment d'hésitation me fit signe de la suivre. J'entrai et refermai la porte derrière moi. Je me retrouvai dans un vestibule spacieux, avec du marbre au sol et des murs lambrissés.

— *Papa ? J'arrive !* cria-t-elle. *Nous avons un visiteur. Tout va bien ?*[1]

Elle enleva son imperméable, le suspendit à une patère et m'invita d'un geste à l'imiter. Après avoir accroché ma parka et posé ma mallette, je la suivis à l'étage.

Parvenus au premier, nous traversâmes une grande cuisine donnant sur une immense salle à manger occupée en son centre par une longue table. À droite se trouvait une cheminée en marbre, et à gauche un buffet

1. En français dans le texte.

en acajou. La pièce était propre, bien éclairée et ressemblait à un musée, encombrée comme elle l'était d'antiquités, de tableaux, de gravures et d'armures équipées de lames apparemment aiguisées. Mon regard fut attiré par un homme assis dans un fauteuil roulant près de l'âtre, emmailloté telle une momie dans une couverture en laine.

Sa fille se précipita vers lui, palpa la couverture et soupira.

— Veuillez m'attendre quelques minutes, me dit-elle. Désolée, il faut que je le change.

Elle débloqua le frein, avant de pousser le fauteuil dans la pièce voisine et de tirer les hautes portes derrière elle. Resté seul, je pris place à la table. Le parquet avait été récemment ciré et les murs étaient repeints de frais. Un gros lustre pendait du plafond. Je vis par terre dans un coin un petit coussin et un bol d'eau à moitié vide – le nid d'un chat sans le chat. Dans un autre coin, un étrange autel avait été aménagé sur plusieurs étagères en bois : des images pieuses, des crucifix et deux ou trois statuettes s'y côtoyaient, disposés dans un ordre mystérieux. La photo encadrée d'une jeune femme trônait au centre, à côté d'une petite lampe à huile.

Il régnait une chaleur suffocante dans cette salle à manger. Je me levai pour aller vérifier la température des radiateurs ; ils étaient brûlants. De l'autre côté des portes, j'entendais la femme parler d'une voix monocorde, produisant un bourdonnement semblable à celui d'une abeille piégée dans un bocal.

À son retour, une dizaine de minutes plus tard, je remarquai qu'elle s'était changée : elle portait désormais un pull en lainage fin sur un pantalon en velours côtelé. L'homme dans le fauteuil roulant était grand, voûté, et paraissait si âgé qu'on aurait pu lui donner plus de cent ans. En dépit de la chaleur, il était vêtu d'une blouse épaisse, sous laquelle j'aperçus un pantalon de la même couleur. Ses cheveux blancs lui retombaient autour du visage en longues mèches emmêlées. À la lumière, sa peau ressemblait à un ancien parchemin, et ses yeux profondément enfoncés dans leurs orbites semblaient perdus dans le vague.

— Tout va bien maintenant, hein, papa ? murmura sa fille en lui caressant les cheveux. Peut-être pourrions-nous offrir un verre de vin à notre visiteur, qu'en penses-tu ?

J'eus beau lui dire de ne pas se donner cette peine, elle s'éclipsa prestement vers la cuisine en me laissant seul avec Lucas Duchamp. Quand je passai la main devant son visage, il ne parut pas le remarquer : ses yeux ne suivirent pas mes mouvements. Ses joues étaient couvertes de taches sombres, et des rides profondes sillonnaient son visage.

Sa fille revint bientôt, chargée d'un plateau en argent sur lequel elle avait placé deux verres et une carafe de vin rouge. Elle le posa sur la table, servit le vin puis vida son verre de moitié sans m'attendre.

— Souhaitez-vous vous joindre à nous pour le déjeuner ? me demanda-t-elle. J'ai prévu de l'andouillette, un des plats préférés de mon père.

Je lui répondis que je n'avais pas faim.

— Moi non plus, en fait, répliqua-t-elle, mais mon père a probablement l'estomac dans les talons.

Nous pourrons parler pendant que je lui donne à manger, si vous voulez.

J'avalai une gorgée de vin et l'attendis de nouveau en regardant Lucas Duchamp toujours immobile dans son fauteuil.

Elle mit la table rapidement, avec des gestes précis, comme si elle accomplissait un rituel établi depuis bien longtemps, puis apporta les andouillettes accompagnées de frites. Elle commença à nourrir son beau-père, en prenant soin de lui essuyer les lèvres avec une serviette après chaque bouchée. Je l'observai en silence, attendant qu'elle relance la conversation.

— C'était le meilleur père du monde, déclara-t-elle au bout d'un moment. Jamais il n'a levé la main sur ma sœur et moi. Jamais, quoi que nous ayons fait. Voyez-vous, j'ai engagé une infirmière, qui vient deux fois par semaine, mais j'aime m'occuper de lui. Pour moi, ce n'est ni une corvée ni une épreuve.

Elle but un peu de vin puis fit claquer ses lèvres en scrutant mes traits.

— Maintenant, monsieur Cobb, vous voulez bien m'expliquer comment vous avez connu Josh et Abraham ? Et aussi comment vous avez pu en apprendre autant sur leur passé ?

— Je suis psychiatre, madame Maillot, et Josh était l'un de mes patients. Il m'a parlé de cette période, dans sa jeunesse, où il a séjourné à Paris. Et, après sa mort, j'ai eu l'occasion de consulter le journal qu'avait tenu M. Hale.

— Vous m'avez dit que vous aviez un message à me transmettre de la part de Joshua. De quoi s'agit-il ?

Je lui racontai brièvement ce que je savais sur Josh et Abraham, et elle m'écouta avec attention, sans faire de commentaires. J'ajoutai ensuite qu'avant de venir la voir, j'avais rencontré Claudette Morel à Paris.

— Ah oui ? Une de nos connaissances communes m'a confié que, depuis quelques années, elle n'avait plus toute sa tête, affirma-t-elle. Si j'étais vous, je n'accorderais pas trop de crédit à ce qu'elle raconte.

— Elle m'a dit que vous étiez très proches à l'époque et que vous aviez partagé un appartement.

— Eh bien, le terme « proches » me semble un peu excessif. Nous étions amies, c'est vrai, et nous avons partagé un appartement, mais…

— Elle a dit aussi que vous lui aviez demandé de l'accompagner à l'hôtel où Simone avait prévu de retrouver Joshua. C'était le soir où votre sœur a disparu.

Ayant fini de nourrir son beau-père, elle débarrassa la table et revint de la cuisine avec un cendrier et un paquet de Vogue. Elle tira un briquet de sa poche, alluma une cigarette et déclara :

— Je ne me souviens pas de grand-chose, monsieur Cobb, parce que tout ça remonte à loin. Quoi qu'il en soit, ça n'a plus tellement d'importance, n'est-ce pas ? Alors, quel est le message de Joshua ? Je n'ai pas beaucoup de temps à vous consacrer, et je le regrette. J'ai bien conscience que vous avez fait un long voyage pour venir…

— Avant de vous le transmettre, j'aimerais vous poser une question, madame Maillot, si vous me le permettez. Voilà : à votre avis, est-il possible que Josh ou Abraham, voire les deux, ait été impliqué dans la disparition de votre sœur ?

— Pardon ? Non, non, je ne crois pas. Pourquoi ?

Je sortis de ma poche le médaillon en or que Josh m'avait envoyé et le posai sur la table devant elle.

— Josh m'a demandé de vous rendre ceci.

Elle jeta un coup d'œil au bijou, sans toutefois y toucher.

— Entre nous, je ne vois pas pourquoi il a fait ça, mais merci, monsieur Cobb. Je le garderai précieusement. Y a-t-il autre chose que vous vouliez me dire ?

— Que s'est-il passé ce soir-là, madame Maillot ? Vous étiez là, dans la chambre voisine, n'est-ce pas ? Qu'est-il arrivé à votre sœur après le départ de Claudette ?

Elle écrasa son mégot et me regarda droit dans les yeux.

— Je ne pense pas que cette histoire vous concerne, monsieur Cobb. J'ignore ce que Claudette a pu inventer, et de toute façon je vous répète que ça n'a plus d'importance. Maintenant…

— Mais vous savez ce qu'il en est exactement, n'est-ce pas ?

Elle se leva et poussa le fauteuil roulant jusqu'à la cheminée. Lucas Duchamp avait désormais les yeux clos, comme s'il s'était endormi. Sa fille vint se rasseoir sur sa chaise, alluma une autre cigarette et lança :

— Êtes-vous en train d'insinuer que j'ai quelque chose à voir dans la disparition de ma sœur ?

— Non, je ne l'insinue pas, j'en suis certain.

— Et vous voudriez que je confirme les divagations de Joshua, je suppose ? Eh bien, je ne le ferai pas, monsieur Cobb. Et je vous conseille de partir, à présent. Après tout, je ne sais pas qui vous êtes, ni pourquoi vous êtes venu et ce que vous attendez de moi. Si vous ne sortez pas immédiatement de cette maison, je serai obligée d'appeler la police.

Je décidai de jouer mon va-tout.

— Madame Maillot, avez-vous jamais entendu parler d'un dénommé Perrin ? Nicolas Perrin ? Ce nom vous dit-il quelque chose ?

En voyant son visage virer à l'écarlate, je craignis un instant qu'elle n'ait une attaque. Ses mains tremblaient si fort qu'elle faillit lâcher sa cigarette. En même temps, Lucas Duchamp laissa échapper un son étranglé, comme s'il luttait pour prendre la parole mais que les mots se noyaient dans sa gorge. Ses yeux à présent grands ouverts étaient fixés sur moi.

Sa belle-fille fit un effort visible pour se ressaisir, lui coula un rapide coup d'œil puis s'adressa à moi :

— Si nous sortions un moment ? Nous serons mieux dans le jardin pour bavarder.

Nous nous levâmes, puis nous descendîmes au rez-de-chaussée, où elle jeta son imperméable sur ses épaules et troqua ses pantoufles contre des bottes. Elle m'escorta ensuite sur une allée pavée qui faisait le tour de la maison. Sur le côté se dressait une grande serre dans laquelle nous entrâmes. À l'intérieur s'accumulaient toutes sortes de vieilleries – vêtements, outils de jardinage, poteries cassées, bouteilles vides, arrosoirs –, mais près de l'entrée se trouvaient une table pliante et quatre chaises.

Une odeur d'humidité et de poussière flottait dans l'air. Un chat noir et blanc, surgi de nulle part, vint se frotter contre les jambes de sa maîtresse. Elle se pencha pour lui caresser le cou, puis balaya l'espace du regard avant d'aller chercher une tasse à utiliser comme cendrier.

À peine étions-nous assis qu'elle alluma une cigarette.

— Bon, expliquez-moi comment vous avez eu connaissance de ce nom que vous avez mentionné tout à l'heure, monsieur Cobb.

— Avant, j'aimerais vous dire quelque chose au sujet de Josh. Il n'a jamais découvert ce qui était arrivé cette nuit-là et il a passé le restant de ses jours à se dire qu'il avait peut-être commis un crime. Son sentiment de culpabilité l'a consumé à petit feu. Quand votre amie Claudette lui a envoyé une lettre il y a quelques mois, l'accusant d'avoir été impliqué dans la disparition de votre sœur, il a résolu de faire une ultime tentative pour trouver la vérité et il m'a engagé pour l'aider. Malheureusement, je n'ai pas réussi. Je crois qu'au fil du temps, l'enjeu pour lui avait changé : il s'agissait moins de savoir ce qui s'était réellement passé à l'époque que de découvrir ce qu'il avait ou aurait peut-être été capable de faire dans certaines circonstances.

Elle redressa les épaules.

— Et je suis censée être bourrelée de remords, c'est ça ? Comment vouliez-vous que je le sache ? J'ignore ce que Joshua vous a raconté sur nous mais, pour tout vous dire, nous nous connaissions à peine. C'était juste un jeune homme sympathique et séduisant qui courtisait ma sœur. Après le drame, il a quitté le pays. Fin de l'histoire. Je n'ai plus jamais eu de nouvelles.

Dans la faible lumière qui filtrait à travers les vitres sales, son visage livide, auréolé de fines volutes de fumée, semblait presque fantomatique.

— Écoutez, madame Maillot, je me suis longuement interrogé sur Josh, parce que je voulais comprendre pourquoi il aurait voulu nuire à votre sœur. J'ai examiné ses motivations, son parcours et son caractère. Mais c'est seulement hier que j'ai pris conscience d'une chose : cette histoire n'a jamais été la sienne, elle ne concernait que vous, votre sœur et votre père les Duchamp. Dans le véritable scénario, Josh et Abraham n'étaient que de simples figurants. À vos yeux, du moins, il n'y a toujours eu qu'un personnage important : votre beau-père. Et c'est ainsi que nous arrivons à cet autre protagoniste, Nicolas Perrin…

Elle m'écoutait attentivement. Je l'imaginai assise là, année après année, décennie après décennie, entourée de ses secrets, dans un silence que seuls troublaient les gémissements du vent.

— Après la guerre, poursuivis-je, votre beau-père a été considéré comme un héros. C'était l'un des rares membres de la Résistance régionale à avoir échappé aux griffes de la Gestapo. Malgré les tortures subies pendant des semaines, il n'avait jamais trahi ses camarades. Telle était en tout cas la version officielle.

» À la fin des années 1940, les autorités françaises ont commencé à traquer Klaus Barbie, l'ancien chef de la Gestapo ici même, à Lyon. Il a été identifié en 1971 au Pérou, où il se cachait sous un nom d'emprunt, Klaus Altmann. L'affaire a fait scandale parce que les services secrets américains étaient suspectés de l'avoir aidé à éviter l'extradition en échange des renseignements qu'il détenait sur le réseau d'espions soviétiques dormants en France. Immédiatement après, il est retourné en Bolivie, où il a été protégé par le régime.

» Dans ce contexte, bon nombre d'histoires directement liées à Klaus Barbie ont soudain resurgi. Plusieurs journaux importants ont publié des articles sur le sujet et le nom de votre beau-père a été mentionné régulièrement à la télé et à la radio. Si Barbie venait à être extradé en France, votre père serait un témoin clé au procès, parce qu'il avait été interrogé à plusieurs reprises par Barbie en personne.

» Bref, Barbie a finalement été extradé en 1983 et condamné à la réclusion à perpétuité. Il est mort en prison en 1991. Mais votre père n'a jamais témoigné contre lui au tribunal. Pourquoi ?

Elle écrasa sa cigarette à moitié fumée, se leva et se redressa de toute sa hauteur.

— Qu'attendez-vous de moi ? lança-t-elle d'un ton agressif. Et en quoi tout ceci vous concerne-t-il ?

— Je suis venu ici parce que je voulais savoir ce qui était réellement arrivé à votre sœur, et parce que cette histoire a besoin d'une fin. Je suis maintenant sûr que ni Josh ni Abraham, en dépit de leur passé chaotique, n'étaient impliqués dans la disparition de Simone. Et, croyez-moi, peu m'importe que votre beau-père ait été un héros de guerre ou un traître, comme l'a affirmé Perrin après avoir vu son nom partout dans les médias.

— Perrin n'était qu'un dingue, un menteur et un lâche ! explosa-t-elle en se penchant vers moi.

Elle plaqua brutalement ses paumes sur la table, faisant s'élever un petit nuage de poussière.

— Avant de débarquer chez nous pour essayer de faire chanter mon père, il avait été emprisonné pour un accident de la route avec délit de fuite, vous étiez au courant ? Il était vieux, désespéré et complètement paranoïaque. Mon père l'a chassé, et par la suite il a tenté en vain de vendre à la presse ses prétendues révélations. Personne ne l'a cru.

— En attendant, les autorités l'ont tout de même suffisamment pris au sérieux pour mener une petite enquête discrète, dont le résultat n'a pas permis d'éclaircir certains points, je vous l'accorde. Perrin était entré dans la Résistance lui aussi, et il avait été arrêté par la Gestapo peu de temps après votre beau-père. On lui avait dit pendant son interrogatoire que Lucas Duchamp l'avait trahi. Or, coïncidence ou pas, neuf autres membres de la cellule régionale de la Résistance avaient également été appréhendés après l'emprisonnement de Lucas. Et tous, sauf Perrin, ont été exécutés.

— Un tissu de mensonges…

— Pour finir, les autorités ont renoncé à poursuivre leurs investigations, parce qu'elles auraient pu être utilisées par les défenseurs de Klaus Barbie et par les révisionnistes de l'extrême droite. Perrin est mort d'une attaque en mars 1978, et le dossier a été enterré.

Ses yeux restaient rivés aux miens et sa mâchoire inférieure remuait, comme si elle mastiquait du chewing-gum.

— Quel genre d'homme êtes-vous ? lança-t-elle d'une voix sifflante. Vous avez la moindre idée des sévices qu'on lui a infligés ? Il m'a raconté qu'on lui avait tailladé la peau et arraché les ongles ! Je n'ai jamais attaché d'importance aux allégations de ce pauvre fou de Perrin. À l'époque, il y avait des discussions interminables pour essayer de déterminer qui s'était rendu coupable de quoi et envers qui durant les années de guerre, qui était un héros et qui avait collaboré. C'était facile, évidemment, de réécrire l'histoire confortablement assis dans un fauteuil, une pipe à la bouche, et de blâmer la génération précédente en mettant tout le monde dans le même sac, les bons comme les mauvais. Facile, et grotesque.

— Vous m'avez mal compris, madame Maillot. Je ne le juge pas.

Elle ne parut pas m'entendre.

— D'accord, peut-être qu'il n'a pas pu supporter la douleur et qu'il a fait ce que n'importe qui d'autre aurait fait à sa place. Mais qui êtes-vous pour douter de son intégrité ? Vous avez déjà été torturé, peut-être ? Vous avez vécu une expérience proche de ce qu'il a enduré ? Oh non, je ne crois pas, monsieur Cobb ! Quoi qu'il en soit, si j'ai bien une certitude, c'est qu'il nous a sauvées et qu'il a toujours été un ange pour nous.

— Est-ce pour cette raison que vous avez pris cette décision ce soir-là, Simone ? Pour le protéger ?

Durant un moment, elle se borna à me dévisager en cillant rapidement, les lèvres tremblantes. Puis elle se laissa tomber sur sa chaise et demanda :

— Pourquoi m'appelez-vous comme ça ?

— Parce que vous êtes Simone, et non Laura, n'est-ce pas ? Voyez-vous, il y avait un aspect de cette affaire qui me troublait particulièrement : pourquoi Lucas Duchamp n'avait-il pas tout mis en œuvre pour découvrir la vérité sur la disparition de sa fille aînée ? Elle aurait pu être encore vivante quelque part, séquestrée, attendant qu'on lui porte secours... Or, après quelques jours seulement, alors que personne ne savait ce qui lui était arrivé, Laura a quitté le pays pour entrer à l'hôpital. Votre beau-père était avocat, il avait l'argent, le pouvoir et des relations influentes ; il était capable d'exercer une pression sur la police pour obtenir des résultats. S'il l'avait voulu, il aurait pu remonter la piste de ces deux garçons jusqu'en Alaska ! Mais non, il n'a rien fait, ou presque. J'ai lu attentivement le dossier, Simone. Pour moi, il est évident que les enquêteurs ne se sont pas foulés. Pourquoi Lucas Duchamp n'a-t-il pas insisté ? Une seule réponse m'a paru pertinente : parce qu'il voulait protéger quelqu'un. Et qui jouait sa réputation et sa liberté dans cette histoire ? Laura ? Non. Elle s'était rebellée contre lui et elle n'avait jamais été sa préférée. Si elle s'en était prise à Simone, Lucas Duchamp ne l'aurait pas aidée à couvrir ses traces. Oh, encore une chose : vous n'avez pas reconnu le médaillon. C'était un cadeau de Josh à votre sœur.

— Oh si, je l'ai reconnu, répliqua-t-elle d'un ton cassant. Elle le portait ce soir-là.

— Vous en êtes certaine ?

— Absolument.

— Alors, pourquoi Josh n'a-t-il pas réagi ? Il aurait tout de suite compris que c'était le corps de Laura, pas le vôtre... Il m'a raconté qu'il avait trouvé le médaillon plus tard, dans un tiroir, avec le passeport d'Abraham...

Brusquement, l'explication s'imposa à moi. Abraham avait dû reprendre conscience le premier.

Il avait découvert le corps et, comprenant ce qui s'était passé, il avait organisé une mise en scène afin de protéger Simone. Elle avait fait l'erreur de laisser le bijou autour du cou de sa sœur, alors il l'avait ôté et emporté avec lui.

Avait-il essayé, le lendemain, de compromettre Josh en laissant le médaillon dans le tiroir ? Avait-il voulu attirer l'attention de la police en se débarrassant du bagage dans la rue ? Contrairement à Josh, il avait toujours su que Simone n'était pas morte cette nuit-là. C'était sans doute pourquoi, des années plus tard, alors qu'il avait déjà profondément sombré dans la folie, il avait eu recours à cette mascarade avec l'actrice, créant ainsi un monde imaginaire dans lequel Simone et lui étaient enfin amants. Mais son esprit troublé n'avait pas tardé à transformer cet élysée en cauchemar, où Josh tentait une fois de plus de la lui enlever.

— J'étais sûr que c'était vous la coupable, Simone, affirmai-je. Sauf que je ne comprenais pas pourquoi vous aviez agi ainsi. Au début, je me suis dit que c'était sûrement en rapport avec Josh, puisque vous aviez organisé ce rendez-vous avec lui à l'hôtel.

— Faux. Ça n'avait rien à voir avec lui. Ni avec Abraham.

Je la sentais prête à révéler la vérité, et je ne voulais pas la bousculer. Elle alluma une cigarette et se contenta de fumer quelques instants d'un air absent, en évitant mon regard.

— Ce Perrin est venu ici un samedi après-midi, alors que Laura et moi étions toutes les deux à la maison, raconta-t-elle. Nous étions rentrées pour le week-end, et nous cherchions un livre dans la bibliothèque, au premier étage, quand nous avons entendu des éclats de voix en provenance du bureau de mon père. Intriguées, nous sommes allées écouter à la porte. Cet homme l'accusait d'être un traître et un menteur. Mon père n'a jamais su que nous avions surpris leur dispute. Plus tard, il m'a demandé de lui expliquer mes agissements, comme vous aujourd'hui, et j'ai répondu que j'étais jalouse parce que Laura et moi étions toutes les deux tombées amoureuses du même garçon. J'aurais préféré mourir plutôt que de lui avouer qu'elle comptait le trahir.

» Je n'ai jamais voulu faire de mal à Laura. C'était ma petite sœur et je l'aimais. Lorsqu'elle a débarqué dans ma suite cette nuit-là, folle de rage et en larmes, j'ai eu peur qu'Abraham et Joshua ne se réveillent et n'entendent les horreurs qu'elle racontait sur notre père. Je lui ai demandé de partir, mais elle s'est jetée sur moi. Je n'ai pas réussi à lui immobiliser les poignets et à l'arrêter, parce que la fureur décuplait ses forces. J'ai dû perdre mon sang-froid, attraper le premier objet qui me tombait sous la main et la frapper à la tête. Quand j'ai repris mes esprits, je tenais une lampe couverte de sang et Laura gisait sur la moquette, inerte et meurtrie. Je l'ai traînée jusqu'à la salle de bains, déshabillée et allongée dans la baignoire. J'ai bien tenté de la ranimer, avant de comprendre enfin qu'elle était morte. Au moment où je retournais dans la suite, Abraham a ouvert les yeux et m'a regardée, apparemment sans me voir. Je suis passée dans la chambre voisine, où je me suis lavée, puis j'ai rassemblé les affaires de

Laura et je suis partie. J'ignorais que Claudette l'avait accompagnée à l'hôtel…

Elle pleurait désormais. En silence, sans grimaces ni sanglots – juste des larmes qui roulaient le long de ses joues, lourdes et brillantes, traçant comme deux minuscules filets de plomb fondu. J'avais désespérément voulu connaître la vérité sur ces événements, pour des raisons que je ne m'expliquais pas moi-même. Pourtant, en cet instant où je comprenais enfin ce qu'il en était, j'avais l'impression d'avoir voyagé jusqu'au bout de la terre pour mettre la main sur quelque chose d'important, et de n'avoir réussi qu'à recueillir les traumatismes et les rancœurs de quelqu'un d'autre. Pourquoi plonger dans les cauchemars d'un inconnu quand on a déjà les siens à supporter ? Peut-être Josh avait-il raison : les faits peuvent parfois être vrais et faux en même temps car, dans la réalité, la vérité – toute la vérité et rien que la vérité – n'est que pure chimère.

Brusquement, le chat se leva d'un bond et fila hors de la serre. Dehors, dans le jardin, les ombres des pommiers dessinaient des motifs sinueux entre les flaques sombres.

— Mais pourquoi Laura était-elle allée à l'hôtel ? demandai-je au bout d'un moment. Quel est le lien avec votre beau-père dans tout ça ?

Simone haussa les épaules et écrasa sa cigarette.

— Je n'attachais aucune importance à ce que Perrin avait insinué, contrairement à Laura, déclara-t-elle. Elle avait fait des recherches de son côté et conclu qu'il disait la vérité, que notre père avait bel et bien trahi ses camarades. Nous nous sommes disputées pendant des jours. Je m'évertuais à la convaincre qu'elle se trompait : s'il avait collaboré, les nazis n'auraient pas déporté ses parents, qui étaient morts dans un camp de concentration. Mais elle ne voulait rien entendre, et ses accusations contre lui ont fini par prendre une tournure totalement irrationnelle – à tel point que je n'aurais su dire si elle y croyait vraiment ou si elle voulait en réalité le punir parce que j'avais toujours été sa préférée.

» Tout ceci s'était passé en mai. Peu après, en été, nous avons rencontré Joshua et Abraham, et elle a alors échafaudé un plan bizarre, tiré par les cheveux. Peut-être parce qu'elle aimait sincèrement Joshua ou peut-être simplement parce qu'elle tenait à quitter le pays. Mon père est un homme bon, docteur Cobb. Il ne nous a jamais fait de mal, n'en déplaise aux mauvaises langues qui ont colporté toutes sortes de rumeurs sur lui. Il était seulement surprotecteur, toujours inquiet à l'idée qu'il puisse nous arriver quelque chose, sans doute parce qu'il avait perdu sa famille pendant la guerre et redoutait d'autres malheurs. Moi, je pouvais le comprendre et l'accepter, mais pas Laura. Cet été-là, comme je vous l'ai dit, elle s'est mis en tête que Joshua allait l'aider et l'emmener à New York pour échapper à notre père, dont elle ne supportait plus l'attitude. Voilà pourquoi elle projetait de fuir à l'étranger, dans un endroit où il ne la retrouverait pas. Et comme Joshua était riche, elle comptait sur sa fortune pour y parvenir.

» À partir de là, elle m'a soumise à un chantage : si je ne réussissais pas à convaincre Joshua de lui prêter main-forte, elle révélerait toute l'histoire à la presse.

C'était tordu, bien sûr. J'ai eu beau lui dire que Joshua comptait prolonger son séjour à Paris, elle ne voulait pas en démordre. Alors je lui ai menti et j'ai organisé ce rendez-vous à l'hôtel avec Joshua, soi-disant pour le persuader de porter secours à Laura. Pour moi, ce n'était qu'un moyen de gagner du temps. Mais Abraham m'avait suivie et nous a imposé sa présence. Joshua et lui se sont saoulés et ont commencé à se quereller, comme d'habitude. Je ne me doutais pas que ma sœur était dans la chambre voisine, d'où elle nous espionnait pour savoir si j'allais tenir parole. Quand elle a compris que je n'avais pas l'intention de dévoiler à Joshua son projet absurde, elle a déboulé dans la pièce et… vous connaissez la suite.

— Est-ce votre beau-père ou Abraham qui a fait disparaître le corps le lendemain ?

— Je ne sais pas. Et, très franchement, je n'ai jamais voulu le savoir. J'ai appelé mon père d'une cabine, en lui expliquant que j'avais de gros ennuis. Il est venu en voiture, il a réservé une chambre pour moi à son nom dans un autre hôtel et m'a ordonné de ne pas en bouger. Lorsqu'il m'a rejointe, le lendemain soir, il m'a donné le passeport de Laura, de l'argent et un billet d'avion pour la Suisse. Et le surlendemain, à l'aéroport, alors que j'attendais mon vol, j'ai aperçu Joshua assis à une table dans un café. Sur le moment, j'ai envisagé d'aller tout lui raconter, mais brusquement il s'est levé et a disparu dans la foule.

— Vous êtes sûre que c'était lui ?

— Certaine. C'est la dernière fois que je l'ai vu.

— Qu'est devenu le corps de Laura ?

— Je l'ignore. Nous n'en avons jamais reparlé. Mon père a réglé le problème, c'est tout ce que je peux vous dire.

— Il a réglé le problème, hein ? N'est-ce pas ce qu'il a fait toute sa vie ? Régler les problèmes et nettoyer les saletés des autres…

Nous nous levâmes pour sortir de la serre. Simone s'enveloppa plus étroitement dans son imperméable et me demanda :

— Qu'est-ce qui vous a vraiment poussé à venir, docteur Cobb ?

— Je voulais connaître la vérité, celle que Josh n'a jamais découverte. Elle aurait pu le délivrer de ses tourments.

— La vérité est un bien grand mot… Vous savez ce qu'on ressent quand on se réveille après un cauchemar et qu'on découvre des détails et des images de son rêve dans la réalité ? Au bout d'un moment, on ne parvient plus à différencier les deux dimensions.

— Oui, je comprends.

— Oh non, certainement pas ! Vous croyez comprendre, c'est tout. Je ne suis même pas sûre de savoir aujourd'hui si je garde en mémoire le souvenir de ce qui s'est réellement passé ou des réminiscences de mauvais rêves.

Un souffle de brise ébouriffa ses cheveux. Je songeai à sa vie avec Lucas Duchamp dans son fauteuil roulant – deux êtres piégés dans cette maison comme deux insectes préhistoriques dans le même morceau d'ambre.

À l'approche du perron, Simone prit une profonde inspiration, indiqua du menton la demeure et déclara :

— Cet endroit n'a pas été un refuge pour moi. J'ai dû m'y enfermer et jeter la clé. J'ai vécu comme un fantôme presque toute ma vie. Après mon retour de Suisse, je suis restée cloîtrée dans ma chambre pendant plus de trois ans, vous imaginez ? Ma mère était minée par ce drame et ne m'a jamais pardonné… Croyez-moi, je n'ai pas échappé à mon châtiment ! Mais je suis néanmoins heureuse d'avoir pu m'occuper de mon père. Ça n'aurait pas été juste qu'un homme comme lui finisse dans une maison de retraite, entouré d'inconnus.

— Vous n'avez jamais cherché à savoir ce qu'il avait réellement fait ?

— Je l'ai toujours su, docteur Cobb. Que va-t-il se passer maintenant ?

— Rien. Je suppose que tout le monde en a plus qu'assez.

— Vous allez me dénoncer ?

— Non, je ne travaille pas pour la police.

— Alors, tout s'arrête là ?

— Oh, j'en doute. Ce genre d'imbroglio n'a jamais vraiment de fin. Mais, au moins, j'ai tenu ma promesse.

Je ne saurais dire pendant combien de temps encore dura notre conversation. En fin de compte, je retournai dans la maison, récupérai ma parka et ma mallette, lui dis au revoir et partis à pied. Simone demeura pétrifiée près de l'entrée. Dans la faible luminosité, elle ressemblait à un jouet cassé.

J'étais au beau milieu de nulle part, si bien que je dus marcher une bonne vingtaine de minutes le long de la route avant d'arriver à une station-service d'où j'appelai un taxi. Il s'était mis à pleuvoir et le ciel s'était encore assombri, des conditions qui s'accordaient à mon humeur : toute cette histoire me pesait comme un énorme fardeau.

Une nouvelle fois, je repensai à la chienne choisissant un de ses chiots dans le cercle de feu. Et j'imaginai le vieux Duchamp, désormais cloué dans son fauteuil mais encore valide et fort à l'époque, venant en aide à sa chère belle-fille parce qu'il voulait avant tout sauver sa préférée.

Nous sommes tous amenés à faire des choix et à en assumer les conséquences jusqu'à la fin de nos jours. Josh avait opté pour la fuite afin d'assurer sa survie, parce qu'il ne savait pas encore que survivre et vivre sont deux choses différentes et qu'il n'existe pas de murs assez épais ni de serrures assez solides pour se protéger de sa propre conscience.

Je me rappelai aussi le moment où une voix inconnue au téléphone m'avait appris ce qui était arrivé à Julie. « Docteur Cobb ? Bonjour, monsieur, désolé de vous déranger, c'est au sujet d'une de vos anciennes patientes… » J'avais immédiatement deviné qu'il s'agissait d'elle et que ce que j'allais entendre me briserait le cœur à jamais.

On dit que le temps guérit tout. Ce n'est pas vrai. Quand le malheur frappe, le temps divise son cours en deux dimensions. Dans l'une d'elles, vous continuez à vivre, du moins en apparence. Mais dans l'autre, seul existe ce moment qui vous accable, encore et encore.

21

New York, 2016
Cinq mois plus tôt

Quelques jours plus tard, alors que je m'efforçais toujours de reprendre le cours de mon existence, je me souvins soudain du détail qui m'avait échappé quand j'avais écouté les fichiers audio de Julie : « [...] il m'a donné ce bouquin, *Les Vagues*. Virginia Woolf était sa romancière préférée et il la citait tout le temps. À croire qu'il connaissait tous ses livres par cœur... »

Je relus le dernier paragraphe de sa lettre d'adieu : « Tu te rappelles cette citation tirée de ce livre que tu aimes tant ? "Je ne suis pas une et simple, mais complexe et multiple." »

Une recherche sur Internet me permit de vérifier que cette phrase était bien tirée des *Vagues*. Or, je n'avais jamais été un grand fan de Virginia Woolf et je n'avais jamais non plus discuté de livres avec Julie, sauf pour évoquer *La Divine Comédie*.

Elle ne m'avait pas raconté grand-chose sur cet homme, un de ses anciens petits amis. Elle n'avait mentionné que son prénom, David, deux ou trois fois pendant nos conversations, en me disant qu'ils avaient eu une brève liaison peu avant notre rencontre. Rien de sérieux, rien d'important. Une simple passade, avait-elle précisé.

Susan Dressman m'appela deux jours plus tard, après la Saint-Patrick. J'avais passé le week-end seul chez moi, à réfléchir à tout ce que je venais de vivre et à rédiger un long compte rendu à l'attention du conseil de l'ordre des médecins.

Après quelques politesses d'usage, elle alla droit au but.

— Écoutez, j'ai beaucoup repensé à notre dernière rencontre… J'étais très remontée contre vous, je l'admets, mais par la suite je me suis dit que je m'étais peut-être trompée sur votre compte. Je vous ai bien regardé ce jour-là, quand vous me parliez de Julie, et j'ai eu le sentiment que vous teniez vraiment à elle.

— Plus que ça, rectifiai-je. Je l'aimais. En attendant, vous aviez raison : j'ai commis une faute et à présent je sais ce qu'il me reste à faire.

— Peut-être. Pour autant…

S'ensuivit un court silence, durant lequel nous attendîmes tous les deux que l'autre reprenne la parole. Ce fut elle qui se lança la première :

— Je vous ai menti, docteur Cobb, à propos de Julie et de cette lettre d'adieu. Elle ne vous était pas destinée, en réalité ; Julie l'avait écrite pour un certain David Heaslet, qui habite maintenant à Detroit. Il avait rompu avec elle avant de partir pour le Michigan.

Je connaissais la vérité, mais j'étais tellement outrée que vous ayez pu profiter de la situation et abuser de la faiblesse de Julie – c'est du moins ce que je croyais alors – que je voulais vous punir. J'ai donc laissé entendre à ses parents que cette lettre vous était adressée, pour qu'ils puissent l'utiliser comme preuve lorsque la police mènerait son enquête... Voilà, c'est ce que je voulais vous dire. Je vous ai tout expliqué aujourd'hui dans un courrier que j'ai envoyé à votre cabinet ; ça me paraissait plus facile. Je vous téléphonais seulement pour m'assurer que vous exerciez toujours à la même adresse et que vous le recevriez bien.

Je lui confirmai que je n'avais pas changé d'adresse, puis la remerciai, mettant ainsi un terme à la conversation.

Sa lettre me parvint le mercredi mais je ne l'ouvris pas. Au lieu de quoi, je transmis au conseil de l'ordre des médecins le compte rendu que j'avais rédigé pendant le week-end. Le professeur Atkins, qui en était le vice-président, m'appela deux jours plus tard à la première heure. Il était pris de court et complètement abasourdi. Depuis la fin de mes études, nous avions mis un point d'honneur à entretenir nos relations mais, en l'occurrence, il y avait plusieurs mois que nous ne nous étions pas vus.

— C'est la première fois que j'entends parler d'un médecin qui s'accuse lui-même de faute professionnelle, déclara-t-il. Qu'est-ce que vous cherchez, James ?

Je lui répondis que j'avais pris cette décision après mûre réflexion, parce qu'il m'était apparu que c'était la seule solution. Nous nous retrouvâmes devant un verre l'après-midi même, et nous eûmes une longue discussion.

— Pourquoi vous infliger ça ? me demanda-t-il. Vous avez fait une dépression ? Vous pourriez être radié, vous vous en rendez compte ? Avoir des relations sexuelles avec une patiente est automatiquement considéré comme une faute professionnelle, que le traitement prescrit ait influencé ou non sa décision de se suicider. Oui, vous avez eu tort, et je ne m'explique pas comment vous avez pu en arriver là. Mais, à votre place, j'essaierais de trouver un autre moyen de me punir.

— Avec tout le respect que je vous dois, George, je crois que vous ne comprenez pas : je ne veux pas me punir, je cherche au contraire le salut. Si je n'agis pas maintenant, si je n'assume pas la responsabilité de mes actes, ça va me détruire ; je le sais, parce que c'est déjà le cas, dans une certaine mesure. Vous savez, j'ai rencontré des personnes qui ont passé toute leur vie seules, à se cacher d'elles-mêmes, parce qu'elles n'ont pas été capables d'assumer la responsabilité de ce qu'elles avaient fait, ou cru avoir fait, à un certain moment de leur existence. Et je ne veux pas commettre la même erreur.

En ce vendredi soir clément, nous étions attablés en terrasse à Tribeca. Le ciel était d'un blanc laiteux et le soleil amorçait déjà son déclin derrière les hautes tours. Les piétons se pressaient sur les trottoirs en un défilé interminable, comme s'ils participaient à quelque procession secrète.

— Vous êtes le meilleur psychiatre que je connaisse, déclara le professeur Atkins. Vous êtes intuitif, cultivé, et vous avez à cœur de guérir les patients, vous vous souciez d'eux, ce qui à mes yeux devrait être la qualité première d'un médecin. J'avais l'espoir que, tôt ou tard, vous envisageriez une carrière universitaire et que vous viendriez me rejoindre à Columbia. Mais si vous déclenchez une procédure contre vous, vous serez crucifié. Vous voulez vraiment endurer cette épreuve ? Vous en êtes bien sûr ?

— Certain. J'aurais dû être auprès de Julie, pour l'aider à sortir du cercle de feu. Mais je n'étais pas là. Il n'y avait personne avec elle, alors les flammes l'ont anéantie. Tout le monde l'avait abandonnée.

— Quel cercle de feu ? De quoi parlez-vous ?

— Oh, c'est une longue histoire. Je vous la raconterai un jour.

Nous bavardâmes encore une bonne demi-heure. Pour finir, il m'accompagna jusqu'à une station de taxis, me serra la main et me promit de convoquer le conseil le plus rapidement et le plus discrètement possible. Ce soir-là, j'eus une longue conversation sur Skype avec mes parents au Texas, durant laquelle je tentai de leur expliquer ce qui allait se produire dans les semaines à venir. Ce fut l'un des moments les plus pénibles de ma vie, car il est terriblement douloureux de blesser les personnes auxquelles on tient.

Je ne connaissais pas l'adresse des beaux-parents de Julie, mais j'avais indiqué les coordonnées de Susan Dressman dans mon compte rendu. À ma grande surprise, les Mitchell refusèrent d'intenter des poursuites contre moi. Le bureau du procureur rouvrit néanmoins le dossier, compte tenu des nouvelles informations que j'avais livrées, afin de déterminer si j'avais enfreint mes devoirs de soins ou si j'avais mal évalué le risque de suicide – une erreur qui avait peut-être eu des conséquences mortelles pour ma patiente.

À ce stade, il y eut une fuite dans la presse, et ce fut le début d'un nouveau cauchemar. Les avocats spécialisés dans les erreurs médicales harcelèrent les parents de Julie, ainsi que plusieurs de mes anciennes patientes, en proposant d'assurer leur défense gratuitement et en leur faisant miroiter des millions de dollars de dédommagement s'ils acceptaient de porter plainte contre moi.

Les journalistes me traquèrent vingt-quatre heures sur vingt-quatre pendant plusieurs semaines. L'un d'eux alla même jusqu'à demander à Mme Kellerman, mon assistante de soixante-cinq ans, si nous avions couché ensemble. Certains de mes amis cessèrent de répondre à mes coups de téléphone, et l'une de mes ex, interrogée par un blogueur en vogue, décrivit en détail mes préférences sexuelles. Un magazine me surnomma « Docteur Folamour ». Je fus contraint de fermer mon compte Twitter, et mon site web fut piraté et truffé de photos pornos.

Ma vie partait à vau-l'eau, se délitait peu à peu, pourtant j'éprouvais un étrange soulagement. Heureusement pour nous, il existe ce qu'on appelle le « principe de la douleur » : notre cerveau est conçu de telle façon que nous ne pouvons pas ressentir simultanément deux douleurs ou plus.

Et puis bien d'autres événements se produisirent dans le monde et, une information chassant l'autre, les journalistes finirent par m'oublier. Pour la presse, il y a toujours un plus gros poisson à ferrer dans cette ville.

La première mesure prise par le conseil consista à suspendre ma licence pendant quatre-vingt-dix jours, m'obligeant à adresser mes patients à des confrères et à fermer mon cabinet. Je me retrouvais soudain privé d'occupation, et je ne savais pas comment tuer le temps. Dans l'intervalle, le printemps avait cédé la place à l'été, et une chaleur caniculaire pesait sur les rues.

Le conseil conclut que j'avais enfreint le code de déontologie médicale et que j'avais violé les frontières des relations entre médecin et patient, mais ne me jugea pas pour autant coupable d'avoir mal évalué les risques. Julie s'était suicidée un an après que nous avions cessé de nous voir, et le traitement qu'elle prenait fut jugé approprié et nécessaire. Le procureur lui-même en convint, si bien que je n'eus pas à répondre de l'accusation de négligence. Pour finir, on me retira ma licence pour trois ans. Je reçus néanmoins l'autorisation d'exercer pendant cette période en tant qu'assistant médical. Dans cette perspective, j'appelai la New York Harm Reduction Educators, une association venant en aide aux défavorisés, et fin juin je commençai à travailler à temps partiel dans un petit centre de désintoxication à Hunts Point, dans le Bronx.

Le 7 juillet – date de l'anniversaire de Julie –, je me réveillai tôt. Derrière la fenêtre, le ciel ressemblait à une immense toile de coton bleue. Une fois habillé, je me rendis chez le fleuriste le plus proche, où j'achetai un bouquet composé de vingt-neuf tulipes jaunes.

Je pris un taxi pour aller dans le Queens, et nous traversâmes le pont dans la sérénité de l'air matinal en même temps que des centaines d'autres voitures. Le chauffeur s'engagea dans Queens Boulevard, puis dans la 58e Rue, avant de me déposer devant le cimetière Calvary. Je réglai la course, puis m'attardai quelques instants devant les grilles de fer forgé avant d'entrer.

À l'intérieur, je longeai l'allée centrale et tournai à gauche au niveau du Johnstone Mausoleum. Il bruinait, et mes chaussures aplatissaient l'herbe grasse, laissant derrière elles des empreintes semblables à des plaies sombres. Les cris d'un oiseau solitaire déchiraient le silence.

La tombe de Julie était toute simple, avec une petite stèle sur laquelle figuraient son nom, sa date de naissance et celle de son décès. Il y avait un banc devant, et je m'y assis après avoir posé le bouquet près de la pierre tombale. Les fines gouttes de pluie qui tombaient sur les fleurs scintillaient comme des diamants.

Je tirai de ma poche la lettre de Susan et la plaçai à côté de la sépulture. Elle concernait le secret de Julie, qui avait le droit de le garder. Fort de cette certitude, j'allumai mon briquet, enflammai l'enveloppe et la regardai brûler. Josh avait raison : certaines histoires du passé ne devraient jamais être exposées à la lumière, au risque de se flétrir telles des fleurs, de perdre leurs contours et leur sens. La seule façon de les conclure, c'est d'assumer la responsabilité de ses actes. Je l'avais pour ma part oublié, trop occupé que j'étais à traîner dans la ville une mallette bourrée de livres et à fouiller dans les greniers hantés d'autrui.

À la sortie du cimetière, je hélai un taxi pour revenir au centre-ville. Il ne pleuvait plus. Le ciel d'un bleu profond évoquait une fenêtre donnant sur un autre monde, et de la vapeur s'élevait du fleuve. Je restai un moment dans Central Park, à regarder les passants en m'interrogeant sur leurs histoires cachées, qui semblaient vibrer dans l'air, mystérieuses et informulées. Et plus tard encore, alors que dans la lumière déclinante je ne parvenais plus à distinguer les yeux des inconnus autour de moi, et que les ombres attachées à leurs pas étaient devenues celles de géants, je m'en allai.

Dans le ciel et sur la terre, Horatio.

New York, aujourd'hui

J'ai fait encadrer la photo envoyée par Josh, et elle est maintenant accrochée dans l'un des couloirs du centre de désintoxication où je travaille depuis deux mois. Quand ils la remarquent, les patients me demandent toujours qui elle montre. Je leur réponds que c'est un vieux souvenir de Paris, mais que je ne me rappelle ni le nom de ces personnes ni pourquoi elles étaient là, avant d'ajouter que ça n'a sans doute plus d'importance. Je leur conseille ensuite de se servir de leur imagination, d'inventer eux-mêmes la biographie des protagonistes à partir de leur attitude, de leur posture et de leurs expressions.

Alors, sans même en avoir conscience, la plupart commencent à me raconter leur propre histoire, dissimulée quelque part parmi les taches d'ombre et de lumière.

REMERCIEMENTS

Eh bien, celui-là m'aura donné du fil à retordre.

J'ai écrit la première version de ce roman il y a cinq ans, quand j'habitais Hemel Hempstead, à une quarantaine de kilomètres au nord-ouest de Londres. Mais, comme je n'étais pas satisfait du résultat, j'en ai rédigé une seconde un an plus tard, à Reading, dans le Berkshire, où j'avais déménagé entre-temps. Je l'ai finie en trois mois, et conservée ensuite dans mon ordinateur pendant encore environ deux ans. Durant cette période, j'ai publié deux ouvrages qui n'étaient pas de la fiction et peaufiné *Jeux de Miroirs*, le roman qui devait changer ma carrière en faisant de moi pratiquement du jour au lendemain un auteur international publié dans plus de quarante pays. J'avais toutes sortes de projets en tête à cette époque, mais ce texte-là restait fiché dans mon cerveau comme un gros clou. J'avais l'impression que, si je ne parvenais pas à tirer le meilleur parti de cette histoire, elle continuerait à planer au-dessus de moi comme un nuage noir. J'ai donc décidé de lui donner une autre chance, et je me suis attelé à la tâche durant l'été 2016. Dix mois plus tard, *Mémoire brisée* était enfin terminé et prêt à être envoyé.

Tous mes remerciements à Marilia Savvides, mon agente, dont les conseils ont été inestimables, comme toujours. À Cecily Gayford, mon éditrice, qui a cru en ce projet dès le début et m'a aidé à le mener à bien. À tous les formidables collaborateurs de Serpent's Tail, qui ne m'ont pas conduit au gibet pour avoir utilisé maladroitement l'infinitif ou débuté parfois une phrase par une préposition. Merci, les gars. À mon bon ami Alistair Ian Blyth, qui a gardé un œil sur moi, m'évitant ainsi de me blesser trop gravement quand je me colletais avec la langue anglaise. Et enfin, à ma femme, Mihaela, la principale (ou peut-être la seule) raison pour laquelle je n'ai pas encore déménagé pour aller me réfugier au fond d'un trou.

POCKET N° 16851

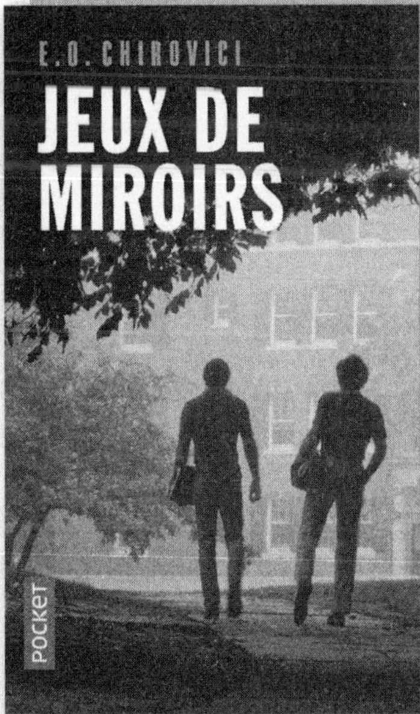

« Un thriller bien huilé, dans les belles règles de l'art. »

LiRE

E.O. CHIROVICI
JEUX DE MIROIRS

Cette fois, il tient peut-être un best-seller. Pour Peter Katz, agent littéraire, le manuscrit qu'il reçoit a tout pour faire un succès : l'assassinat à Princeton du professeur Wieder, star de la psychologie cognitive, est un mystère vieux de trente ans... Le voilà raconté noir sur blanc, de l'intérieur. Mais le texte s'arrête à la nuit du meurtre et son auteur vient de mourir... Katz embauche un journaliste d'investigation pour écrire la suite du livre.
Et si la vérité n'était qu'une histoire parmi d'autres ?

Retrouvez toute l'actualité de Pocket sur :
www.pocket.fr

Faites de nouvelles rencontres sur pocket.fr

- Toute l'actualité des auteurs : rencontres, dédicaces, conférences...
- Les dernières parutions
- Des 1ers chapitres à télécharger
- Des jeux-concours sur les différentes collections du catalogue pour gagner des livres et des places de cinéma

POCKET

Un livre, une rencontre.

Composition et mise en pages
Nord Compo à Villeneuve-d'Ascq

Imprimé en Espagne par:
BLACK PRINT
en février 2020

S30671/01